双城奇谭

Fantastic Tales of Two Cities

张草 著

九州出版社
JIUZHOUPRESS

双城
奇谭

/

目 录
CONTENTS

总序

/

蝙蝠的文章

小时候听过蝙蝠的故事，留下很深的印象。

故事这么说：蝙蝠跟鸟交朋友，他自认长得跟鸟一样，鸟儿却不以为然，说他没羽毛，又鼠头鼠脑的，应该跟老鼠交朋友才是。蝙蝠去找老鼠，老鼠也不认他是同类，因为老鼠没有翅膀。

待我到中国台湾留学的时候，终于深深感受到蝙蝠的心情。大学的同班同学对我会开口讲华语感到很惊讶："你的中文怎么这么好？"在他们的印象中，马来西亚在东南亚，华人的中文也不应该好到哪里去。

当他们知道我竟然在写小说的时候，就更为惊奇了。还有一位同学很不服气，又不明白我身为一介华侨，来自他印象中蛮荒之地，怎么可能在台湾写小说写到能出书？他自负才华比我高，却没这本事？当然，这些都是二十年前的往事，时至今日，在台湾出书的马来西亚人已不罕见。

我是马来西亚华裔，生长于马来西亚，由于先贤的努力和争取，我们仍然有机会学习自己的语言，有华商维持的华文小学，政府的国立中学也有华文课，也有华人创办的“独立中学”以华语教学，我们更自小阅读华文报章，国营电视台也有每天半小时的华文新闻。所以，我们华人会说写华语当然不足为奇。

由于我们生长于多元种族的社会，因此一般在校内都会“三语”并学，亦即学习作为国语的马来文、国际语的英文，还有自己本族的华文。而每个华人子弟，多少也会听会讲一些周遭常听到的方言，如我祖籍广东，但本地客家人多，母方又是祖籍福建，所以这三种方言，我都会一些。

但无论如何，我的成长轨迹都与我在台湾的大学同学不同，因为我毕竟不是在中华文化的发源地长大的。我仰慕中国历史文化，却仿佛总是站在远处观察，因此感觉到中文对我而言不只是母语，而是一种迫切的使命。所以，我对与中华文化有关的事物，都会饥渴地去吸收，永远只怕知道得不够多。

但是，身处中华文化环境中的年轻人，又未必懂得珍惜他周遭随手可得的资料，反而去仰慕与我们完全不同基因的西洋文化，导致中文奇幻小说曾经有一段时间充满了精灵、矮人、巨人、巫师、骑士、飞龙等舶来品，这类作品也如同蝙蝠：在东方显得突兀，西方人也看得出是伪西式。

因此，多年以来我一直在尝试的是，写出中文专有的科幻和奇幻，而不是西方科幻奇幻的模仿品或中文版，而是确确实实以中华文化为基础的科幻与奇幻。由此，我在高中时代开始将宋代以前的笔记小说写成《云空行》，大学时写出科幻长篇《明日灭亡》三部曲，短篇集《双城奇谭》将乡野奇谭混入现代社会，《庖人三部曲》以武侠面貌探讨历史，还有许多实验性的“极短篇”企图寻求小说的各种可能。

在创作多年后，我的小说终于可以跟中国大陆的读者们正式见面，感觉上是又期待又担心，期待的是将有这么多人可以读到我的作品，担心的是读者的接受度，毕竟这是蝙蝠的文章，是海外华侨第三代洄游文字故乡的第一次邂逅，不免会有丑媳妇见家翁的紧张。

数年前，我曾拜会倪匡先生，他老人家一针见血地问我：“为什么你的人物有时讲北京腔，有时湖南腔，有时又上海腔？”不禁令我汗如雨下。倪先生来自大陆，听惯五湖四海的腔调，我们海外华人无此经验，我们的经验是听客家话、福建话、广东话等语言差异，对于“腔”是无法深入体会的。所以为了让所有华人都听得懂，我希望我写的是世界的中文，希望能将各地中文的地方性特征减到最低，没有特定一地的俚语，好让世界各地的中文读者都能看得懂。

或许，这也是当蝙蝠的好处吧！

张草

2015.2.2于阿皮亚陋居

台北

TAIPEI

陷在高架桥的北门

日式的老屋高墙

喧嚣新颖的台北仍残存着古典的影迹

正如久远的传说与诅咒

也始终随着历史逡巡

在阴阳两界之间

四 季 台 北

/

春

甲子之约

屋里忽然间变得很吵

仿佛里头的家具全在拖行、翻滚

还有细碎的奔跑声

像有一群没人管的顽童在放肆嬉闹

兴奋地乱扔东西

母亲从上海探亲回来后，就一直闷闷不乐的。

回想起来，一切的变化就是从那时候开始的。

不，该说是那时候，我才察觉有变化。

然后母亲就住院了。

医生告诉我，母亲的病症发现得太迟，癌细胞已经转移，而且癌细胞分布范围太广，全身多处病灶，难以分辨原发性的恶性肿瘤源自哪个部位。

医生说，只要转移到骨骼或肺脏，就非常不乐观了。

我想他还说得客气了点，他真正想说的应该是吩咐我去准备后事。

母亲的病况在短短一个月之内转为危急，她因呼吸困难而昏迷，急救时气管被割开一道，插入管子帮助呼吸。清醒后，她不愿照镜子，不愿看见自己的模样。

母亲躺在病房，低声抱怨全身都在疼痛。我想妈一定很痛，她只有在痛得难以忍受时才会说痛，平日等闲刀伤、烫伤，甚至有一次被野狗在小腿肚上咬出一排血痕，她都没喊过痛。

医生在她身边摆了个按钮，嘱咐她痛的话就单击，吗啡就会经由手臂注入血管，迅速为她止痛，但最好在剧痛之前就按下，要是等到很痛才按按钮，说不定止痛的剂量会一次比一次多。

母亲始终不肯按下按钮，她说吗啡会上瘾，可是医生告诉我说，她也剩下没多少时间了，上不上瘾已然无关紧要，最重要的是别让她在痛苦中度过最后的生命。

我觉得很有道理，于是转述给母亲听。

母亲并不讳谈死亡，对于死亡，她看得很豁达，她也晓得自己行将就木，甚至跟我谈论葬礼的进行方式，她只要简单的火葬，然后撒向大地，什么排场也不要。

可是她还是坚持不用吗啡止痛。

“受苦是了苦，”她告诉我，“现在受苦，下辈子会过得更好。”

我紧抱她，含泪说道：“下辈子的事我不知道，可是看到你现在的痛苦，我很难过。”

她微笑着轻抚我的头，还顺手抚平我的头发，将打结的发根拨开，就像小时候，每当我伤心哭泣，她都会这么做。

可是那天我下班后去陪她，她却失去了往常的从容，用力抓住我的衣袖说：“我不要死在医院。”她濒临崩溃似的重复了好几遍，似乎预感有什么事将会发生。

果然，那天晚饭之后，母亲发作了，整个人痛苦得扭成一团。

医生和护士包围着她，七手八脚不知在忙什么，我站在一旁恍若局外人。

不久之后，医生才告诉我，他们已经为她注射吗啡止痛，还说她的体力极弱，只怕会熬不过这几天。

我坐在她床边，盯着她微弱起伏的胸口，尽力不显露出悲伤的样子，因为这天晚饭之前，母亲还刚吩咐过，她死的时候不能哭，哭的话她会放不下心，舍不得离开，变成孤魂野鬼，我总不希望她变鬼吧？我一边抚着她的手背，一边想象她几个月前依然丰腴有弹性的手，如今瘦得连皮肤都松垮得像裹了一层薄膜。

我紧握她的手，说："妈，你别逞强，痛的时候就按下按钮吧。"

或许是因为吗啡的关系，她的眼神显得疲惫，有些飘忽地看着我，喃喃道："不要急救。"

"妈，他们刚才不是急救，只是帮你打针。"

我明白她的意思，她曾告诉我，万一弥留时，千万不可为她急救，因为她曾经有一个朋友临终时被急救整得很惨，死得更加痛苦，她那位朋友原本已经在念佛声中一脸祥和，准备往生去了，却被外地赶回来的儿子坚持要院方急救，结果气管被切开插管，扎了很多针，还在心肺复苏急救中被压断肋骨，终至满脸泪痕，以怨恨的神情离开人世。

母亲要求我绝不可急救，还曾经签下《放弃急救同意书》，她提醒我要记得履行。

我再次强调，医生只是看她太痛了，才做主为她注射，还补充了一些营养。

她再度闭上眼，一言不发，嘴唇紧闭，双肩微抖，像在忍耐着什么似的，我以为她在生我的气，后来我才知道不是这么一回事。

她喃喃自语，手中不停搓揉被单，嘟囔着："我不要死在医院。"

母亲即使在得知得了癌症后，也没惊慌失措，反而回头来安慰哭泣的我。因此我不能明白，那么理性的母亲，为何坚持不要在医院过世，是她终于感受到死亡的恐惧了吗，还是她对住了三十年遗有先父气味的老家依依不舍？

都不是，她用几乎听不清楚的低声说："有人在家等我。"

等？什么意思？

母亲不再说话，继续闭着双眼，我看见她右手大拇指一遍又一遍搓着食指，就知道那是她平日念佛揉佛珠的动作。我翻了翻她身边的手提包，找出她常用的星月菩提念珠递给她，她接了过去，依然合眼不语。

半夜的时候，母亲才刚睁开眼，就告诉我说要出院。

她说反正也没几天好活了，她要回家，不然谁知道他们又会给她注射些什么。

我告诉她今天太晚了，待会儿我先去护理站知会护士，待明天一早主治医师来看过了，才可以办理出院。母亲想了想，点头同意，然后说她今晚也不想睡了，反正以后也会一睡不醒，所以她想跟我彻夜长谈。

我不知道母亲想谈些什么，但这很可能会是我们母女俩最后一次谈话，我心里已经盘算好，明天去公司将一年都未动用过的假期一次拿完，好好陪妈走完最后一程。

我帮母亲垫高枕头让她坐着，她将吗啡按钮抛去一旁，然后告诉我说，她要回家，是因为有人在等她。

爸爸过世已久，姊姊远嫁美国，家里只有我一个人独处，母亲在一九四九年从上海来台北时，亲友一个也没，谁会在家等她？

“妈没唬你，”她的眼神忽然锐利起来，“他们等我有六十年了。”

“什么？”

“那是六十年前约好的，所以我一定得回家去。”

妈在讲什么啊？说得也是，要是过得了下个月生日，母亲也该满六十岁了。

母亲谈到她怎么来台湾，怎么在高中毕业后认识爸，怎么相恋结婚。

“我还记得他来我家提亲时，那副紧张的模样。”母亲说着说着，露出温馨的笑容，好像在刹那间忘记了所有痛苦。

我不禁想起爸爸过世那天，母亲静静地一个人待在厨房，反常地做起馒头来。她费了大半天揉面团，呆坐等待面团发酵，待我在殡仪馆安排好后事，天黑了才疲倦地回到家时，母亲蒸好的一笼馒头，全都摆在饭桌上，已经硬掉了。

爸很爱吃妈做的馒头，可是妈总嫌功夫多，不常做。爸说，妈做的馒头比巷口那家老山东的有咬劲，三餐吃也不腻，他会像孩子般缠着妈做给他吃，然后妈才勉为其难地在次日起个大早，让爸晨练回来可以吃到热乎乎、软绵绵的馒头。

我看着一桌的硬馒头，不敢问她没事为何做这么多，但我猜想她是担心自己受不了打击，于是借由做馒头来忘掉哀伤。

直到母亲生命的最后一刻，她才告诉我当时是怎么一回事。

总之，在母亲去世的前一晚，她说了许多往事，包括我听过和没听过的，一直谈到凌晨两点，她终于不知不觉入睡为止。

我为她盖好被单后，到护理站去确认我留下的手机号码，那边有值大夜班的护士，我告诉她明天打算出院的事，还有我打算回家先整理一下，有任何紧急事情请马上打电话给我，护士小姐也很好心地给我几个电话号码，建议我可以去找看护帮忙照顾。

我离开医院时，心中老觉得怪怪的。

我那时候才觉得母亲遗漏了什么。

刚才她什么都谈了，甚至连她在新婚之夜的心情都说了出来，唯独她一开始就提的那件事没谈。

那件有人在家等她（而且一等就是六十年）的事。

乘出租车回家的路途上，我一路纳闷着。

次日下午，癌细胞终于发出最后攻势了。

癌细胞似乎是晓得我已经请好假，出院手续也已办好，然后远嫁美国的姐姐也会在今天傍晚抵达，所以在午后一时正要离院时，母亲忽然痛苦得脸色惨白，额头暴浮青筋，豆大的冷汗不停冒出。

“要回家……要回家……”在医生的抢救下，她不断呻吟着这三个字。

医生为她整理好之后，对我点头说：“希望她可以撑得到回家。”在看护的跟随下，救护车将弥留的母亲送回家，她的肺脏大概随时会崩溃，得依赖氧气筒维持生命。

救护车将我们送回家，那是爸在担任公职时买下的房子，以前日本人住过，有高耸的石墙，墙顶用水泥黏了尖锐的碎玻璃，还有绿意盎然的庭院。听说爸会买下它，是因为母亲对房子一见倾心，因为很像她儿时在上海住的房子。

他们在这栋房子度过从婚后到死别的所有人生，房子的每个角落都留有说不尽的回忆，甚至在爸逝去经年后，我仍可在玄关嗅到他工作回家散发的汗味，在庭院看见他整理花圃的身影，在书房听见他专心阅读时近乎屏息的细微呼吸声，更何况对于与他相厮守的母亲而言，房子本身压根儿就是记忆本身。

救护车抵达大门，我才刚要取出钥匙，母亲就忽然醒了过来，透过救护车的玻璃窗，警觉地紧盯门口，就像从来没见过这扇门似的。

这或许就是回光返照吧？

负责看护的中年妇女和救护车司机合力抬母亲下车，放置在轮椅上，然后架好点滴、确认呼吸器没问题了，我才轻轻地推母亲进门。救护车的声音扬长而去后，我心中悬挂着一丝不安，忍不住想象救护车会何时再回来，届时就是母亲已经咽下最后一口气的时候了，对于救护车何时回来，我竟有些期待，令我不禁有深深的罪恶感。

进了外门，她扫视房子四周，安装了插管接头的喉咙发出怪异的咕咕声。

她指指自己，示意要扯掉鼻口上的氧气罩，看护妇征求我的同意，我则遵循母亲的意愿，帮她轻轻拿掉氧气罩，至少在临终前，她可以像平常一样接触四周的空气。没想到，氧气罩拿掉后，母亲竟大口大口吸气，一点也不像弥留的样子，我还差点以为她刚才在医院的急症是装的。

待呼吸顺畅了，她忽然双目充满怒意，冷冷地说：“现在你们高兴了吧？”

我暗暗一惊，以为她在对我说话，随即发现她面对的其实是空气。

她环顾庭院四周，像秃鹰在寻找躲藏的猎物，还企图要从轮椅上挣扎站起来，但双腿已经软弱得无法支持身体，尝试了几次徒劳无功之后，她才死心地坐好。

“妈？”我正想问她怎么回事，突然传来“砰”的一声巨响，震至心肺，我和看护妇都吓了一大跳，等我惊魂略定，才发觉响声是从屋里传来的。

屋里忽然间变得很吵，仿佛里头的家具全在拖行、翻滚，还有细碎的奔跑声，像有一群没人管的顽童在放肆嬉闹，兴奋地乱扔东西，而我们还站在外门和家门之间的过道上，进退不得。

接着又一声突如其来的巨响，我们看见连大门也在震动，那是一扇厚重的金属防盗门，也不由得像要塌下来。

轮椅上的母亲朝门口大喊：“够了！”喉部插管的空洞呼噜呼噜地吹风，吹出走音的笛声。

没想到，门后即刻静下来了，就像从来不曾有人闹过一般。

我怔住了，呆立了一阵，才冲到她面前：“妈！你还好吧？”

看护妇吓坏了，她惊慌失措地问道：“要不要报警？”

母亲摇摇手，还伸手去按着看护妇的手，低沉地说：“这不是警察管得着的事情。”她回首柔和地看着看护妇的眼睛，想让她放心，“我可以保证，你不会受到一丁点儿的伤害，因为你是外人。”

母亲双目炯炯，完全不像癌症末期病人：“乖女儿，听我说……”她的声音铿锵有力，就像她年轻时骂我们一般威严。

我凝神准备聆听，不知怎的，我突然觉得在聆听的不仅仅是我，似乎整片周围的空气都竖起了耳朵在听。

母亲说："我是你外婆的第一个孩子。"我点头表示知道。

"小时候，当我独自一人玩耍时，其实并不只我一个人……"

"您跟舅舅玩。"我听说母亲小时候有个弟弟，不过已经去世了。

母亲摇头说："你舅舅是夭折的，两个，在妈之后的两个弟弟全都未满两岁就夭折。"我听了很是惊讶。

我知道母亲小时候住在大陆，也知道她有弟弟，但从来不知道他们发生过什么事。

我知道一九四九年有大量从大陆避难来台的人，很多家庭因此分散了，我爸就是随"国军"来台的文书干部，他只身一人来台，从此跟父母兄弟失去音信，一直到死前都还没机会联络上家人。我从断断续续吸取的历史知识中知道，在与大陆失去联系的那些年间，彼岸曾发生过"文化大革命"，我还曾一度猜测，舅舅是逗留在大陆，在"文化大革命"中遭遇不测，抑或是早在抗日或国共内战中过世的。

这是我第一次听说夭折的事，母亲以前从来没提过。

她说早在外婆怀上舅舅之前，也就是她三四岁时，就有几个小孩常跟她一块儿玩耍，只要溜到后院去，那些孩子要不早在玩着了，要不只要她一出现，他们就会蹦出来一起玩。

我原本还在猜，母亲小时候住在一个大家族之中，有很多亲戚的小孩同住，所以不乏玩伴。

可是母亲摇摇头："你外公是湖南人，到上海做进口生意，而你外曾祖父是在上海经营米行的，两人相识，才因缘结识了你外婆，家中只有我们三口和两个丫头。"所以说，母亲小时候是住在一个被大人围绕的世界里头。

但是在她印象中，那几个小孩打从她有记忆开始就存在了。

即使在深夜，她偶尔偷溜出房门，想寻找院子里的虫声时，或因为月光很亮而想站到庭院石几上赏月时，小孩们也会老早就等在庭院了。

她不知道他们的名字，也不知道他们是谁家的孩子，于是她去问外婆。

外婆听了，困惑得很，她担心地问道："平常你不都是一个人在玩吗？"

母亲以为外婆不喜欢她的玩伴，要赶走他们，便呜呜哭泣了起来。

我听说过这回事，西方人常传说小孩有"隐形的朋友"，是幻想出来的玩伴。

我看过一些杂志上提过，心理学好像说孤独的小孩才会这样，母亲没其他兄弟姐妹，会想象自己有玩伴大概也很合理。

母亲说，当时外婆安慰她，叫她别哭，哄她有麦芽糖吃，然后问她那些小孩在哪里呀，母亲说就站在她身边。

正在身边。

外婆更加不安了，再问小孩长什么模样，穿什么衣服。

母亲转头看那些小孩，小孩也圆瞪着双眼看她。

"他们额头上有刘海儿，头中间扎了一串头发，颈上绑根红带，全都穿大红肚兜。"

外婆脸色苍白，紧握母亲的手，追问一共有几个小孩。

“好痛。”妈想甩开外婆的手。

“对不起，囡囡……”外婆放松了紧握的手，试着缓和脸色，“你数数看，有几个？”

母亲嘟着嘴，用手指点数，小孩们觉得有趣，一个个挨了过来，有的将脸凑过来，任她点。

“六个。”母亲感到外婆的手瞬间冰冷了。

外婆不安地左顾右看，可她一个小孩也看不见，小孩们也纷纷靠去围着外婆，四处转头瞧看她在看些什么。

外婆疑神疑鬼，小声地问：“他们告诉你什么没有？”

母亲想了想，摇摇头：“他们都不会说话，只会哇哇叫。”

外婆一脸害怕的表情，她将母亲交给下人，叫下人在佛堂陪着母亲，最好还上炷香，然后外婆跑到隔壁的寝室去，母亲只听外婆在翻找衣箱，她知道是衣箱，因为那口沉重的朱漆大木箱打开时会发出一种怪异的声音，像下雨前蛙儿的低吟声。

小孩们也尾随着进佛堂，在木制的佛像前，他们乖巧地不敢造次，只轻步四处走动，好奇地东张西望。

过不久，外婆拿出一样东西，递给母亲看：“是不是这样？”

母亲感到周围的空气顿时冷了下来，忍不住打了个寒噤，那种感觉虽历时久远，她依然记得一清二楚。

母亲“呀”了一声：“真的好像哦。”

旁边小孩的脸色忽然变得很难看，他们原本的眯眯眼猛然圆瞪，他们的刘海儿和头发像暴怒的公鸡般竖起，要说是惊恐，不如说更像是愤怒，他们充满防备地直视外婆，他们原本呆滞的眼神此刻显得分外哀怨。

他们倒退几步，然后在母亲眼前忽然消失。

母亲终于觉得异样，发觉她的玩伴不是普通人。

小小年纪的她，总算开始害怕了。

外婆问她怎么了，她说："他们走了。"

"是吗？"外婆松了口气，一边小心捧着手上的东西，一边招手要母亲跟她走。

外婆带母亲进入寝室，房中有两口大衣箱，都是外婆嫁进来时从娘家搬来的，里头装着外婆的嫁妆。

外婆打开其中一个衣箱，在折叠整齐的衣服上面，躺了另外五个一模一样的东西。

一共六个泥娃娃。

六个泥制白漆，用黑笔画上头发，勾上眼睛、眉毛，用朱笔点上两小片唇儿，再画上大片红肚兜。最重要的是，它们的颈上都系了一条红色的粗线，红线的线毛松脱、色泽老旧，显然年代久远了。

"泥娃娃？"我不禁好奇，为什么会有泥娃娃？

母亲说了许多话，已经很累了。

懒散的午后小巷，四周安静得很，连围墙外的车声都似乎净空了。

此时春暖花开，父亲生前种下的杜鹃花虽久未打理，依然结了许多苞儿，被和暖的春意激发得忍不住绽开，令整片庭院美不胜收。

看护妇打破了沉默："阿姨，你说了这么多话，怕累坏了，要不要休息一下？"她听了这诡异的故事，好奇心早已盖过恐惧，但仍然警觉地僵硬着身体，担心门后是不是藏了什么凶徒，但母亲的态度令她更想知道接下来的故事。

母亲喘着气，想咳又咳不出来的样子，还拼命要说话："都要死的人了，还休息什么？"

看护妇赶忙递给母亲氧气罩，她深吸数口，呼吸顺畅多了，又继续说，当初外婆婚后多年没生育，请郎中号过脉，服了许多药，也求过神，喝过符水，肚皮依然杳无消息。

娘家的老女佣照顾外婆自小长大，最常倾听外婆的心事，她建议说，不如去庙里抱个泥娃娃来养，人家说会带孩子来的。

有这回事？我没听说过。

母亲说当然有，每个泥娃娃都系上红带，在庙里等人收养呢。

外婆将泥娃娃当成真正的孩子来养，为它取乳名，跟它说话，还用汤水沾它唇边，好像真的在喂它食物。

就像玩家家酒。

外婆太喜欢了，每天陪泥娃娃玩，觉得一个娃太寂寞，便趁回娘家时要老女佣帮她，再从庙里抱回个泥娃娃。

就这样，一遍又一遍，抱回了好几个泥娃娃，直到外婆生下母亲，泥娃娃们才逐渐受到冷落。

有一天，外婆看见被搁置在角落的泥娃娃，已蒙上了一层厚尘，她才将它们拂干净了，用绢布包起，收入衣箱，自此便没再放在心上。

多年来，外婆翻找整理过衣箱无数次，都没再正眼望过它们一次，也没再刻意保养它们，直到母亲告诉外婆这件事为止，它们才从衣箱重见天日，虽然如此，它们依然色泽如新，就像是昨天才刚放进去的一般。

外婆考虑了一下，还是将母亲看见泥娃娃的事告诉了外公，外公认为不祥，便要下人将娃娃砸碎，混到院子花圃的土里去。

外婆不忍，劝外公不必砸碎，埋了便是。

外公说："我听说过，那些盖房子的工匠，正是将那些偶人埋在房子的角落，或藏在梁柱接口中，令偶人作祟滋事。须知人形之物，日久成精，人们烧了唯恐不及，怎可随便埋埋了事呢？"

外婆依旧不舍，毕竟她曾经对泥娃娃们产生感情，将它们当成真正的孩儿来照顾呢。

后来外公又再问起，外婆只推说已经砸得粉碎了，外公也不多加追问。

但泥娃娃们并没随之消失，它们依旧在院子等候母亲。

外婆为了不令母亲寂寞，只顾玩耍，便带着母亲学些女红针线，况且女孩子长大了，也不能老是顾着玩的。外公也聘了位教书先生教些启蒙的功课，学会读书写字，好准备将来送到女学堂去，因此母亲渐渐疏远了庭院，即使望见娃娃们，也不敢再亲近它们了。

半年后，外婆怀了第二胎。

随着肚子越胀越大，泥娃娃也越来越兴致高昂，它们好奇又兴奋地围着外婆，猛瞧她圆滚滚的大肚子，神情中充满了期待。

孩子生下后，母亲看见它们一直围着婴儿逗他玩，或许，它们失去了一名玩伴，希望再找一位吧。

它们大概过于高兴，日夜不休地逗弄婴儿，以致婴儿的精神日渐萎靡，外婆见婴儿不对劲，急得四处觅医，却一点也不见效，眼睁睁看着婴儿消瘦下去。

不久，婴儿高烧不止，药石罔效，还未满月就夭折了。

外婆哭得半死，抱着婴儿的尸体不愿被人拿去下葬，因为习俗认为夭折的婴儿是不能立坟的，是注定要成为无名枯骨的。母亲见外婆过度伤心，也噤若寒蝉，不敢说出弟弟被泥娃娃逗着玩的事。

泥娃娃们离开小婴儿尸体远远的，它们哀伤地瑟缩着身体，似乎晓得自己做了错事。

外婆再度怀孕时，泥娃娃们也收敛了许多，它们忍耐着不跟婴儿玩，只敢远远观望，似乎在期盼他赶快长大。

终于等到小孩满周岁，学会走路后，泥娃娃们又出动了。

小孩很高兴有这么多玩伴，泥娃娃们更是兴奋得不得了，忘情地跟小孩玩耍。

但是，才过没几周，小孩也开始发高烧了。

泥娃娃们慌了，畏缩在屋角，不时焦急地探看大夫为小孩看病，却不敢上前去碰小孩。

于是，母亲的二弟才刚过周岁未及半年，也夭亡了。

“大概它们是阴寒之物，”母亲说，“小孩受不住。”

外婆万念俱灰，自此不敢再怀孕，精神也一直有些衰弱，时而会忽然间哭起来，或长时间发呆，或在半夜惊醒哭号。

母亲知道是怎么回事，但她还是不敢说。

在长大的过程中，寂寞的泥娃娃们总是会不时出现。

她偶尔经过庭院，总会看见它们站在院子角落，可怜兮兮地望着母亲，期盼她会理睬它们，再跟它们一起玩。

时而午夜梦回，母亲一睁眼，会看见六个小孩站在床头，吓得她跑去找外婆同睡。

年岁稍长后，母亲在女子学校寄宿，也会常常看见它们在校舍的窗外呆呆地张望，老是苦着一张圆嘟嘟的脸。

无论走到多远，在乘火车回家的路途上，在野外踏青的旅途上，总会见到它们的身影。

也就是说，它们不会只在屋宅的范围内活动，也能够走到外头来。或许这跟屋外屋内无关，重要的是，它们会跟着母亲，穷跟不舍。

或许是习惯了，母亲已经渐渐不怕它们了。

对于没有兄弟姐妹的母亲而言，她说："它们就像我的兄弟。"有时候有它们在，母亲还比较安心，比如在黑暗中一个人上茅厕时。

某次，母亲从寄宿学校回家度假，偶尔在闲谈中告诉外婆，那些娃娃还会时常出现，只是不会打扰她。

外婆听了之后十分不安，战战兢兢地在庭院踱步，焦虑得很。

直到母亲要回校前夕，外婆才告诉她，她当时并没将泥娃娃销毁，只是草草埋了，但日子已久，外婆竟记不清埋藏地点。

外婆似乎还没联想到两个儿子的夭亡跟泥娃娃有关，母亲也不敢提醒她，免得外婆自责。

后来，外婆借口找人整理庭院，翻遍了每一寸泥土，还是找不着泥娃娃。

外婆希望泥娃娃真的已经化成泥了，但母亲仍然能够看到它们，是否说明它们仍旧存在于某个被人遗忘的角落，还在静静等待？

时日飞逝，母亲已长得亭亭玉立。

泥娃娃们却老是长不大，而且面容一年比一年黯淡、破旧。

有的眼睛模糊了，有的缺了手脚，有的还没了半个头。

母亲看它们挺可怜的，曾试着问："你们在哪里？告诉我好吗？"

它们发出呜咽的声音，像幼儿在饮泣，像生锈没上油的门钮在哀鸣。

"告诉我你们在哪里，我可以修好你们，将你们打扮得漂漂亮亮的。"母亲在想，说不定修好它们之后，能将它们送回寺庙，让它们有个安身之处，或者再被其他人收养。

但是，泥娃娃睁大眼，露出防备的样子。

它们不敢告诉母亲。

它们大概害怕被找出来。

它们害怕被找出来之后会真的被销毁，因为有前车之鉴。

它们逐渐退缩到庭院的大树下，最后在树荫下消失不见。

当时中国的时局已经越来越乱，日本人被赶跑后，国内又打起了内战。

其时谣言纷起，人心惶惶，道是共产党来了会被分地分财，还少不了被清算，这些是共产党进驻的地方传来的消息。于是，达官贵族们都将财产换了黄金，买了去台湾或香港的船票，整片空气都弥漫着沉重的不安。

外公得到内线消息，道是共产党迫近上海了，眼看没几天就要进城，外公商量着要全家东渡，获悉有艘开往基隆港的商船，可是船票所剩不多，要去得赶快。

外公要外婆连夜收拾简便行李，值钱的细软尤其重要。外公口中说着要买船票，转身便跑出去了，老半天才灰头土脸地回来，外套里用油纸包了三张船票，边摇头边说，一张船票就用了两条黄金，不过值得。

临走前，外公将一切都办得妥妥当当：母亲不能再回校，外公老早就拍电报去办理了停学，宅院是租来的，退租便是，用人结清了薪金，家中器皿带不走的也分了给他们。

家里闹哄哄的，泥娃娃们也感受到这股不安的气氛，它们似乎知悉了东渡的事，齐聚到母亲寝室窗前，急躁地发出“嗯嗯”声，挣扎着要说话。

母亲还记得，她跟外婆坐上人力车前往港口时，天正阴雨。

阴晦的乌云压在空中，洒下棉絮似的雨丝，将视野蒙上了一片雾纱。

泥娃娃们站在雨中，焦急地奋力挥动双臂，口中竟说出了几个字。

它们脸上开了个洞，就正好在嘴巴部位凿开，凿得十分粗糙，脸部都裂开了几道裂痕。

它们齐声大喊：“秀玉！秀玉！不要走！过不去！过不去……”它们很努力地要说话，也果真说了话。

但它们在说什么“过不去”呢？

母亲后来才明白。

它们没跟来台湾，因为它们过不了海。

很久以后，母亲才听人传说，一切妖魔鬼怪精魅等物，都是过不了海的。

在轮船上，母亲没看见泥娃娃们，直到上岸也不见它们的身影，母亲心里猜想，她已经摆脱它们了。

母亲在台北落地生根，多年后结婚生子，但从来没想过要回大陆。

因为她不想令泥娃娃们再度找上她。

“可是，妈，”我忍不住插嘴，“你的名字并不是秀玉呀！”

对于我的问题，母亲只疲累地瞥我一眼。

同一时刻，原本已经宁静的门后又再度吵闹起来了，仿佛有听众对故事中断表示不满。

“秀玉……秀玉……”凄厉的声音从门后传来，像是幼儿饥饿的哭喊声，哀求着哪怕一丁点儿能够填饱肚子的食物，声音凄凉得令人眼眶发烫想哭。

我们依然处于从外门通往屋门的过道上，过道上铺了不规则形状的石板，石板边缘较少被脚底摩擦的地方长了层青苔。为了避免石板路面颠簸，也担心青苔会让轮椅滑开，我将母亲的轮椅推到石板路旁的短草地上。

由于屋里的怪声，我们不敢贸然进屋，正踌躇间，各种怪声不知不觉自院子的各个角落响起，地面卷起阵阵诡异的寒风，风声中充满了不明生物的号叫，从四面八方迫近。小石子微微滚动，敲击地面，庭院的大树上，树叶相互拍打，然后花叶纷纷落下，整个院子像是赫然充满了生命。

“可恨啊……”母亲凶恶地咆哮，连喉头插管都松动得在摇晃，

“你们可别弄错对象了，你们是冲着我来的才对吧？”

原本是春天凉爽的午后，瞬间竟冷得像严冬，气温急速下降，我的口鼻呼出阵阵白雾，草叶上结了霜，空气中的水汽化成冰粉，纷纷落地。

看护妇吓得缩在我后面，我想告诉她躲错地方了，但四周都是声音，没有哪个角落是安全的。

这一切其实早有预警。

我渐渐明白，早在母亲那次去上海探亲，便已经露出端倪了。

那是一年半以前，父亲过世周年祭之后。

母亲要我陪她去阔别四十余年的上海，她说想回旧房子看看。

从小到大，我从没听母亲表示过对家乡的思念，她虽常说童年的写意生活，但每当我问她有没有想过要回去时，她却老是避开话题。此刻在她生命的终点面前，我才总算明白她过往未曾叙述的那一部分童年往事，是一段充满了恐惧的回忆。

如果泥娃娃们能跟着她到寄宿学校，那么当她再次踏上故土时，它们是否也会察觉呢？

如果母亲真的恐惧，那她一年半以前为何还要去上海？

我陪她去上海，她单凭童年记忆就找到了旧宅院，房子居然被保留了下来，然而数度易手，人事已非。母亲说，房子外观跟原貌相去不远，当年的规模依旧可见，这在改革开放、都市变迁迅速的上海委实不易。

外公以前经商，家境小富，请得起用人和花匠，可以将庭院打理得漂漂亮亮，母亲所说的庭院的确不小，而今被人占住，半个庭院被加盖了砖房，占领了过去的花圃和草地，有十几户人家住在一块，或者……该说挤在一块。

母亲告诉这里的住户，她在一九四九年以前是住这儿的，想回来怀旧一下。一位年迈老太太想找人搭讪，便让母亲进了房子，四下参观。记得当时母亲边走边告诉我，哪里还是跟从前一样，窗牖的花鸟木雕仍在；哪里本来有什么的，现在已经改建遮掉了。

当时我以为母亲很怀念，现在回想，她其实没什么伤感，反倒是透露出些许紧张。

她像是要寻找什么，走到庭院，跟老太太东拉西扯，探听消息。老太太说，她搬来有十多年了，但从没听过或见过母亲所说的事儿，盖新房掘地时，也没听过什么诡异事儿。

此刻我才知道，母亲当时在找的是泥娃娃。

母亲沉默了许久，又在房子内踱了一阵，才无奈地离去。

后来母亲哄我独自去逛街，她又私下回老家去徘徊了数趟，才郁郁不乐地搭机回台北。

“妈，你说它们过不了海，”我说，“那你为什么要回上海？岂不是自投罗网？”

母亲蓦然沉默了，庭院的严寒令她唇色转紫，面色惨白，一时我还以为她断气了，虽然知道这是迟早的事，但我心中依旧陡地一惊，忍不住试探性地轻摇她的肩膀，她才叹出一道长长的白烟，轻轻摇头道：“其实，早在解严之后，他们就找到我了。”

一九七八年七月十五日，蒋经国先生在过世的前一年宣布解严，结束了三十八年的戒严，并在同年年底开放有条件的大陆探亲，两岸关系开始出现前所未有的新局势，渐渐有人联络上大陆的亲人，相约在香港会面。

父亲也很想联络大陆的家人，但碍于自己是军中退休干部，所以不敢太明显表达回乡的愿望。他静待时机，终于等到一九九一年，台湾地区成立“陆委会”，大陆成立“海协会”，帮助两岸民间交流，爸爸赶忙去找朋友一起组回乡团，退休后的生活又再忙碌了起来。

经过一段时间的沟通和试探之后，两岸的课题渐渐不再那么禁忌，电话也比较方便互通了……

也就是这时候，泥娃娃们终于有机会追踪到母亲了。

某天电话响起，母亲才刚一接起，便觉全身一震，电话那端涌来一股冰寒的激流，她顿觉全身像被浇了一桶冰水，整条背脊迅速寒透，冲得她站立不稳，浑身颤抖。

小时候熟悉的感觉，忽然间又回来了。

“小玲吗？我是舅舅呀！”话筒中是久违多年的声音，只不过苍老了许多。

留在大陆的亲人历经千辛万苦，通过各种管道，终于找到母亲了。

同时，泥娃娃也找到母亲了。

它们沿着电话线，跨过海洋了。

六个泥娃娃环绕在她周围，眼神又是哀怨又是怀念地望着她，它们的身形像褪色的水墨画般模糊不清，但依然是六岁小孩的高度。

母亲两手紧握话筒，不敢相信泥娃娃们会突然出现在眼前，她咬紧牙关，抑制自己不发出尖叫声，差点把新做好的活动假牙咬断。

她不敢相信，小时候的噩梦那么久远了，竟会在大白天突然冒出来，这突如其来的变故令她精神瞬间崩溃。

终于，她控制不了，累积多年的恐惧自喉头迸出，发狂地放声嘶喊：“你……你们走！你们走！”

“什么？小玲？”话筒那头的舅公惊讶不已，登时又失望又悲愤。

“对……对不起……舅舅。”母亲强定精神，极力将颤抖的嘴唇稳定下来，“我……我在骂我家的猫。”

当然，我家没有猫。

是的，我记得几年前，母亲曾有一阵子精神状况颇糟的……

泥娃娃们包围她，说出来的话像风声，自凿裂的脸上吹出：“秀玉，约好的，你忘了吗？秀玉，约好的……”

它们强迫要母亲回答，不断在耳边聒噪，她试着不理它们，极力要听清楚听筒彼端的话声。母亲多年不见的小舅舅，其实年纪不比她大多少，小时候跟母亲很要好，这通原本应该是欢聚的电话，母亲却完全没了心情，但还是凭着理性记得先问清对方的电话号码，才轻轻挂下电话。

放下电话后，她顿时崩溃，整个人软倒在地上，抱膝痛哭。在哭泣中，她甚至还能理性地思考自己为什么哭，是因为幼年的亲人联络上她了？不，这许多年来，她几乎忘了这位小舅舅的存在；是因为担忧多年的事终于发生了吗？是的，但并非因为害怕，而是因为觉悟，感觉上好像是期待已久的见面。

泥娃娃们看见她哭，纷纷停止吵闹，走过去试图抚摸她、安慰她。

正在此时，父亲刚好回家。

退休后的父亲，每天早上会去晨练，然后找老朋友聊天打混，现在又多了一件回乡团的事，更是要拖到午饭后才会回家。那天他如常回家，就看见坐在地上哭得全身发抖的母亲，他赶忙上去搂住她："怎么了吗？发生了什么事？"

母亲紧拥父亲，有父亲宽阔温暖的肩膀，她顿时放心了不少，但仍不忘用被泪光模糊的眼角瞟了一眼泥娃娃。

当下，她不寒而栗。

泥娃娃死板的眼睛喷出愤怒的目光，直瞪着父亲。

泥娃娃们发现，经过了四十余年后，它们有新对手了。

听母亲说到这里，我不禁倒抽一口寒气。

它们也不甘示弱，在大门后愈发吵闹，厚重的铁门发出令心脏悸动的砰砰声，像有人作势要冲出来。这道门是我每天出入的通道，门后是我自幼生活的空间，曾几何时已经被不明的力量占据了，还在里头耀武扬威。当初不知道那股力量是什么，我还会恐惧，而今我已明了它们的身份，而且还知道它们很可能是造成父亲猝死的元凶时，我胸中的无名火油然而起，心中呐喊："它们凭什么？凭什么破坏我的家庭？"

门后发出呼啸声，像疾风吹过门隙般凄厉，此时此刻，我终于听清楚了，那不是风声，而是泥娃娃的呼唤："秀玉……秀玉……"跟母亲说的一样。

我的泪水夺眶而出，母亲忽然患上癌症，事前毫无征兆，莫非也是它们的杰作吗？

我上前一步，意欲走向我多年进出的家门，但母亲的手制止了我，她羸弱的手臂像是要用尽最后一点力气般紧拉着我，朝我摇头："不要……你斗不过它们。"

"可是，妈……"

"这不关你的事，你不应该受到伤害，"她的眼神强烈地命令我，"如果你有任何不测，我会死不瞑目的！"

我想要挣开她的手，愤怒令我胸中充满了无限勇气，认为自己没有办不到的事。

"我回来这里，告诉你一切，告诉它们一切，你可了解我的苦心？"母亲更用力地拉紧我，"因为你还年轻，你还有很多的人生还没体会，你还没结婚生子，你还没享受过为人父母的乐趣，你还没体会过工作成功的喜悦，而这一切我都已经拥有过了，你爸爸也拥有过了！"

"可是它们要害死你！"

"不，不是这样的……"母亲猛摇头。

"为什么它们要这样对你？为什么它们要苦苦纠缠你？"

"我也曾经这么自问，我也曾经想了很久很久，你知道吗？乖女儿，这是我自取的。"

我放松了手，不明白她的意思，什么自取？自取什么？

"听我说……"母亲近乎恳求地说，"我必须要说，要说完才行。"

……当时，父亲扶着惊慌的母亲到客厅去，倒了杯水给她，问她什么事。

母亲偷瞄一眼虎视眈眈的泥娃娃们，它们仍旧以仇视的眼光瞪着父亲。它们已经与母亲记忆中的泥娃娃有很大分别，它们失去了光彩，灰蒙蒙的它们比往常更像妖魅。母亲回想，过去它们除了陪她玩之外，并没做过主动伤人的事，即使是她那两个夭折的弟弟，也不是它们故意要害死的。

这样的泥娃娃们，有能力伤害父亲吗？

有一个泥娃娃走向父亲，伸手摸摸他，母亲还以为它想做什么，接下来，泥娃娃的手忽然透入父亲胸口，父亲猛地瞪大眼，喉头“呃”的一声紧绷，用力紧抓着心脏部位，整条脖子暴粗涨红。

“不可以！”母亲大惊，冲过去两手夺力一推，一手推开泥娃娃，另一手将父亲推倒，泥娃娃的手脱离了父亲的胸口，父亲倒地后，拼命喘气，一脸惨白。当母亲碰上泥娃娃的手时，觉得像没入了一堆冰冷的沙砾之中，她心中一沉，忆起了小时候跟它们玩耍的时候，是否曾经摸过它们的手？是柔软的手抑或坚硬的手？她发觉她竟不记得。

母亲爬过去抱住父亲，抚摸他的胸口，寻找心脏的跳动，父亲眼神迷茫，口中喃喃地问：“我怎么了？我是不是不行了？”

母亲怨恨地望着泥娃娃：“这又干他什么事了？你们为什么要这样对他？”

它们似乎觉得闯祸了，纷纷垂下头，口中呼出奇怪的声音，母亲听了一下，才明白它们在说：“玩……玩……”

她扶起父亲，离开房子，到巷口外去截了辆出租车，送到附近的医院去挂急诊。

我想起来了，这就是那天我跟第三任男友约会结束回家时，家里黑漆漆没开灯的理由，那个时候距离手机普及化还有六七年，连最早的一张和信电讯“轻松打”预付卡都要在五年后才推出，家里也没装电话录音机，母亲也没只字留言，我完全不知道发生了什么事。

当时黑暗的家中只有我一人，心里不禁毛毛的，要是当时知道有什么东西在家里的话，我是绝对不敢待下去的。当然，说不定泥娃娃们也不在家，而是跟着母亲去医院了。

直到午夜十一点，母亲才打了个电话回来，要我去外头过夜，朋友家也好，宾馆也好，总之别留在家里。

“妈你别吓我，”我吓坏了，左右张望，担心有什么东西从后面扑上来，我不禁一手掩住话筒，压低声音问道，“家里有小偷吗？”

母亲在电话那端沉默了一下，才说：“爸妈有急事，今晚不在家，你一个人不会怕吧？”

我呼了一口气：“拜托，我三十岁了耶。”

“那就好，”母亲的声音很累的样子，“睡觉前别忘了检查水电，瓦斯也关好。”

“我会啦。可是，你们是什么急事……”母亲已经挂电话了。

如今回想起来，自从那天之后，父亲的身体就大不如前了，面色常会苍白，走路也常会两脚发软，所以也很少去晨练了。他告诉我，他是血栓造成的心肌梗塞，不能再做剧烈或长时间的运动了，大概连回乡也会很吃力，语气中带有说不尽的遗憾。

自此之后，母亲的脸总带有一丝忧愁，眉头常会不由自主地跳动，露出像是受到惊吓的表情。当时我以为母亲纯粹是担心父亲有事，如今才了解她的心中是忍受着怎样的一个秘密，一个她甚至不敢告诉爸的秘密，她可能不希望爸会怪罪她，她可能不希望爸会产生怨恨，很有可能父亲直到临终都不知道真相。

到父亲死后，这秘密必定仍旧折磨着母亲，直至她也行到生命尽头，才一股脑儿说出。

说了很多话的母亲，向看护妇表示需要氧气罩，看护妇熟练地将氧气罩盖在她鼻口上，我边看妈吃力地吞食空气，边看着看护妇抖动不安的眼神，只见她不时望向喧哗的大门，但仍旧坚守岗位，没有因害怕而夺门出去。或许她也很好奇，好奇心战胜了恐惧，即使两腿发软，依然理性地照顾病人。

“所以，”我打破沉默，“在那儿之后，它们就一直住在家里吗？”印象中，家中似乎没发生过什么异象。

母亲放开氧气罩，待呼吸稳定了，才说：“我要它们别吓着家人，苦苦哀求它们离开，不要再纠缠我了，但它们不愿放过我。”

“到底为什么它们无论如何都要找到你呢？妈，你说是你自取的，为什么？”我不应该对一位临终的至亲如此残酷，苦苦逼问她心中最痛之处，但我不愿她就此抱着秘密离去，我要她在与时间的赛局结束之前告诉我最关键的那一块拼图。

母亲轻按我的手背，要我耐心等待。

她说，泥娃娃们最终答应她不住在家里，它们会待在屋外。

屋外！

说到屋外，我马上想起庭院的小储藏室。

那储藏室堆些扫把、旧地毯、杂物之类的，我们平日很少会靠近，倒是我小时候常去探险。我喜欢出其不意打开储藏室的门，期待有什么东西会突然跳出来吓着我，直到有一次果真冲出几只黑毛老鼠之后，才停止了我的探险活动。

我记得，储藏室有不少老鼠蟑螂，父亲用捕鼠器、蟑螂屋都逮不完它们，后来老鼠蟑螂都忽然消失不见了，我想应该就在父亲身体转弱之后。

我这下才明白！

这几年来，虽然小储藏室没有了老鼠，庭院却老是有怪声。每到晚上，就有细细碎碎的杂音，像有小孩在窸窸窣窣地低语。

父亲猜想是邻近小孩在墙外捣蛋，但谁家小孩会这么晚出来呢？或许是不良少年吧？父亲时而突击检查，半夜悄悄走出院子巡了几夜，都一无所获。

我现在才明白，那是泥娃娃们在调皮地嬉闹。

母亲说，她还曾趁着送父亲去医院检查、我去上班时，偷偷打了把钥匙给道士，秘密邀人做了好几场法事，想请它们离开，或超度它们，结果只是白白花钱，泥娃娃们寸步不移。

话说回来，你怎么能赶得走泥土呢？

母亲说会请道士，归根究底是因为它们伤害了父亲，她心存怨恨，但试了数次无效之后，且泥娃娃们也不作祟，为了避免惹火泥娃娃，母亲也不再邀来道士，只求和平相处，一如她小时候那样就好。

有一次母亲做了馒头，泥娃娃们见状也要讨来吃，它们一人取了一个，将馒头塞进嘴部凿出的凹穴，塞得满满的。它们口含馒头，吞不下又不吐出，滑稽地四处奔走绕圈圈，似乎以此为乐，接下来它们安静了好几天，没来叨扰母亲，直到它们口中的馒头变硬、粉碎、散落，再也含不住为止。

以后每次她做馒头，它们都会聚过来讨馒头。

某个早晨，父亲吃着馒头配热豆浆，一个口中塞了馒头的泥娃娃走过去好奇地观看，端详父亲咀嚼的动作，然后泥娃娃用手推挤口中馒头，希望将它送进去，试了几次不成功后，它走去找同伴，一起来观察父亲。

过了不久，母亲注意到它们有小小的争执，似乎对于吞不下馒头觉得很沮丧。

母亲也不留意，继续忙她手上的活儿，一间老式的房子可是每天有很多琐碎好忙碌的。

不久，母亲发觉父亲也不在饭桌前了，桌上还留着半碗变冷的豆浆，还有一块似是仓促之中扔下的馒头。

母亲觉得有异，她呼唤父亲的名字，却没人响应，她马上快步搜寻父亲，连厕所都找了，却没半点踪影。

她教自己冷静下来，站在她最常工作的厨房水槽前，那是她常常冥思的地方，接着她灵犀一闪，走到庭院去。

果然，父亲躺在庭院草地上，头顶顶住储藏室半开的门，口中塞满了馒头，脸色发紫，双目圆瞪，两臂屈曲，两手僵硬地逗留在空中，像要赶跑什么似的。父亲身边，围绕着泥娃娃们，它们好像有点不知所措，茫然地站在那边。

母亲跪在父亲身边，小心翼翼地从他口中挖出馒头，一直深入到咽喉，取出最后一团发涨卡在深处的馒头，然后才拨电给我，要我从公司赶回家。

我永远不会忘记那一天。

我忙着联络葬仪社，打点后事，这才知道一个人去世会有这么多需要处理的事。

我也不会忘记那晚回家后，发现母亲又做好了一大堆馒头。

我转头望了一眼家门，门后吵闹的正是杀死父亲的凶手，它们到底在吵什么？而今它们也想害死母亲吗？“妈，”我问她，“当你发现爸时，那些……那些妖怪的嘴巴，也有馒头吗？”

母亲疲倦地望我一眼，摇摇头道：“我怕它们再作怪，所以做了更多馒头，这样它们又可以安静好几天了，这样，它们才不会去伤害你……”我点点头，要母亲别再多说，省些力气。

所以母亲才有后来的上海之旅，她大概想去寻找它们原本的身体，打算彻底地毁了它们。

看护妇已经冷得受不了了，她身上仅披了件外套，哪抵得住这庭院的冰寒。她不停地发抖，看不出是害怕，还是单纯地怕冷，她能陪我们到此刻，我心中已然非常感激。她打个岔，建议我们回头走出大门，去哪儿都好，那些东西，犯不着跟它们纠缠不清。

“你们再等一下。”母亲沉稳地说着，放在扶手上的手指不停地弹动，像在计算什么似的，口中则喃喃道：“快结束了。”

母亲的额头冒出汗珠，数排汗水沿脸庞徐徐流下，她咬着牙，像在极力忍耐着剧痛。

经验丰富的看护妇很是眼尖，她连忙寻找吗啡的注射按钮。母亲见了，赶忙摇手阻止看护妇："不行！不行！你会害惨我！"说着就要动手去抢。

"妈，你不必忍痛的，"我也劝她，"至少不会……"我说不下去，我想说的是至少不会在死前忍受这么多痛苦。

"至少什么？"母亲又慌又怒，生怕我们真的将按钮按下去，她压着看护妇的手，朝我圆瞪着眼，"你知道我昨晚有多痛苦吗？我为了保持清醒，为了保持我的神志，我不停地念佛，极力不让吗啡影响我的意识，当我可以控制自己之后，我就不停地跟你说话，你们以为吗啡会减少我的痛苦，其实它令我神志不清、意识模糊，这样子，我就会任它们摆布，它们就会为所欲为……"

母亲非常清醒，不像是迷糊下说的话。我忙问："什么为所欲为？它们想干什么？"

"它们想要你死！"母亲的眼睛爆红，牙齿咬得格格作响，"它们要我跟它们走，它们以为，你爸死了之后，我还不愿跟它们走，是因为我还有你这个女儿在。我怎么解释，它们都听不明白，我告诉它们，事实是因为六十年还没到，还没到呀！"

我脊背发寒，全身汗毛竖立，不是因为庭院的寒风，而是从内心透出来的寒意。我想起了一件事："妈，难道你昨晚跟我说，有人跟你约好，在家等了你六十年，就是它们吗？"

母亲点点头。

我抖着声音问："妈，你跟它们到底约好了什么呢？"

"约好了六十年后，我要跟它们在一起。"

它们大概听见了这句话，于是门后方的声音突然兴奋起来，齐声呼唤道："秀玉……秀玉……"这次不像先前的凄厉，而是充满了期待，是长久的等待终于要实现时的喜不自胜。

我提醒母亲："可是它们要找的人叫秀玉啊。"

"秀玉就是我，我就是秀玉。"母亲在语中带着浓得化不开的玄机。

我屏住呼吸："我没听说过你有这个名字。"

"我原本也不知道，直到它们告诉我。"

泥娃娃们千方百计要找到母亲，一定有理由。

母亲瞪着我，说："你外婆养的泥娃娃，其实不止六个。"

忽然之间，我猜到母亲想说什么，我不敢相信！不！我不能相信！

母亲说："还有第七个泥娃娃，乳名秀玉。"

说完，她松了一口气，像是将聚积已久的浊气一次吐出。

砰砰作响的大门，发出金属的哀鸣声，表面开始渐渐扭曲。

"你外婆最喜欢我，要我当她女儿。"母亲继续说。

在泥娃娃重新出现之后，某夜在梦中，母亲忽然忆起了一件事，一件深潜在她意念中从未被认真对待过的记忆。

她想起外婆捧着名叫秀玉的女泥娃娃，用手指逗弄她红通通的圆脸："秀玉呀秀玉，我有个像你这般可爱的女儿就好了，你想不想当我女儿呀？"

她想起跟"它们"道别时的情景。

"你要去当人了，好好哦。别忘了我们哦。"

“以后我们还是一起玩好不好？”

当时秀玉说：“我答应，一甲子以后，等我老了，我再跟你们在一起。”

我脑袋一片空白，说不出半个字。

太荒谬了。我告诉自己。

母亲说完之后，直愣愣瞪着大门，被癌症折磨得干瘦的她，一双明亮的眸子在乌沉深陷的眼窝中分外清澈，眼神中不再带有惧意，而是终于将一切交代完之后的松懈感，我随着她的视线转眼望去大门，这才发觉门后不知何时沉默了，整片庭院安静得很。

我毛骨悚然，感到整个背部忽然麻痹了，就如每一次台风肆虐前的宁静，在静谧中酝酿着杀戮的能量。

“砰”的一声，大门猛然被撞开，门后漆黑一片，那片漆黑仿佛是毛茸茸的生物，正侧身在门后张牙舞爪，冷风穿过玄关呼啸而出，许许多多脚步声奔跑出来，如浪涛般汹涌而来。

风声依然在呼唤：“秀玉……秀玉……”它们的声音像快乐的小孩，一心一意要邀好朋友一同去玩耍，声音阴森却带着无邪的天真。

门后吹来的风拂过我身边，那风又浑又重，像一道沉沉的冰河流过，它吹过母亲的轮椅，母亲惨叫一声，拉长青筋暴浮的脖子，整个头重重撞去后方，她仰首发出咕噜咕噜的声音，像拼命地在漱口。

“妈！”我无助地高声大喊，向看护妇求救。

看护妇赶忙拿来氧气罩，被母亲一手格开，她拒绝被救援。

我忽然想起母亲的念珠，她曾经说过无数次，将来要念佛往生西方极乐，往生最重要的是临终前的最后一念，所以届时要不停念佛。这时我才注意到母亲由始至终没拿过佛珠，昨晚在她手上的那一串星月菩提念珠也不知所踪。

她在轮椅上痛苦地拉直全身，两手像鸡爪般屈起，喉头不停发出咕咕声，两眼忽然翻白，眼珠子像乒乓球般在眼眶中不住抖动。

“妈，念佛！妈，念佛！”我在她耳际大喊，提醒她。

她吃力地举起手，奋力摇摆，口中好不容易挤出几个字：“不，不……跟它们走，跟它们走……”

我热泪盈眶，我明白她的心意，母亲要跟它们走，不去西方极乐世界了，因为她对我放不下心，她担心它们会对我不利。她要回到家中，娓娓道出整件事的来龙去脉，与其说是要讲给我听，不如说是为了让泥娃娃们了解她的想法，希望它们放过我！

我还来不及为母亲做什么，她已经断了气。

她吐尽体内所有的空气，仿佛在轮椅上定格了。

她全身僵直，两腿伸直，眼睛眯成一线，红唇嘟成圆形，脸庞变得红彤彤的。

就像一尊泥娃娃。

看护妇吓得坐在地面，她从没见过这种场面，不禁惊怕得两眼发直。

不行！我不能也慌了手脚，我咬咬牙，用手背擦一擦泪水，离开母亲，奔到大门前面去看。客厅内一如昨晚，桌椅没有紊乱，沙发也没有移位，我昨晚顺手扔在饭桌上的信件仍然留在原位，方才的吵闹和骚动像是从未发生过一样。

我赶忙抹去脸上的泪水，母亲说过人死不可以哭的，否则会不愿意离开自己的身体，变成守尸鬼，何况我现在还有远比哭泣更重要的事情。

我转身跑向庭院的储藏室，那里的老鼠在它们来了之后消失，半夜的庭院常有怪声，而且父亲就是暴毙在储藏室前方的！我刚才早就在猜疑了，只悔恨没早一步跑过来！我扯开储藏室的门，长期遭到日晒雨淋的铁门发出尖叫声，像是在抗议我的骚扰。我将储藏室内的扫把、簸箕、地毯、花圃工具等一件件扔出，直到将储藏室掏空，找不到！我还踮起脚尖摸去上方，看看在边缘的狭沟里有没有藏了些什么，还是找不到！

我找不到泥娃娃！

它们一定在这里！它们一定是已经过来了！所以它们不会在上海！

天色越来越暗，庭院里的寒意迅速退去，空气变得越来越暖和，台北的春天向来就不冷，这表示庭院内的气温正渐渐回复原本的状况了，这表示泥娃娃们也正在离开吗？

“你们在哪里？”我低声问着，在问对方，也在问自己，就像小时候在玩捉迷藏。

我要找到它们，找到它们就是找到母亲，留在轮椅上的只是母亲的躯壳，真正的母亲已经被它们带走了。

“喂……喂……你们在哪里？”

气温已经完全回复春天的暖意，我的泪水也止不了溢出。

我转头望向母亲，从储藏室望过去只能看到轮椅后缘，看到母亲的脖子直挺挺的，很难想象不过一分钟之前她仍活着，我左顾右盼，却没看到看护妇，她该不会逃跑了吧？

后来我才知道，当时看护妇走进家里打电话请救护车过来。她一定是鼓起了很大勇气才敢走进家里，因为房子里头很可能躲了方才还在喧嚣不已的妖物。

我继续翻找储藏室，将木制的墙壁用力扳开，查看储藏室后方，挖掘下方的泥土，直到天色完全暗下，救护车的笛声遥遥传来时，我才惊觉我让母亲孤零零地坐在轮椅上好久了，而我竟兀自在这儿弄得自己狼狈不堪。

我坐进救护车，陪伴母亲的身体去医院，整颗心不知悬挂在何处，浮沉在虚空中兜圈子，我失焦的眼睛呆望母亲诡异的遗容，心中有很多杂念翻滚，却说不出半个字。

忽然间，我起了一个念头。

泥娃娃是泥土，庭院是一大片泥土地上长满了细草，我怎么可能在大片泥土中寻找泥土呢？

那一晚，我直到半夜才回到家里，过度饥饿的胃囊抽搐着，脑袋瓜依然空空洞洞，直到看见大门外贴了张留言便条，心中才有些踏实。便条是姐姐留的，她从美国赶回来联络不上我，暂住在附近旅馆，便条上写了电话号码和房号，她说会在房中一直等到我去找她。

我没进家门，直接到旅馆去找姐，跟她住了一晚，将整件事倾吐给她听。

姐听了之后，只淡淡地点了点头。

“姐，你不相信吗？”

她无言了一阵，说：“明天一大早，我们回家。”

这一夜，我在不安中睡得很香很安稳，因为我并不是孤独一人睡在偌大的宅院中，担忧着泥娃娃，我身边还有自小陪伴我、常常争玩具、一起去上学的大姐，令我着实安心不少。

次日一早，我和姐回家，打开大门，庭院中洒满阳光，空气清新，一点也没有昨天的阴沉。

姐走在我前头进了房子，直接走到母亲的寝室去。

母亲的寝室是一个我很少会去的地方，那里是我心目中的禁地，是一处我无论如何都没想过要进去的地方，而现在的确是应该整理母亲遗物的时候了。

但是，姐姐却推来一张椅子，站上去踮起了脚，抬头探望衣柜上方，然后向我招手：“你也搬一张椅子来。”

我觉得心跳加重，重得连呼吸都觉得有些困难了。

衣柜上排了一整列小巧的泥娃娃，每一个都可以完全放在手掌心里。它们残旧不堪，五官不清，四肢不全，红肚兜剥落，连外表的奶白色底漆都脱落了，露出土黄色的泥坯，在头部还凿了个裂孔，我仔细一瞧，裂孔中还残留有干硬的面块。

数一数，共有七个泥娃娃。

只有一个泥娃娃的头部没有裂孔，但看起来最老旧，底色颜料几乎脱尽，它的头比其他的来得大，尤其脸部特别膨膨的，看来原本应该有一副红彤彤的笑脸。

“我上次回来替妈妈打扫房间时就看到了。”姐说。

上次？上次是什么时候？我想起来，是父亲刚过世那一段时日……

泥娃娃们安静地聚在一起，看起来非常享受它们共处的时光，我几乎可以感受到它们的满足和快乐，那段欢乐时光像是停顿在母亲寝室的衣柜上方，很久很久都不会再流动。

我知道不会直到永远，但会到很久很久。

四季台北

/

夏

超级玛莉

人影是从瓦砾之间冒出来的

更正确地说是像挤牙膏一样

从缝隙间挤出来的

人影飘过她眼前

像丝绸般滑过水泥碎块的粗糙表面

上午十一时五十三分，天摇地动前一分钟，玛莉正在六楼通往五楼的楼梯间，准备将打扫工具收拾到底层的储藏室去。

有一部分上班族正打算提早开溜，有的焦虑地频频看表，担心赶不上中午的约会，有的在偷传手机信息，有的已经溜进电梯，按下了通往底层的按钮。

南投附近的震央传出强烈纵波，推歪了这栋大楼十年前偷工减料的地基，扭断了钢筋铁罐水泥的支柱，扯裂了钢筋纸板水泥的外墙和地板，于是整栋大楼下陷，四楼变成一楼，四楼以下像压扁的三明治，将地下停车场的房车全都压成废铁，包括一辆前几天刚出货、贷款还没缴清的奔驰车，买主是七楼电子公司的新贵总裁，他刚在电梯中跟其他几个上班族一起被压成肉酱。

上午十一时五十四分，地震十秒后，玛莉被压在破瓦碎砾之下，由于地震前那一分钟，她临时起意想喝杯水，于是将工具摆在楼梯间，打开五楼的门，拿了宝特瓶到厕所旁边的饮水机去装水。五楼有新迁入的办公室，负责人还没带钥匙来开门，饮水机旁堆放了几张办公桌椅，搬运工人刚下楼去找人，所以这几张办公桌帮她挡住了倒下的墙，虽然桌子的金属支架严重扭曲，依然为她保留了不少空隙。

中午，外头炎阳正炽，瓦砾下的玛莉却觉得寒冷无比。

饮水机的水管破了，她的衣服泡湿了水，将她体表的体温迅速夺去，而且她的肚子好饿，早餐只不过是来上班前买的一个糯米饭团，在经过一个上午的辛劳工作之后，早已化为汗水。

一切来得过于突然，她还没回神弄清楚发生了什么事，只感觉到下半身无法动弹，也不知道自己有没有受伤流血，只是觉得好累好累，力量正一点一点自身体流失。

此时，她脑中只有一个念头："我不要死！"

万千个画面忽然从她脑中迸出，过往的回忆如走马灯掠过眼前。

话说回来，玛莉也没什么特别值得回忆的事情。

不过有一点无可否认的是：玛莉很厉害。

玛莉很厉害！

她凌晨起床，为孩子和老公准备早餐。

然后她到四十分钟车程外的办公大楼上班，六点半打卡，在八点钟公司上班以前将几层楼打扫一番，如此不断地扫地、拖地、抹窗、抹这儿抹那儿，等等。

傍晚回家，她还得去买菜，回了家再洗菜、切菜、洗米、烧饭、煮菜、吃饭、收拾、洗碗、打扫家里、洗衣，往往到了午夜才有机会将自己梳洗一番，还要看老公睡前有没有需求，她才有机会就寝。

所以说玛莉很厉害。

玛莉，三十五岁。

十二年求学成绩平平，在班上从不受人注意，生平无特殊爱好，高中毕业后打了几年工，有人追求，所以嫁了，嫁了，所以生小孩，带小孩很忙，待孩子上学了，家中收入不足，所以再去工作。

目前职业是清洁妇。

玛莉是她为自己取的洋名字，她梦想有朝一日能去美国，过美国人的生活，所以她觉得最最基本的，该让自己先有个洋名，至少先沾点边。

玛莉最自豪的是，最小的儿子上学期英文考了七十二分，她觉得最可能圆她美国梦的，是小儿子。

为此，她工作更加辛勤了，还考虑晚上是去便利商店还是快餐店兼差。

玛莉告诉小儿子："你以后去了美国，一定要接妈过去住哦。"

小儿子不睬她，他觉得老妈很土很俗气，小声嘟囔道："我如果去美国，绝对不会带你过去。"

其实玛莉听到了，她告诉自己不要伤心，因为儿子正值叛逆期，会这样说话是很自然的。

以上就是玛莉全部的日常回忆。

她在破墙之下奄奄一息，事实上，她不只被墙壁压到，地震时整个地板下陷，她随着整堆碎石往下掉，等于掉落了三层楼。虽然不是垂直掉落，其间有不少次还撞到其他东西减缓了速度，她的内脏依然受到了撞击，说不定会内出血，如果这样，她就真的离死期不远了。

内出血跟外出血一样是出血，除非吐血，否则在外表看不到有血，但内脏破裂的血液会流进腹腔，一样会造成缺血性休克，然后表皮下会显现大量瘀血，看起来会青青的东一块、西一块。

四周静得很，玛莉听不见平日空调、汽车、机车的嘈杂声。她睁开眼，看见微弱光线自碎石缝隙中穿入，余震未歇，碎石沙子还在洒落，几粒沙子掺进眼中，手又被压住伸不出来擦走沙子，令她眼泪直流，只看得见一些模糊的影子。

迷糊中，她看见几条人影。

“太好了，有救了……”

但她马上又察觉不对，那几条人影飘忽不定，走过眼前却没发出一丝声息，没踩在瓦砾上的声音，甚至连呼吸声也阙如。

她努力想伸出右臂，右手被压着，但仍有扭转空间，她将手臂转动，移了移腰，好不容易伸出半个手掌，她低下头凑近手指，轻轻挑走眼角的沙子。在眼角余光窥见的前方，她看见了，人影是从瓦砾之间冒出来的，更正确地说是像挤牙膏一样从缝隙间挤出来的，人影飘过她眼前，像丝绸般滑过水泥碎块的粗糙表面，有的往上飘去，有的像污水般沿水泥块边缘流下去。

玛莉忽然明白自己遇上什么事了。

那些是新鲜脱离躯壳的神识，正迷迷糊糊地不知何去何从，只能随波逐流。他们大部分在几分钟前正好饥肠辘辘，最后的记忆中尽是吃的欲望，只想拥向平日吃午餐的地方，这就是为什么几分钟后，附近那家他们常去光顾的简餐店老板忽然间严重头晕，结果倒地后送医院住了三天。

玛莉感到十分无助，有人会知道她在这里吗？她又在哪里？她惊惶地想转头四顾，但头被卡住，转不了多少。突然，她感到头一松，整个头脱出束缚，身体离开了瓦砾，她还来不及高兴，低头一瞧，却看见瓦砾中躺了一个妇女，妇女头上的发夹她认得，那是她自己。

“我不要……”她快哭出来了。

她还没准备要死，她还没去过美国。

这时候，她又想起了家人，他们是她生命中重要的人，虽然他们根本不在乎她的存在。

玛莉在家中得不到尊重。

大儿子当她是厨子和洗衣机。

女儿认为她很烦人，在朋友面前很没面子。

小儿子觉得她样子很老残，像帮佣多过像妈妈。

老公除了当她是厨子和洗衣机之外，还抱怨她不会打扮，而且在床上也令他很没趣。

我说过玛莉很厉害。

她不以为意，依然尽心尽力为家人打理一切，因为她从小就认为，当一个好女人就应该要这样。

可是玛莉再怎么厉害，蜡烛多头烧总不是办法。

在两个月前的一次早晨打扫时，疲劳过度的玛莉晕倒了。

在她搬着打扫工具爬楼梯时，忽然觉得脑袋瓜朦胧一片，两眼失焦，小腿酥软，整个人倒在楼梯间转角。当时还没到上班时间，另一位清洁工也还在另一个楼梯间打扫，即使是上班时间，大家也搭电梯，少走楼梯，因此没人会发现晕倒的玛莉。

玛莉醒过来时，第一个念头是预计的工作尚未完成，她赶忙看手表，然后一边喊糟糕，一边继续工作。或许是因为这一晕倒半个小时，让她得以休息了一会儿，所以觉得精神好多了。

她不知道，她刚刚在鬼门关口打转了一趟。

她更不知道，她其实是被救醒的。

她没将晕倒这件事告诉任何人。

她习惯将不顺利的事吞进肚子，因为其实也没人可以倾诉心事，以前她在班上像透明人，现在老公和儿女又都嫌她烦。所以其实她也觉得没什么不顺利的，正如一个常常跌倒受伤的人，久而久之会觉得跌倒像走路一样正常。

但她也不知道，自从那次晕倒之后，她的生活已经产生了某种变化。

她的工作变得不太顺利。

有时候，当她在拖地时，会发现身边的水桶突然不见了。

有时候，当她在抹窗时，会发现刚才扔到水桶中的抹布转眼不见了。

刚开始，她还在想是不是得了人家讲的老年痴呆症啦，因为那些不见了的东西总是会在楼梯间找到。

渐渐地，向来神经粗大的她也觉得不对劲了。

首先，有时候，当她在工具间窄小的角落吃猪排便当时，会发现便当内多了一块猪排，她以为是卖便当的给她加菜，直到她的另一位同事抱怨最近便当总是没有猪排，明明买的时候还有的。

她那位同事姓庄，年纪比她大了十年，所以叫她庄妈妈。庄妈妈会热心地替她买便当，她不知道其实庄妈妈过去老是偷偷将便当中的菜移了一些过去，这就是为什么玛莉吃的便当总是饭多菜少。自从玛莉晕倒过后，便当中的菜就回来了，不仅回来，还多了一点。

起初庄妈妈以为错把自己的便当给了玛莉，有一次她甚至事前打开、再三确认后才递给玛莉，便当中的菜肴照少不误。庄妈妈抱怨菜少了，玛莉会夹回一些给她，可是庄妈妈不敢要。

“有鬼。”这是庄妈妈暗地里的结论。

玛莉也觉得有问题。

她到庙里求了个护身符，让她在清晨独自打扫时壮些胆子，听她家楼下的慈济师姐说《心经》很灵，而且只有两百六十个字很容易背，于是她又背下了《心经》，一边打扫，一边背诵，果真也少了孤单一人时的毛发耸然。

玛莉拒绝相信有鬼，虽然她其实也这么认为。

可是现在，莫非她也变成鬼了？

她浮在半空，脚不着地，她试着跺一跺脚，却感觉不到半点肌肉收缩和关节扭动的存在感，她也感觉不到自己的体温，甚至找不到自己的身体。

她想背诵《心经》，却怎样也想不起来，想不起来有个菩萨，想不起她平日很喜欢那段很多“无”的经文，只记得有个“心”字，连“经”也忘了。

玛莉欲哭无泪，她茫然不知如何是好的同时，发现瓦砾堆上坐了一个男子。

那个人很随性地坐在一块原本是墙壁的水泥块上，水泥块上还有个大大的金色塑料字“鑫”，原本是七楼电子公司大门旁贴着的招牌。那个人在那个大字上数了数，口中呢喃道："三个。"然后抬头望玛莉。

玛莉非常吃惊，那人居然可以看到她！

那人一身干干净净的，不像是刚从地震中幸存的人，只不过他面色枯黄，双颊凹陷，两眼像是过劳似的堕入蓝黑色眼眶中，他衣服样式老旧，像是二十年前就不再有人穿的中山装，而且还印满了过时土气的花样。

玛莉记得她在哪里见过这种衣服。

在她几天前买来准备要在清明烧给过世的公婆的那堆冥币、金纸之中，就有这款纸衣。

不管怎样，总之那人看得到她，她需要他的帮忙，至少传句话给她老公。

"我需要你的帮忙。"

她愣了一下，这句话不是她说的，是那人说的。

那男子站起来，向她招招手："你先过来这边好了。"

"你……你是谁？"玛莉结结巴巴地问。

那男子也有点错愕："你忘记我啦？"

玛莉猛摇头："我不认识你。"

"那次你在楼梯晕倒，记得吗？"

"记得。"

"那时候我告诉过你，记得吗？"

"什么那时候？你别乱说，我老公会生气的。"

男子懊恼地垂下头，思索了一会儿，才说："总之，你可以过来帮我一个忙吗？”

玛莉对这名陌生男子还是感到不安，她语带防备地问：“帮什么？”

“帮我把他拉出来。”男子指向压在砖块下的人，那人脸孔朝下，也不知是死是活。

玛莉心中念头才一动，就已经来到男子身边，伸手要拉砖块下的人。

忽然，她觉得不妥：“为什么你不帮忙？”那男子背着手，一点也没打算帮忙的样子。

男子叹了口气：“我不能帮……”

“为什么？”

“我真的告诉过你……”男子大大地叹了口气，弯腰伸出两手，然后回头向玛莉说，“你看清楚了。”

他缓缓移近那人，很不情愿地碰了那人一下，指尖马上冒出青烟，他赶忙缩回手，整张脸变得更加惨白，眼珠子像脱线一般打滚了一阵子才止住。他将手凑近玛莉，给她瞧瞧焦黑溃烂的指尖，烂肉还在冒着烟。

玛莉吓傻了眼，半晌才问：“痛吗？”

“非常痛……”男子将手伸入腰间的衣袋，用另一只手不停去平抚它，“所以，请你千万帮忙，不然会太迟了。”

玛莉愣愣地点头，弯腰去拉扯砖块下的人，仅轻轻一拉，就将那人抽了出来。不，不对，她拉出来的是一个人的形体没错，可是很快就在她手中崩解，变成一团黑雾似的胶状物，松膨膨、轻浮浮的，握不实。

玛莉吃惊得合不拢嘴，极力想抓紧它，但那团黑胶依然从她手中流走，堕到地上，松软地弹动了一下，然后又高高地浮起，像是企图站稳的断线傀儡，失去了骨骼、肌肉和关节的束缚，一时还不知该如何站稳才好。

“我……我……”玛莉惊讶地指着那团黑胶，向男子结结巴巴地说。

男子微微点头。

“我杀了他！”

男子猛摇头，口中说：“不，不……”

“我以为你叫我救他，可是我杀了他！”

“不对，你帮了他，”男子说，“你看看周围，他们都顺利脱壳了。”他摊开两手，示意玛莉瞧看四周许多飘飘荡荡黑雾样的人形，“可是有些人脱不掉，如果你不帮忙，他们会一直在这边徘徊打转，最后会烂掉消失的。”

“我杀了他！”玛莉不能接受，不停责备自己。

“请相信我，他们不可能再活着，你帮了个大忙，而且还有很多需要你帮忙。”

那团黑胶在玛莉面前转了几圈之后，慢慢流入碎石砖块之间的空隙，像灌入地底的养分一般，最后流得一点也不剩。

“他去了哪里？”玛莉惊道。

“去他该去的地方。”

男子没再多说，他移到另一个地方，指着一堆破墙和钢筋：“这下面有一个。”

玛莉迟疑了一会儿才移过去，将手伸到破墙下方，摸到一团软软的东西，将它一把拉出。

所谓一次生、两次熟，玛莉的动作越来越熟练，她依照男子的指示，将黑雾状的人形一个个拉出，看着他们有流到地底的，少数往上升去的，其余大多都是被风一吹，不知飘往何方去的。

在台北盆地闷热的空气中，玛莉不知已经拉出了多少人的黑胶，却一点汗也没流，只觉身体凉凉的，她想平常工作能这样子多好哇，这样她就可以早点完成工作进度，到储藏室角落去打个盹儿了。

可是眼前的这个工作，她不知道进度，不知道有没有薪水，也不知道她到底在帮什么忙。

“喂。”她又拉出一团黑胶之后，对那男子吆道，“请你告诉我，为什么是我一个人在忙？你难道什么都不做吗？”

“我？有哇，我负责告诉你那些人在哪里呀。”男子环顾一圈，点头说，“这一区清空了，我们下去。”

“下去哪里？”玛莉警戒地说。

“给我。”男子伸出手，要玛莉拉住，玛莉伸手过去，摸到一只寒冰似的手掌，她想退缩，但男子握紧她，将她拉向瓦砾之中。

玛莉感到身体沉入碎瓦破砖，她猛然想起身体还被压在瓦砾下，不禁急得大叫：“等等，我的身体！”

“不急，不急。”男子喃喃道，不理会她的慌张，硬把她拉下去。

玛莉完全沉进瓦砾之中，那里光线稀薄，但完全不妨碍视物，她能完全看清楚碎石中的尸体，有的已经是空壳，有的还有黑雾在尸体表面抖动。

玛莉伸手要去帮它脱出来，但被男子拉了一把，钻向废墟的更深处去。

“我们还有更艰难的工作。”男子说着，在一个地方停步。

那是一个被压扁了的大铁箱，它原本是个电梯，在扭曲洞开的两扇门之间正流出一大摊浑浊的液体，在上方沉重的挤压下，还不停在溢出液体。

如果玛莉此时有鼻子的话，她一定会闻到铁锈般的腥臭血味，有如浓缩未还原的番茄汁（其实主要成分是金瓜），还会闻到从大小肠挤出来的浆汁，气味关乎那人昨晚吃了些什么。铁箱里有三位昨晚为便秘所苦且今早仍胀着小腹来上班的人，他们的比较干硬。

事实上，这里头还有五位（跟前述便秘者有重复）糖尿病患者或潜在的未来（哦，没有未来了）患者，包括那位刚买新奔驰车的电子新贵总裁，他们的液体不久就会吸引大批地底的蚁群出动，为它们的地下王国增添不少能量。

“请你帮忙，”男子朝电梯扬扬手，“提醒你，这个有点困难。”

玛莉深吸一口气，将两只因经年工作而粗大的双臂伸进去，通过一堆堆肉碎和骨块，摸到一团松软的黑胶，她一拉，竟被扯住，拉不出来。

“怎么回事？”她问男子。

“或许，你需要用点力气。”

她奋力一拉，好不容易拉了一点出来，却发觉后头扯住了好大一团，她摸到许多扭动不停纠缠不休的东西，像布丁一般软绵绵又黏腻腻的，她再加把劲儿，终于拉出了一团东西，这才看到好几个纠结在一起的黑胶，要不是有些挥动的黑胶仍有手臂的外形，玛莉根本看不出人形。

男子说："麻烦你把他们分开。"

不需男子吩咐，玛莉已经在试图找出打结的位置。

多年来的埋头苦干，令玛莉培养了一股干劲，就是一旦启动了工作，她就会不眠不休、不饮不食，直到预定的进度完成为止，而且还常常完成额外的工作，令庄妈妈常常有机会偷闲。

玛莉东拉西扯，将一团黑胶分离了出来，往旁边一放，黑胶先是懵懵懂懂，渐渐才出现人形，然后又忽然崩解成液状，像变形虫一样缓缓蠕动。

正当玛莉要分开另一团黑胶的当儿，那团纠结的黑胶中忽然伸出一只手，将她紧紧抓住。玛莉尖叫了一声，转眼望向男子，黑胶中随即传出一声低吼，接着像背书一般呢喃："三十岁前要赚到一千万，三十五岁前要股票上市，四十岁前要跟一百个女人上床，四十五岁前……"

"放手！你这色鬼！"玛莉怒声骂道，用力去拍打他。

"我不甘心，我不甘心，我不甘心……"

玛莉转头向那男子："你！不知什么名字！倒是想想办法呀！"

男子耸耸肩："如果有办法，我就不需要你的帮忙了。"

玛莉啐道："你这没用的男人！"转头用力拍打那只抓住她的手臂，"你也是！死就死了！不甘心又怎样？我都还没去美国呢！"说着说着，玛莉竟也想要哭起来了。

她不理会那只抓她的手，也不理那烦人的背书声，赶忙快刀斩乱麻地将那一团团黑胶分离，渐渐地，黑胶团越来越容易分离，一个个脱离流走，最后只剩下一个人形，依然伸着手紧抓玛莉。

那人形左顾右盼了一会儿，忽然崩解，化成水似的一摊黑汁，背书的呢喃声仍在继续，但随着渗入地底而愈加小声，很快它被地面吸干，四周马上陷入了沉静。

玛莉松了一口气之后，才转身问那男人："你刚才不敢碰，是怕被烫伤吗？"

男子点点头："病死的、老死的人，一般比较轻，因为即使有所不甘，也早有心理准备了，可是暴死的人通常比较烈，越不甘心的越烈，像刚才那一位，对我们来说，是根本碰不得的。"

"你们？你们是谁？"

"押司，你们一般称我们是无常。"

玛莉愣愣地瞪住那人的眼睛，良久才说："无常不是专门勾魂的吗？"

"呃……原则上来说，是的。"

"连你也碰不得，还要找我帮忙，那还要你们来做什么？"

男子（无常）有点难堪："这么多年来，我们都是这么做的。据说当年曹操死的时候，气势很大，我们请了十个阳人才成功帮他脱壳。"

"什么是阳人？"

"还没死的人，还没死的人阳气犹盛，不怕那些刚烈的……"

玛莉抢着问："所以我还没死？"

"没错。"无常咬了咬唇，才继续说，"可是我不知道你等下会不会死。"

玛莉恼火了："那为什么你在旁边干等，不愿意帮我？"

"我正在帮你。"无常直瞪她的眼睛，表情十分认真，像是要从她眼中挖出些什么似的。玛莉有点害怕，毕竟对方声称自己是无常，听说凡是人死一定会先见到无常的，可见无常是不可得罪的。

可是眼前这位无常说话挺和善的，虽然玛莉搞不懂他的意思，她壮起胆子，问一件他刚才提起的事："你刚才说，我在楼梯晕倒的时候，你见过我？"

"你想起来啦？"无常面露喜色，干瘦的脸庞笑起来像一片老旧的面具。

玛莉摇摇头，无常又失望地垂下头去。

"你还说那时候，你跟我提过什么？"

无常挥挥手，说："现在没时间多谈这些了，我们应该上去了。"

"好，我们一边走一边讲。"

"没时间。"无常大步走开，在破墙碎石上轻轻一级级朝上蹦跳。

玛莉追上去："你不要逃避问题！"

"我没骗你，"无常头也不回，"我在倒数，四十五、四十四、四十三……"

"数什么？"

"快点跟上来，四十、三十九、三十八……"

玛莉快步追过去，她跟着无常一跳，穿过一块一寸厚的钢筋水泥，重新回到阳光下。

他们在废墟上穿梭，转过一片歪斜的高墙之后，玛莉见到有个男人被压住下半身，奄奄一息的他表情痛苦，努力想将自己拉出来，却怎么也移动不了。他整洁的衬衫虽然被沾污了，细心打理过的头发虽然乱掉了，却怎么也遮不掉他俊俏的面貌。

无常告诉玛莉：“他是‘台大’高才生，拿过几次书卷奖，留美双硕士，又是柏克莱博士，受高薪雇请，上个月刚来这里上班。”

玛莉不禁心想，这么厉害的人，又是大帅哥，这次能够大难不死，必有后福，在电影还是电视里面，帅哥不总是活到最后的吗？

远处，救护车和消防车的声音传来，两道警鸣声交错着合奏，两车越是接近，声音越是尖锐。玛莉慌张地四顾，寻找救护车的踪影，她希望这男人能获救，否则他过去的努力和辉煌不就白费了吗？当然她也希望自己能获救，即使她的过去根本不值一提，充其量只会包含在今天刊在晚报的伤亡数字之内。

“十二、十一、十、九……”

“你还在倒数呀？”

“六、五……”无常点点头。

“倒数什么？”

“二、一。余震。”

废墟下方轰隆一声，整个废墟马上下陷，玛莉大吃一惊，她听到下方有惨叫声，忙问：“下面还有人活着？”

“刚才。”无常纠正她说，“你看。”他指指前方。

他们刚才绕过的那片高墙被余震摇了几下，正慢慢地越来越倾斜。玛莉马上了解是怎么回事，她下意识地冲过去，意图挡着那面墙。高墙加速倒下，她的身体穿过墙，眼睁睁看着墙仆倒，将下方的俊男博士压扁，一粒眼珠子和着脑浆从墙下弹出，滚到一旁去。

玛莉欲哭无泪，看着一个那么漂亮的事物被活生生挤碎，她完全不能做什么，于是将怒气转嫁到无常身上：“你明明知道它会发生的！”

无常耸耸肩："我只知道一部分。"

"可是你却什么也不做！"

"你明明知道，我什么也做不了。"

他说得没错，玛莉气馁地坐下来，消沉地垂下头。

无常走过来，不知从哪儿弄来一本簿子，摊开在手上："这上面写满这次要脱壳的人，可是你看。"玛莉抬起头，可是无常只让她远远看。

簿子上有很多字，可是那些字并不是固定不动的，仔细一瞧，它们正在缓慢地变化，如散云在空中不住地涌动。

"一切都是定数，"无常说，"可是定数会因为系数改变而改变。"

系数？对玛莉而言，这个似曾相识的名词早在八百年前就还给老师了。

"比如说，"无常又说，"在刚才的余震之前，有好几个人的名字，都还不一定会显在这上面。"

"我的呢？"玛莉忽然问道。

无常顿了顿，说："我还不敢说。"随即合起簿子，不知又将簿子收到哪儿去了。

他走向玛莉，蹲下身子，去摸一摸那具曾经俊美的尸体，轻轻一挑，拉出一段黑雾似的胶状物，转头对玛莉说："我以前当人的时候，摔碎过一个唐朝的花瓶，心痛了好久。"

玛莉冷冷地不看他。

"后来我才发觉，花瓶被摔碎之后，扫到院子里，也只不过是泥土。"他不理会玛莉的冷漠，将整团黑胶抽出来，黑胶有些惊慌失措，兀自弹动不已。

无常抓住黑胶，不令它滑下来："你也知道，我的工作是帮忙带走死人的神识，我救不了人，因为我也碰不到他们的肉体。"

玛莉终于说话了，语气中带有惊奇："你不怕碰他？"

无常咧嘴一笑："你以为读书厉害的人，气势一定很强吗？那是两回事。"

玛莉忧伤地看着那团黑胶，想着无论多么优秀的人，死了也不过如此。

"现在，我要遵守诺言，完成应承过你的事了。"

玛莉听了，疑惑地看着无常。

"哎哟，那不是谁吗？"无常忽然指向玛莉后方。

单纯的玛莉即刻回头，冷不防无常冲过来，一手从后面抱住她，另一手将一小团黑胶塞入她口中。她拼命挣扎，可无常不放手，他紧压她的腹部，硬生生令她吞下那团黑胶。

玛莉挣脱他，跑到几步之外，不停咳嗽，意图将东西咳出来。

"不必咳了，"无常拍拍手掌说，"你现在不是人，没有气管也没有肺部，你以为有，因为一切唯心所造，所以不必咳了。"

她浑身不对劲，像冬天的瓦斯热水器，瓦斯时断时续，热水时有时无，洗起澡来就是越洗越烦。"你做了什么？"她又咳了几下。

"诺言，你晕倒那次，我答应过你的。"

玛莉说不出话了，那团黑胶正在融进她身体之中，加速成为她的一部分。

她想开口骂无常，喉头有一堆字争着要出来，却结结巴巴的，一个字也说不出口。

黑胶完全消融了，成为阿赖耶识的一部分，永远不再消失。

玛莉喘着气，她感觉到自己焕然一新，身体之中多了一样过去从来不曾有的东西，却又说不出是什么东西。

“你……到底给我吃了什么？”

无常没打算回答，他只是满意地点点头，然后将手放开，放走他手中那团一分钟前曾经以留美博士身份活着的黑胶，此刻则随业风吹拂，飘荡而去。

余震过后，更多的黑雾从废墟之下冒出，凝聚成团团胶状物，在废墟上拖行游荡。

他们身边不时经过人形的黑雾，大多数都好像不知道何去何从，在十二点十五分阳光的照射之下，形体时而崩解，时而凝聚，努力地坚持生前该有的形状。

朦胧中，有一团黑雾蹒跚地走近他们，在迫近他们时，黑雾骤现人形，一张黑蒙蒙的脸忽然现出人脸，身体也穿透黑雾迸现。

玛莉大吃一惊，眼前的人是庄妈妈，她一脸惊魂未定，张大嘴望着玛莉：“午餐怎么办？午餐怎么办？我还没去买……”一手展开手掌，伸向玛莉。

玛莉低头看，见庄妈妈手上是两张红色的纸币，其中一张是她交托庄妈妈帮她买便当用的，不过红色纸币上除了数目字和人像十分明显之外，其余部分都显得模糊不清。

“庄妈妈。”玛莉张开双臂要抱她，却发现抓不实，庄妈妈像松软的蛋糕，轻轻一碰就会散落下一些碎片，玛莉赶忙缩回手。

“午餐……”庄妈妈还在呢喃。

玛莉不敢再碰触她，只好无助地望向无常，无常挤了挤鼻子告诉玛莉：“她还不知道发生了什么事，她现在最强烈的念头，就是最后的那个念头。”

“庄妈妈死了？”玛莉还是不太愿意接受，因为对方是她认识的人。

“我看是的。”

“午餐，午餐怎么办……”庄妈妈忧心忡忡地不停追问。

玛莉抹了抹眼角不存在的泪水，小心翼翼地轻握庄妈妈的手：“你不用担心午餐，我去买好了。”

庄妈妈愣了一下，随即绽放出放心的笑容，身形即刻开始模糊，一层黑雾再度包裹上她的身体。

随着一阵不知何方吹来的风，庄妈妈被带走了，如纸鸢般划过废墟，滚过街边，不知往何处去了。

玛莉呆呆地望着庄妈妈远去，好一会儿才回过神来，发现那位无常正忙着将黑胶从一些人身上拉出来，她想了想，问道：“需要我帮忙吗？”

“不必了，”无常没回过头来，说，“接下来的我都可以应付。”

“我可以回去了吗？”

无常停下手上的工作，想了一想才说：“我劝你，先在一旁守候着，要是真的有机会，你再进去还不迟。”

玛莉点点头，走向她身体被压着的地方，在她身后，无常大声叮咛道：“该舍的时候就要舍，千万别当个守尸鬼呀！”

越过高高低低的废墟，她找到了自己。

刚才的余震又将压住她身体的墙壁推移了寸许，替她阻挡压力的金属办公桌扭曲变形，也随着墙壁的移位而松脱，玛莉只要还能爬，就能获救了。

她毫不迟疑地坐上自己的身体，在碰上的刹那，她的身体产生一股强大的吸引力，像千万只小虫一般的细丝牵上她，将她重新连接回来。

顷刻之间，她的疼痛回来了，她的腿剧烈地抽痛着；同时嗅觉也回来了，阵阵粉尘味和血肉的崩解气味汹涌而来；听觉回来了，废墟四周是围观的民众在议论纷纷，警笛声比刚才更响亮更尖锐了；味觉回来了，她感觉舌头干得快要断掉，喉咙里满是金属味。

终于，她也想起《心经》该怎么念了："观自在菩萨，行深般若波罗蜜多时，照见五蕴皆空……"她不停地念，不停地念，希望专心念经能减轻双腿的疼痛。

当救援人员的脚步声传来时，她转为大喊救命，但干裂的声带实在喊不出什么声音来。

跫音渐渐迫近，救援人员的脸孔也从废墟边缘冒出来了。

玛莉举起两臂狂烈挥动，然后晕了过去。

这次晕过去，并没上一次在楼梯间那次睡得那么香甜，因为太痛了，影响她享受这难得的休息。

玛莉再次睁开眼睛时，已经躺在凉快的房间里，空气中飘满药物的气味，护士发现她醒了，忙呼唤医生过来。

接下来经过一连串的检查、询问，又将她折磨了好一会儿，医生和护士都离开后，她才看见丈夫从挡住病床的布幕后方出现。

“阿诚……”她低声叫着老公的小名，心底洋溢着许久未有的幸运。

她老公紧握她的手，手心送来一股暖意，令她的疼痛顿时缓和不少。

但她老公正皱着一张脸，下唇不停地推进推出，她知道当他在盘算什么的时候，就会有这种表情。

“幸好你没死，”阿诚悄声贴近她耳边说，似乎不希望被旁人听见，“这样子他们就要赔更多一点了。”

“呃？”玛莉一时不能领会。

“你知道吗？”阿诚的脸上忽然露出掩不住的喜色，“有人会免费帮我们打官司，我们要去告政府、告建筑公司、告你老板，这样就会有很多赔偿，还有建筑工程弊案，还有很多，加起来一大笔呢，到时只要五五分账就得了。”

玛莉困惑地看着他。

阿诚见她表情有些迷惑，忙贴近她耳边说：“别担心，我不傻，到时我会要他四六分账的，受伤的又不是他老婆，天底下哪有这种便宜事？”

“阿诚……我……”

“你没死，幸好你争气没死，没死就要他们去算你下半辈子的生活费，这样子比死了赔更多。”

玛莉不说话了。

她看着阿诚扬扬得意的神情，这种表情她十分熟悉，有时阿诚去买东西，店员找钱找多了给他，回家就会得意地吹嘘说他赚到了，或者今天停机车比别人抢先占到个好位子，或者是嘲笑拜把兄弟近来输了一笔钱，他都会露出这种表情。

以前看了只觉平常，但是今天玛莉的脑袋瓜好像经过了重组，对某些事情产生了新的看法。

“医生说你的脚没事，只有轻微骨折，如果……”阿诚摸摸下巴那堆老是剃不干净的须茬儿，“如果你的腿断了，搞不好可以赔更多，不过，”他拍了一下床缘，“这样子你就很难找到工作了。”

“阿诚。”玛莉大声叫他，阻止他再说下去，阿诚愣着看她，因为玛莉很少这样大声喝他的。玛莉轻轻问他，“孩子们呢？”

“哦，”阿诚回过神来，“老大去补习班了，老二和老三不知哪里去了。”

玛莉合上眼睛假眠，不想再多说。

她身为大厦少数生还者的事迹，被媒体炒热过一个星期，然后漫长的诉讼就开始了，有一家律师事务所帮忙打官司，为她争取赔偿，她老公阿诚每日为这件事忙，忙着去抗议，去记者会，去摆姿势供媒体拍照，唯有当事人玛莉缺席。

出院后，玛莉去找了一份工作，很快就被录取了。

她依然每日早出晚归，照顾丈夫和三名子女，然后等待最小的儿子考上大学。

但小儿子连高中都没考上，而且还跟她说，想早点去工作，而他所谓的工作是在网络咖啡厅打网络游戏，有人说他很行，可以在网吧当指导员。

“指导员可以当几年？”她问小儿子，“几年之后呢？”

小儿子答不出来，但他认为是老妈跟不上时代了，才会不了解他的想法。

大儿子考上台湾科技大学，大女儿在某个早晨的一场呕吐后，宣布她有孕了，不久之后就高中休学，嫁了楼下开租书店的小开。

玛莉认为是时候了。

大地震后二十四个月，当她老公阿诚正忙着催促律师事务所要法院快点开庭时，她将已经填写及签章的离婚协议书摆在桌上，令阿诚登时傻眼，眼珠子差点滚出来。

“你这婆娘搞什么鬼？”阿诚发怒了，“跟老子开这款玩笑？”

“你不签也可以，反正我等下就搬走，什么也不会带走，过个几年也会离婚生效。”

阿诚见她铁了心，不禁放软了语气：“官司还在打，何苦这样呢？”

“官司的事，我从来没说过要打，你自己去忙好了。”

阿诚见她这么无情，用力拍桌大骂：“臭婆娘，你是不是有了男人？”虽然他自己也不相信会有这回事，“给我戴绿帽，小心我杀了你！”

“你尽管放心，你的头好好的。”玛莉冷冷地说，“别以为我不知道你在外面喝酒跟小妹乱来，我只是一个字也不想提，我在外面是正正当当在工作，自己养活自己，我只是看清了一切，不想再这样下去了。”

阿诚错愕万分，眼前的女人，遣词用字根本不像他那位憨头憨脑的老婆，大地震之后，玛莉的表现一直跟以往不相同，他还以为是惊吓过度造成的，现在他不禁怀疑玛莉是不是在地震中被什么附身了。

“你在说什么呀？”

“签字吧。”玛莉说。

阿诚无计可施，“呸”的一声，拍桌离去，跑到楼下去找酒友散心。

玛莉叹了口气，也随后打开大门，留下钥匙，毫不留恋地离开。

她上公交车，转捷运，来到城市另一端的小区，那里有她一个月前租下的小套房。

她躺到新买的床上去，舒适地展开四肢，感到前所未有的放松。

二十四个月前，她连做白日梦都没想过会有这么一天。

明天早上，她将穿上一身整洁的上班服，走路前往附近的计算机公司上班。

由于她的杰出表现，两个月前，她刚被升级为开发部主任，负责开发针对家庭妇女上网的家庭网络系统、购物网以及指导课程。

她还记得，出院之后，她是如何查看报纸的求职栏，如何决定来这家公司应征的。

当她以流利的美语和丰富的计算机知识对答如流时，所有在场的主管顿时对这位三十五岁的欧巴桑刮目相看；当她提出她对当前全球网络以及台湾未来发展方向的见解时，连主考的总经理都在折椅上不安地移动臀部。

玛莉知道这一切是怎么开始的。

当那位无常从那位帅哥的黑胶挖来一块，送入她口中时，一切就发生了。

玛莉在医院中获准下床后，她在医院中四处溜达，发现候诊区有一排书架，摆了不少新旧杂志。

令玛莉吃惊的是，她信手去拿起的，竟是一本英文杂志；更令她惊讶的是，她不但翻开来看，而且还看得懂，看得很顺畅。

回到家中，看有线电视时，她不由自主地转去CNN频道，听得津津有味。她害怕被家人发现这些变化，所以只敢在他们不在家时看。

趁着儿女上课、老公去送货，她骑脚踏车去附近的市立图书馆，看看那边有哪些英文书，结果她在那儿待了一个上午，看了好几本专门书籍，最后干脆借回家，藏在厨房的壁柜中，每天趁家人不在时翻看，看到书页上一行行的英文句子，她仿佛找到了阔别已久的老友，内心有一种久违的平静。

在家待了几个星期后，老公开始催她去工作："你的脚好了吧？该去赚点钱啦。"事实上，她工作所赚的钱全都投入家用，个人几乎没用什么钱。而老公赚的总会先用在喝酒、买乐透、吃点心，剩下的才补贴家用，所以玛莉没去工作的话，家里的开销的确挺吃紧的。

玛莉老早就注意报章上的征才广告了，她每天仔细看看有哪些工作，几个星期下来，经过几个步骤的筛选之后，她已经很清楚知道自己要做什么。

果不其然，她第一次应征就得到了工作，当时她还是穿着最好的衣服——十年前的新年，老公在夜市买的大尺码连身裙——去应征的。

她第一个月的薪水是过去的三倍，第三个月时，已经增加到五倍。

当儿女跟她要学杂费时，她给得一点都不犹豫，不像过去一般要愁着家用。但儿女们一点也没察觉妈妈的变化，他们觉得一切理所当然，妈妈给钱理所当然，妈妈做家务理所当然，妈妈生病理所当然，妈妈在大地震中差点没命，他们除了拿来作为跟同学聊天的题材之外，其实也没太放在心上。

玛莉的眼睛和脑袋都比过去清醒很多很多了，她将薪水存进银行，开始计划未来。

而今，玛莉躺在床上，两臂反转枕在脑后，思量着下一步。

她会定期给大儿子大学学费，其他费用就由他们自己去赚吧，因为他们也该学习如何自己想办法生存了。

现在，她想要好好享用这个曾经不可能经历，现在虽迟到却已在手中的未来。

想着想着，她不禁雀跃地走到书桌旁，从抽屉取出一张机票，反复观看、触摸，那张机票将会在几天后把她送去洛杉矶，代表公司参加一个国际性的讨论会，到时，她胸前的名牌将会写上Mary Lee。

玛莉从来没出过国，没想到第一次出国就是她梦寐以求的美国。

她老早收拾好旅行箱，办好护照，买了洛杉矶的导游手册，打算好好享受这一趟梦幻般的旅行。

好不容易等到上飞机那天，因为怕第一次乘飞机会错过时间，她兴致勃勃地一大早就赶去中正机场。

随行的还有三位同事，四人会合后，一共两男两女，刚好住两间双人房。其中一位男同事曾经留美，对美国并不陌生，不过他说洛杉矶还是第一次去。

“大姐去过洛杉矶吗？”一位男同事问她。

她在新进员工之中年纪最大，上上下下都唤她“大姐”，久而久之，已经成了她的绰号。

玛莉不讳言，告诉大家：“我第一次乘飞机，好紧张。”大家都是年纪轻轻就出过国的人，对于这位杰出的欧巴桑竟是第一次乘机颇感惊讶，谁能想象玛莉之前过的是怎么样的生活？

飞机升上高空的不安感很快就消失了，耳中阻塞的压力释放后，她兴奋又好奇地望向窗外，飞机下方，一团团白云像棉花糖，滚在光洁的蓝海上，她掩饰不住内心的喜悦，忍不住直跺脚跟。

“云很漂亮吧？”

“美极了。”玛莉喃喃地回答。

“想不想躺在云朵上面？”

玛莉突然一阵警觉，回头去看问她话的人。

坐在她旁边的是女同事，可是刚才说话的明明是男人。

“小惠，”她问女同事，“你刚才有跟我说话吗？”

“没有哇。”她放下手上的机舱杂志，也凑过头去看窗外，“哇，大姐，下面已经是太平洋了。”

玛莉满脑子疑惑，可是刚刚的男声真的不像是错觉。

“你没听错，是我。”

玛莉吓了一跳，她循声寻去，看见女同事隔壁、靠走道那个座位上是位不认识的男人。那位旅客显是累坏了，他合目沉睡，嘴巴微张，蹙着眉头，似乎在做着噩梦，不安地扭动脖子，而那位无常就端坐在男人身上，直瞪瞪地看着玛莉。

“你怎么会在这边？”玛莉惊道。

“嗯？”女同事吓了一跳，困惑地瞪着玛莉。

玛莉赶紧收起惊讶的表情，尴尬地摆摆手说：“我认错人了，不好意思。”她站起来，说要上厕所，女同事欠欠身子让她经过，走道旁的男人也被吵醒，无常从他身上站起来，跑到走道去，男人马上吐出一大口气，额头上即刻冒出豆大的冷汗。

飞国际线的都是大型客机，机舱内有三行座位，中间那行有五个座位，玛莉四处望望，望见隔几排的中间那行有一整排是空的，她忙走过去坐下，无常也在她旁边坐下。

玛莉悄声问道，刚好比飞机吵闹的引擎声大声一点点："你为什么在这里？"

无常沉默了一下，反问道："你呢？"

"我要去美国哇，去美国是我一生的梦想呀！"

无常又沉默了一下，叹息道："我知道。"

"你怎么知道？"

"你告诉过我。"

"我什么时候告诉过你了？"

"那次，你在楼梯晕倒的时候。"

这次换玛莉沉默了，她埋头想了一下，说："我怎么告诉你的？"

"你说，你还不想死，因为你还没去过美国。"

"那你又做了什么？"

"我发现你的体质很适合走无常，所以帮了你一把。"

"等，等等，什么叫'走无常'？"

"就像那次大地震，你帮我那一次，你的阳魂帮助我们押司将死者的神识带走，自古我们都会找这种人……"

"好好，我想我明白了。"玛莉制止他，然后连珠炮似的呢喃道，"你帮了我一把，你让我没死成，抱歉，我不知道你有这么大的能耐，然后你又把那个博士的……的什么给我，我变得会讲英文了，又会计算机工程了，所以我才有机会去美国，所以……”她正视无常：“为什么你会在这里？”

无常枯瘦的脸庞抽动了一下，表情像肉干被撕扯一般，他别过脸去：“我有工作。”

“工作？你还有什么工作？”玛莉的脸越来越苍白了，“这架客机会堕机吗？大家都会死翘翘吗？”

“我不能说。”

“你不说也一样。”说着，玛莉垂下头，开始抽泣起来。

“看来，是命逃不过，”无常叹口气说，“我不知道你也会上这班飞机。”

“等下到底会发生什么事？”玛莉已经快要嘶嚎了。

前排的旅客忍不住回头来看看发生了什么事，无常忙将食指抵在唇上，要玛莉小声一点：“别惊动其他人。”

玛莉努力冷静下来，小声说：“你说是命逃不过，难道我没有去美国的命吗？”

“跟美国无关，而是因为你的命应该要在这个时刻用完了，这架班机上的人都是命要用完了，你们会全部凑在一起，并非巧合，这叫同类相吸，俗称‘共业’。”

玛莉悲愤不已，她两手抱头，将头埋在臂弯中。

“或许，这本来就不该是你的命，你现在的情况，有点像银行户头超支了。”无常说，“你这一生本来就没遇上过什么好事，忽然间给你过这样子的命运，或许会提早用完你的好运。”

玛莉没把头抬起来："我倒霉透了，还有什么好运？"

"你以为我为什么要你在大地震的时候帮忙？"

"嗯？"玛莉不懂。

"每个人都有两个户头，一个的存款是好的，一个是坏的，而且存款都有利息，存得越多，将来的所得就越多，你知道吗？action and reaction，这样解释不难懂吧？"无常说，"所谓善恶自有报，你在大地震帮了这么多神识，令他们顺利去投生，免得沦为守尸鬼，将来落得个魂销魄散，这种善事，积德不少的。"

"你是故意要我帮忙的？"

无常面无表情地说："因为这可以增加你的存款，改变你的命运。"

玛莉愣愣地望着无常，心中想："你为什么对我这么好？"可是在死亡的阴影笼罩下，她口中说出的是："那我的存款用完了吗？"

"大姐，你怎么躲来这边？"玛莉吓了一跳，原来是女同事小惠走了过来，将上半身伸进座位来察看她发生了什么事，"你哭了？"小惠讶道。

玛莉四处寻找那位无常，只见他站在走道上，专心地四下张望。

"你为什么哭？"小惠在旁边的空位坐下，试着安慰她，"你的存款怎么了？被人骗了吗？"

玛莉啼笑皆非，她摇摇头，不多说什么。

"我在当押司之前，是大学的物理讲师，"无常在走道上碎吟吟地说道，"很奇怪，人一死，什么论文、升级、老婆子女，真的没什么好惦念的。"

玛莉没法子回答他，免得小惠以为她精神有问题。

“其实，”无常继续说，“你也无须惧怕死亡，因为我在这一头，会好好看顾你的。”

玛莉伸手要拍拍小惠，一拍之下，她马上觉得不对劲。

她感到她摸到的，是一团松垮垮的布丁，只轻轻一拍，小惠全身竟像水波一般晃动。

“小惠？”玛莉讶道。

“什么？”小惠居然完全没察觉到异状。

玛莉抬头看向无常，无常起先是没望她，后来终于忍受不住她的凝视，转头与她对视。

两人的眼神互视良久，玛莉看见无常冷峻的眼神逐渐软化，愈变愈温柔，然后忽然别过头去，望去窗外，似乎不想令玛莉看见他眼角泛现的泪光。

“死亡不是终点，”无常背对着玛莉说，“只是另一段旅途的起点，如果每个人都记得上一次的死亡，就没人会害怕它了。”

玛莉咽了咽口水，轻轻推开小惠，站起来走向窗口。

客机已经飞出云层，窗外一片澄清，海洋蔚蓝无比，玛莉看见无数的块状物正冉冉掉向海面，海面上还漂浮着一段状似原子笔盖的物体，从高空望下去，只像一颗渺小的药囊。

玛莉回头望向无常，此刻，她已经没有忌讳：“那么，这架飞机是什么？”

“一切唯心造，这些是大家的心显现出来的。”无常说，“因为大家都认为是这样，所以就这样。”

“难道他们没感觉到吗？”

“你有感觉到吗？”无常反问。

玛莉忽然感到伤感，她没有料到一切会是以这样的方式结束。

飞机起飞后不久，在太平洋上空遇上一道罕见的乱流，那道乱流力量之大，将机身最脆弱的区块扯裂，只不过转眼之间，所有乘客都暴露在零下摄氏三十度，在来不及发现危险之前，已经被瞬间冰冻，机身随即裂成碎片，在空中分解，被大海吞噬。

而完全还不清楚自己发生了什么事的神识们，依然在继续他们的旅程。

玛莉很想再看自己的身体一眼，却一点可能也没有。

她惊恐地环顾四周，不信任地看着机舱，渐渐地，机舱轮廓变得模糊，她更加恐惧地望向脚下，地板下已经透出大海的颜色。

“不要怕。”无常走过来，握着她的手，“你绝对不可以害怕。”

玛莉感到自己越来越寒冷，她知道自己其实已经死了，在毫无预警之下死了，眼前是一片深邃的未知，她感到一股沉重的虚无正逐渐笼罩上来，恐惧在她体内扩大、渲染，越来越浓稠，逐点逐点取代她清晰的意识。

“大姐，你怎么了？”女同事小惠惊恐地叫嚷，机上乘客也纷纷转过头来，他们看见玛莉整个人越变越黑，一片乌胶似的黑油从脚底慢慢包围上来，她整个人下半部像黑色的布丁，随着飞机的引擎震动而不停颤抖。

玛莉觉得自己越来越模糊了，黑油透入她的身体，侵蚀她无穷以来的每一滴记忆，将它们搓磨、粉碎，令她一点一点失去自主的意识。

“不可以！”无常紧抓她的双臂，他冰寒的手心令她不由得打了个冷颤，神识马上清醒了几厘，黑油也退缩了一些些。

“你听清楚，现在大家还以为飞机正飞向美国，大家会错过时间，然后他们会变成漂流的无主意识，最后就会慢慢消失。”

玛莉懵懵懂懂像梦话一般问道：“那我该怎么办？”

“你要帮助他们，不能惊吓他们，否则他们意识一乱，就会无法控制自己，就像你现在一样！”

“我已经死了！”玛莉终于控制不住，抓狂大叫，黑油马上迅速活动起来，加速流上她的身躯。

接下来有如连锁反应般，许多人发狂地跳起来，两手不断往身上挥动，原来有黑油爬上了他们的身体，前后方纷纷传出尖叫声，整个机舱顿时歇斯底里起来。

无常懊恼地观望四周，他眼睁睁看着机舱内壁正逐渐消融，像遇热的冰激凌一般黏滋滋的。

“你已经死了！”无常紧抓玛莉，不停地说，“你也已经知道了！所以你应该做什么？你应该帮助他们！帮助他们！不然眼前就是通去地狱的路！”

玛莉双眼一睁，眼前赫然洞开出一个火红的巨穴，里头似有熔浆绕着穴口边缘打滚，产生一股旋涡，令玛莉情不自禁地想投身而入。

无常觉得有异，他从玛莉的眼神知道不对劲，但他看不见玛莉所见的：“你看见什么了？是红色的吗？不可以！不可以去！那是你的心变现出来的，那是你的害怕、你的恐惧开出的地狱之路。”

玛莉的脚控制不住，慢慢朝红色巨穴移动，黑油爬上她的脖子，慢慢包裹她的后脑勺，她的整个神识混沌一片，快要无法思考，她的一切行动只随着恐惧的力量而运作，她将陷入永不休止的旋涡，随波逐流，没有终点，也没有起点。

“你还没去过美国。”

玛莉止住脚步。

“美国在哪里？”她迷迷糊糊地问，至少她还有这一个执念。

“不在前面，”无常指向她背后，“在后面。”

她回首，看见许多恐惧万分的人，他们有的已经意识到发生了什么事，正逐步被黑油包裹，有的对四周的状况惶恐不安，脚底下也开始冒出黑色的雾状物。

“他们为什么会那么怕？”

“我不知道，”无常说，“也许你可以安慰一下他们吗？”

玛莉很厉害。

以前，玛莉在学校虽然不抢眼，甚至在毕业之后也没几位同学记得她的名字，但大家都可能会偶尔想起有一位很爱帮助人的同学。她会在有人跌倒的时候第一时间跑过去扶起，她会在同学搬重物的时候跑过去撑一把，她会在别人忘了缴学费时帮忙垫钱。

她的心肠很好，别说是人，即使是小动物都会忍不住去关心，她会为它们找来食物。有一次她看见蚂蚁四处乱窜，好像很恐慌的样子，所以给了它们一小块饼干，让蚂蚁们不至于饿死。

如今这些人，就如那些乱窜的蚂蚁一般，茫无头绪。

“他们好可怜哦。”玛莉哀伤地说，她看见大家的恐慌，就马上忘记了自己的恐慌，在念头转变之间，黑油油的凝胶很快从她身上褪下，直到溜到脚边，还拖着一小沱。

她就是忍不住会关心别人。

女同事小惠在她身边发抖，她双手环抱自己的双肩，身形渐渐变淡，口中不停嘟囔着：“我好冷，我好冷……”她察觉到发生了什么事，并无法回答自己，只好不断重复同一条句子。

玛莉张开双臂，走过去抱着小惠：“乖，别怕。”

“大姐……到底发生了什么事？”小惠颤抖着声音，也紧紧抱住她。

玛莉将她抱得更紧了一点，悄声说：“你知道的。”

玛莉的身材比较大，小惠被整个包在她的怀抱中，渐渐也不抖得那么厉害了。

“我好想妈妈，”她抽泣道，“我……我好久没回老家去看她了。”

玛莉轻拍她的背：“那么，就去看她吧。”

“可是她住得好远。”小惠的语气中充满了困惑。

“不远，不远，”玛莉柔声说，“只要想念她，就不会远了。”

“是吗？”小惠把头靠上玛莉的肩膀，开始想念母亲，然后像电视屏幕关掉似的，忽然在玛莉怀中消失。

玛莉松了一口气，感到肩膀瞬间轻了下来，她问无常：“小惠去了她妈妈那儿吗？”

“我看是的。”

“你为什么对我这么好？”玛莉突然问。

无常呼了一口气，他为这个问题准备很久了：“因为你帮过我。”

“我？”

“你大概不记得，这是好久好久以前的事了。”

玛莉歪头想了想，接着微笑着摇摇头。

无常也忍不住笑了，他灿烂地咧嘴大笑，枯瘦的脸庞仿佛瞬时开了花。

“谢谢你。”玛莉说。

“我也谢谢你。”无常顿了一下，又说，“这句话我想说很久了，非常谢谢你。”

她深吸一口气，走向她公司的两位男同事，他们正彷徨地坐在座位上，呆滞地望着玛莉。

“大姐……”年轻的男同事茫然抬头，哭丧着稚气未脱的脸孔，“我才刚开始还房贷呢。”

玛莉轻拍他的肩：“不用愁了。”

她转头四顾，观望机上前后三百多名乘客与服务人员。

现在她可有得好忙了。

一旦开始忙别人的事，她就会忘记自己，不会在意自己的身体有没有损伤，不会关心自己的肚子饿不饿或手脚累不累，不会介意自己曾经喜欢或讨厌这个人。

她心底奋起一股热流，她知道必须帮助他们，因为眼下只有她最清楚该如何安抚他们。

“大家要好死哦……”她呢喃着，伸手轻抚年轻男同事的头，他旋即哽咽起来。

一万米下方的海面上，玛莉残破的尸身与其他人的尸块随着波浪互相碰撞，不久之后，他们都将沉入海底，成为鱼儿的饲料。

十二个月后，玛莉出发前买的意外保险令她的大儿子无牵无挂地念完博士班。

一百九十二个月后，玛莉的大儿子接到一通来自美国大使馆的电话。

然后，他约了好久不曾见面的弟、妹，一起到一家五星级饭店顶楼的超贵餐厅去用午餐。

席间，他妹妹不安地坐在椅子的软垫上，对于四周的豪华布置面有惭色，她身上穿的是衣橱里最好的一件衣服——三年前在夜市买的，衣角已经有些脱线和霉斑——松垮的脸庞令她看起来比哥哥还要老。

“你没跟老公讲吧？”当兄长的问道。

“哥，我离婚五年了。”妹妹抬起浮肿的双眼，紫灰色的眼袋说明了她长期没睡好。

哥哥羞愧地低了一下头，转头问弟弟：“你呢？现在忙些什么？”

弟弟搓搓一头好不容易梳好的乱发，肚子发出响亮的叫声，他不好意思地笑笑，显然他为了今天的午餐，连早餐都还没吃。他没打算回答问题，只问：“我们真的可以每人拿到一百万元吗？”

哥哥耸耸肩，他也很想知道。对方说是美国大使馆的电话，还说请只能他们三人前来，应该没人会找他们这种普通小民开玩笑，他自从考取博士之后，好不容易在高中谋得教职，又好不容易才能维持工作至今，今天请这四堂课的假，希望不要影响考绩才好。

三人空着肚子苦等，期望请客的人速速现身。

门外进来一位高大的白人，一头灰白短发，胡子剃得干干净净，西装笔挺，锐利的眼睛一望见他们，便走过来，用一口流利的京片子问他们的名字，确定之后才坐下来。

知道来人会讲中文，弟弟便大胆了起来："你找我们来，说要给我们钱，有什么条件吗？"

白人脸上的微笑一闪而逝，拿起桌上的餐牌说道："诸位想必肚子饿了，我们先点些什么来吃吧？"

"我也很好奇。"哥哥也按捺不住，占据他脑子的重重疑惑压过了他胃囊的欲望。

"有钱快拿出来吧，我手头紧，急着要。"妹妹单刀直入，更快将话题拉到结尾。

男人看了看三人，轻轻用鼻子呼了一口气，从西装内袋中取出三个信封，信封上各用生硬的正楷字体写了三兄妹的名字。

三人困惑地拆开各自的信封，里头各有一封信，跟信封一样，用标准但生涩的中文写了两页。他们读完信之后，神情变得很奇怪，妹妹更是才读到一半就跳了起来："这是谁写的？"

男人有点装傻的样子："上面不是写了吗？"

"上面写的是我妈，"弟弟无精打采地说着，把信纸甩在桌上，"我老妈死了十多年了，这算什么玩笑？"

妹妹紧张地问哥哥："你看过妈妈的字吗？这是不是她的字？"

哥哥咬了咬牙，郑重地说："你跟我们素不相识，不应该会开这种玩笑，请问你是谁？到底这是怎么回事？"

男人两手朝空中一扬，叹了口气："事实上我也不知道是怎么回事，我也是受人所托。"他从衣袋里又取出三个厚厚的信封，交给他们兄妹三人，"你们点点看，一个人一百万。"

哥哥还在犹豫，弟弟和妹妹早已一把抢过来，拆开信封数钱。

哥哥看着一张张千元纸币在弟、妹指间弹动，他颤抖地望着面前那个信封，又望了望手中那封信，信末写着："不知妈最后在六月十日转去你账户的钱，有没有收到？"这件事没有其他人知道，他还记得当年妈特地为他开了个专为他存学费的账户，嘱咐他不能让爸知道，当他收到那一笔汇款时，也是玛莉的空难噩耗传来之时。

哥哥用发抖的手拿起信封，指肉冒出的汗水沾湿了信封，令他很轻易地撕开封口，露出一叠厚厚的钞票，还散发出新钞的气味，想到自己捉襟见肘的家计，他顿时两眼通红，忍不住将钞票抽出来细数。

男人站起来，说："你们想点什么吃的就请点吧，我会吩咐柜台记我的账。"但三人似乎充耳不闻，只管忙着数钱，男人微微摇了摇头，离开餐厅。

餐厅外的沙发上坐着一位金发少女，见男人出来，轻声呼唤了一声："爹地。"

男人皱眉问道："你从小存下来的钱，就这样给这三个人？"

她微笑着用力点头，扎在脑后的马尾晃动着。

男人摸摸她的头，轻声道："玛莉，我的乖女儿，希望你会好好跟我解释……"

"爸，有一天我会告诉你的。"两人走去搭电梯，当电梯抵达时，她回头望了望餐厅内的三兄妹，眼中带有一点不舍。

"明天你十六岁生日，有决定怎么庆祝了吗？"

父亲的问话令她顿然回过神来："不知道鼎泰丰还在不在永

康街？”

“你才刚来一个月，对台北还挺熟的嘛。”

她急忙说：“我查书的，旅游手册上也有……”她赶在电梯门合上前再看那三兄妹的背影一眼。

在这一刻，她总算觉得卸下身为一位母亲的担子了。

阿莲断头记

她的头在空中飘动

缓慢地飘到睡床上空

枕骨贴着墙，慢慢往下滑

藉此将长发推到旁边去

然后谨慎地接回脖子上

阿南半夜起床小便时，被老婆吓出了一身冷汗。

他下床时还没注意到，当时他睡眼惺忪，又还没戴上眼镜，等他上完厕所回房时，眼镜戴了，脑子也清醒几分了，走廊的灯光也照进了房，他才吓了一跳，要不是刚去尿过，说不定会被吓得尿湿裤子。

床上的老婆，没有头了！

阿南除了被吓一跳之外，他内心其实还澎湃着更复杂的念头。

他的心情汹涌起伏，心里头万分不舍这个老婆，因为他们结婚还不满一个月，他才刚刚享受过有生以来的第一次鱼水交欢没多久。还有，这个老婆是他花了工作十年来几乎所有积蓄，才从越南娶回来的。

他咽了咽口水，鼓起勇气凑上前去，轻轻拉开被子，希望老婆只不过是被子蒙住了头，在昏暗光线下看错了而已。

不，老婆的头真的不见了。

他好想哭。

他想哭的原因是，这老婆虽说不是大美人，但肌肤雪白润滑，洞房那晚，阿南心想不知几生修来的福气，他人生得肥矮样憨，从小不讨女生欢迎，在女生面前好自卑，这老婆却恍若天降珍珠，新婚以来，温柔婉约，让他久旱逢甘霖，暗地里感激天公不知多少回。

阿母总是提醒他，这女人是买来的，又是语言不通的外来人，别掉以轻心，免得人财两失。

阿南才不听，首先他就不喜欢阿母用“买”这个字眼，那笔钱是嫁妆，是把人家女儿带到这个大老远地方的丰厚嫁妆，再者，他相信老婆对他的温柔不会是骗人的。

老婆小名阿莲，嫁过来之前学了一年中文，日常对话、上市场买菜都不成问题，有时见她想念家乡，在偷哭，口中嘀咕的是他听不懂的话，他也不在意，他相信只要诚心爱她，她也有一天会真心喜欢上他的。

可是，眼前的阿莲，没有了头！

阿南想起来，阿莲的头曾经差点失去。

中介递给他一叠照片选择对象时，照片中的阿莲在颈项围了一条丝巾，丝巾的颜色和花样，即使是不懂流行的阿南也觉俗气。

中介要安排他去越南相亲时，他没去，因为阿南刚刚发生意外，断了一条腿，一方面行动不便，一方面也担心对方会嫌弃他少了一条腿而不愿嫁他，所以是表弟代替他去越南看对象的。

表弟回来后，拍拍他的肩说：“娶到查某，你好福气啦。”然后给他看相亲现场照片，有表弟和阿莲的合照，阿莲颈上照样围了条丝巾。

阿莲和其他新娘不同，她家人没要求在家乡摆酒设宴，只阿莲只身一人飞来下嫁，连表弟也说，没见过阿莲家人。

阿南和阿莲初见面时，阿莲穿着高领衣服，遮住了脖子。

当时阿南很担忧害怕，因为阿莲终于见到他那条断腿，他担心阿莲会认为受骗了，阿南不是故意要骗的，他去找中介时，双腿的确还是完好的，但阿莲什么也没表示，只是对他腼腆地浅笑，毅然接受了他。

新婚之夜，阿南的腿不方便，不奢望能够顺利行房，他只想抱住这位新娘子，不让她离开身边，她是他此生最大的礼物，他从来没遇到过对他这么温柔的人，尤其是女人。那一晚，采取主动的是阿莲，她要他先躺好，然后伏在他身上，阿南用全身去感受阿莲柔滑的肌肤，还有摸在他手中一把又厚又细的乌黑长发，他一边兴奋，一边感动得快要哭出来了。

那一晚，是他此生睡得最香最安详的一晚。

晨曦才刚露出，群星尚未隐身，他就爬起来了。他平日就习惯早起，但今日特别有意义，他趁着微弱晨光，端详熟睡的阿莲，阿莲还没穿上衣服，雪白的皮肤在黯淡的自然光下仿佛铺上了一层白雾。

这时候，阿南注意到了，阿莲的脖子上有一条细细的红线。

他忍不住用手指去摸摸看那条细线，红线有些浮起，像条疤痕。

后来他问阿莲那条线是怎么回事，阿莲尽量用浅白的华语让他明白，小时候有人斩她脖子，好像是战争的样子。会是越战吗？阿南的历史不太好，他想不起。

现在，阿莲的颈真的断了。

阿南觉得阿莲好可怜，他自己更可怜。

什么人会弄断阿莲的头呢？

阿南打了个寒噤，这才看见窗口正开着。

已经是入秋了，空气开始沁凉了，可是阿莲还是喜欢将窗户推开，说是怕热。阿南怕冷，又不想违阿莲的意，只好衣服穿厚些，被单蒙着头，心中嘀咕：阿莲热带地方来的人，怎么会不怕秋寒？

他正要去关窗，想起在租书店看过《名侦探柯南》那部推理漫画，说是现场要保留完整，现在应该要去报警才是，可是这么一来警方就会折腾很久，他就会睡眠不足，那明天的工作怎么办？

阿南很懊恼，心想不如先去叫阿母来瞧瞧，不然她会说什么事都没先通知她，然后碎碎念他不敬老、养儿防老个屁啦之类的。

阿南用拐杖去敲阿母的门，敲了半天，他那有重听的阿母才边骂边开门：“夭寿，三更半夜拍什么门？几点钟了？”

阿南抬眼觑了一下壁钟：“两点。”

“什么事啦？”

“阿莲死了。”

阿母再三确认他讲的话之后，咚咚咚蹬到阿南房门，开灯探视。

“死囝仔，你咒你老婆干吗？”阿母骂了他一顿之后，就回房去睡觉，还用力关上门。

阿南困惑地走回寝室，果然见到阿莲正从床上坐起，用手背遮挡光线，两眼不舒服地眯着，咬字模糊地说：“什么事？为什么开灯？”

“阿莲，你的头……”阿南愣住了，阿莲的头好端端地在脖子上。

“关灯好不好？”阿莲疲惫地小声哀求道。

“等一下。”阿南爬上床去，翻开被单，没有血，如果头断了，应该会有血才是吧？刚才阿南也没翻开被单去确认一下，现在他更加迷糊了。

阿莲见他腿不方便再下床，便兀自下床去关了灯，回床翻身就睡。

百思不解的阿南拉上被单时，发现温度跟平日有异。

因为窗户已经推上了，空气变得比较不流动了。

窗户是什么时候关上的？或者……刚才真的有开过吗？

阿南抱着满肚子的疑惑重新入睡，莫非刚刚在做梦，还是眼花了？

原本送货的阿南，断了一条腿之后，改成在家楼下卖槟榔过日子。阿莲的手十分灵巧，包槟榔的手法很熟练，像是一早就习惯了似的。

“我家也有吃的。”她告诉阿南，“可是跟台湾的不一样，比较香，比较有味道。”

“那你做越南槟榔给我吃吃看？”

“看看再说，我不知道台湾有没有在卖那些材料。”阿莲在对他微笑之际，手上又包好了一盒槟榔。

阿莲来帮忙之后，槟榔摊的生意比以往好多了，大概是女孩子的手巧，包出来的槟榔比较好看，连口感也不一样吧？

可是，这一天阿南闷闷地不太说话，时不时偷瞧阿莲的颈，她用白手巾围着脖子，还放下一头长发遮住，即使流了一头大汗，也不拿走那手巾，不扎起头发。

“阿莲，”阿南忍不住，试探道，“你不热吗？”

“不热。”

“你的颈会不会痒？”

阿莲伸手轻轻摸了摸颈上的白手巾，摇摇头。

“你可不可以再告诉我，那个有人要割你的头的那件事？”

阿莲沉默了一会儿，轻摇首，小声道：“我怕。”

“我想听嘛。”

阿莲又再沉默，阿南直瞪着她，耐心地等她说。阿南没什么长处，唯独有耐心，他可以等，还可以等很久。小学暑假时，他坐在厨房地上一整个下午，只为了看蚂蚁们如何将一大块饼干慢慢分解、搬运，直到一点饼屑也不剩。

“有坏人，”阿莲总算开口了，“冲进我家，拿刀，要杀死我，那时候我还小。”

阿南愤然道：“太可恶了，他们连小孩都杀？”

“他们不喜欢我。”

“为什么？你人那么好。”

阿莲淡然一笑：“阿南对我才好。”正好有客人来买槟榔，接下来又有卖玉兰花的、邮差签挂号的、选里长来拜票的、警察来询问有没有看到附近便利商店抢案犯人的、基督教团体跑来力劝他们相信耶稣会得救的，打断了他们夫妻的谈话。

这晚，阿南睡不好。

他忘不了昨晚目睹的情景，他不相信是梦，也不相信是看错了，但他搞不懂他看见了什么。

那晚，阿莲跟他做爱后，还细心地为他呵护断腿上的伤口，伤口已经收口，望上去犹如一个垂挂的袋子，阿南感觉痒痒的，医生说是细胞在生长，所以才会痒。

阿莲在关灯前，不忘去推开窗户，还探头望了望外面。

“外面冷咧。”阿南说，暗示她关窗。

“有人在叫什么？”

“什么？”阿南竖耳聆听，果然有凄凉的声音在外头飘扬，“哦，是卖粽子的，烧肉粽。”

“粽子？好吃吗？”阿莲没等他回答，伸手关了灯，拉上被单就睡。

阿南望了望窗户，窗外的路灯照进房中，汽车的排烟味随着冷风拂入，他又望了望床边的拐杖，只好轻轻叹了口气。

我说过，这一晚阿南睡不好。

不知为什么，今晚他的腿伤特别痒，还隐然有些疼痛。

他昏沉沉地半睡半醒，做了好几个他事后也追忆不起来的噩梦。

噩梦中，他赫然惊醒，用力喘气，觉得心跳又重又快，但他马上担心会吵醒阿莲，于是赶紧抑止喘气，转头望望阿莲有没有醒来。

阿莲的头不见了。

他迟疑了一下，伸手去摸摸。

阿莲的头并不在枕头上，枕头还有点余温，摸起来是干的，大概没有血。

阿莲的身体在被单下隆起，阿南大胆将手探进去，摸到阿莲的身体，还是暖和的，而且在微微地起伏呼吸着。

仔细一听，阿莲没头的脖子像通了风，发出“咻—呼—咻—呼—”有节奏的风声。

“阿莲还活着！”阿南这么想着。

阿南发呆了很久，脑子里成片空白，良久，他决定回到被窝，睁大眼等待。

他不明白发生了什么事，但他有耐心，知道只要能等，阿莲那失踪的头和正在呼吸的身体就会有个解答。

等着等着，阿南感觉有点冷，伸手拿了拐杖要去关窗，他费了一番功夫下床，绕过床尾走到窗边，在关窗之前，他把头靠去窗户，望望外面，阿莲把窗开得不大，阿南的大头探不过去，不过正好适合阿莲的瓜子脸。

阿南知道，因为阿莲的头正好在窗外要探头进来。

阿南惊叫一声，坐倒在地上。

阿莲似乎没看见他，她的眼珠子有点僵硬，像在望向某个遥远的地方，她的头伸进窗口，拖着长长的头发，头发有些紊乱，还沾了些灰尘蛛网，她的头在空中飘动，缓慢地飘到睡床上空，枕骨贴着墙，慢慢往下滑，藉此将长发推到旁边去，然后谨慎地接回脖子上。

阿南坐在地面，静静地观看这一幕。

头刚接上的阿莲，轻轻地转了一下头，忽然张开大口，像是憋了很久一般地用力吐了口气，才舒服地呼吸起来。

阿南迟迟不敢站起来，阿莲是妖怪，可能会吃掉他，他不敢让她知道他已经看到了。

阿莲深呼吸了数次之后，骨碌碌地爬起来，舒展了一下筋骨，才睁眼看坐在地面的阿南。

在窗外路灯透入的轻薄光线下，阿莲的脸庞像被黑暗挖去了大半块，两只眼睛闪烁着光泽，像是浸满了泪水。她徐徐下床，要扶起阿南，阿南的身体缩了一下，阿莲轻柔地抚摸他的脸，他紧绷的肌肉才稍微松懈了些。

阿莲扶他上床，替他盖好被，说：“我去刷牙再回来。”

阿南躺着不敢动，聆听阿莲在外头的声音，只闻在昏黑中传来细微的开灯、开门、刷牙、漱口等声音，直到听到她轻盈的脚步声，脚跟轻顿在地砖上的声音逐渐靠近了，阿南不禁又将被单拉得更高更紧了些。

阿莲若无其事地回到他身边，他马上说：“不要害我。”

阿莲轻柔地反问：“我为什么要害你？”

“你是妖怪。”

“我才不是。”

“你的头会飞……”

阿莲叹口气，垂头沉默了一会儿，泪水就从眼眶盈流出来了。

她一哭，阿南就心软了：“阿莲，别哭，我没有骂你。”

阿莲扑哧一声笑了出来，用手抹去泪水，抱住阿南道：“谢谢你对我那么好。”

“我……”阿南起先还有些犹豫要不要抱阿莲，最后还是拍拍阿莲的背，说，“你是我老婆呀。”

“相信我，阿南，相信我，”阿莲低泣着说，“有机会，我会告诉你的。”

以后，每隔几天，阿莲的头就会在晚上飞走。

她每次出去必定会一两个小时，回来以后总是会先去刷牙。阿南不敢过问，等阿莲自己告诉她，阿莲说过会告诉他的，他相信。

那一天，一位买槟榔的顾客向他搭讪：“老板，你也娶了个外籍新娘啊？”

阿南不想多说，但为了顾全生意，还是满脸堆笑：“是啊，哈哈。”

“我也是呢，我那个是缅甸的，你的呢？”

“越南。”

“差不多啦，他们最近有个同乡联谊，你老婆去不去？”

阿南感兴趣了：“真的吗？”他问明了地点和时间，问阿莲怎么看，“你去会会同乡嘛。”他想起阿莲想家会哭，怪可怜的。

阿莲不想去。

无论阿南怎么劝，阿莲都不想去，最后她老实说，她不想见到同乡：“我害怕。”

“你怕什么？”

她摸摸脖子。

阿南似乎有些明白了。

莫非阿莲害怕同乡能认出她颈项上的红线？

为了多赚些钱，槟榔摊一直开到晚上，他们虽然坐落在台北县市交界，却非交通要道，平日经过买槟榔的人也不会多，勉强糊口，但他们还是等到街道都快要净空了，夫妻俩才收拾回楼上。

阿母在家里看电视，见阿南回来，急忙拉着他说话：“告诉你的女人，晚上要把阳台上的衣服全收回来。”

“为什么？那要把衣服晾在哪里？”

“你没听说呀？吓死人啦，听楼下欧巴桑讲呀，这里晚上有个人头会飞来飞去，头发长长的。”

阿南的心当下凉了半截，立刻变得结巴起来：“乱……乱讲，哪有人头会飞的？”

“有人看到呀，听讲会伸出长长的舌头，去舔人家内衣裤的呢！头发很长，大概是个女鬼。”

阿南硬是露出一脸不屑的表情：“乱……乱讲！”阿莲假装没听到，惨白着脸，一言不发地走进厨房，准备清理明天要用的槟榔。

阿母一直缠着阿南，说她今天听来的故事有多惊人。

她说，隔壁那栋高级公寓，有户人家晚上晾出去的婴儿服，到了早上总是掉到地上，大人的衣服就没事，原本以为是猫儿什么的，因为衣服晾在阳台，有铁栏杆围住，不是猫儿大概也进不来，可是不懂为什么专挑婴儿衣服。

“结果哇，有一天晚上，”阿母兴奋地圆瞪大眼，压低嗓子，露出讲恐怖故事讲到得意时的表情，“那小孩的妈半夜上厕所，没有开灯，她听到厕所窗外的阳台有动静，就偷偷从窗户去看，就看到那个飞头了！那个飞头女鬼呀，伸长舌头，不停在舔婴儿的裤子呢！”

阿南推说很累，要去洗澡，逃也似的拐入浴室。

那一晚阿莲大概心情很乱，家事整理到很晚才洗澡就寝。

在寝室关了灯后，阿南悄声说道：“阿莲，你不能再这样下去了。”

阿莲坐在床缘，低垂着头，一脸忧愁的模样教人不忍。

“阿莲，你不这样子不行的吗？”阿南焦虑地说。

“我好想睡……”阿莲两眼浮肿，一直挣扎着不令眼皮关起来。

“阿莲……”今天是弄得有些晚了，比平常迟了一个小时就寝。

阿莲很是疲倦，完全控制不住沉重的眼皮合上，她一闭上眼睛，就靠坐在床背，无力再起来。

阿南叹口气，正想帮阿莲扶正身体睡好，阿莲的脖子忽然“咔”

的一声，颈上红线陡地陷入，整个头竟霍然脱离，缓缓地凭空升起，直到顶住天花板。

阿南吓了一跳，但他随即回过神来，端详阿莲断了的颈项。

高高在上的头颅并没滴下血来，坐在床上的身体，其脖子断处清楚可见颈动脉、肌肉、食道和气管的截面，却不见有血流出，只有空气进出的风声，还传出胃囊里的酸腐味。

阿南深吸一大口气，仰视阿莲的头，阿莲没睁眼，似乎仍在熟睡，发出轻微的鼾息声。不久，那个头颅开始缓缓移向窗口，阿南一瞧，发觉今晚尚未开窗，阿莲的头撞了撞窗户，发现出不去，焦急地绕着房内打转，像小猫一般啾啾叫。

阿南担心阿母会听到，虽然她重听，他也担心如果不让阿莲出去，不知会怎么样。

阿莲的头越来越急躁，发出尖细的哀泣声，在房中胡乱东飞西窜，她靠坐在床上的身体急促地喘着气，皮肤上的血色渐渐褪去，肤色变得越来越苍白。

阿南赶紧挣扎着下床，拿起床边的拐杖，一时慌张，拐杖没拿稳，倒去了一边，他滚下床，爬过去拿拐杖，再拖着身子回床边，要利用床缘将自己撑起来。他抬头一望阿莲，看见她的身体已经非常虚弱，喘息声又细又弱，他急得快哭出来了，当下决定先爬过窗户那边去。

他一手拖着拐杖，利用另一只手臂在地上推进，好歹这是四肢健全时在当兵那两年做过的。绕过床尾之后，他试着伸高手去推窗，窗户果然如他所料被扣住了，他必须站起来才能打开，而站起来是他目前最不可能做到的事。

阿莲的身体虚弱无力，慢慢滑到一侧，上半身歪倒在床缘，像个断线的木偶般扭曲成怪异的姿势。

“阿莲，你回去好不好？回去会不会就没事了？”阿南哀声问道。

阿莲的头像是完全听不懂他的话，只顾不停地啼叫。

他挣扎着，奋力用拐杖站起来，在倒下去之前，快速用手指弹开窗户的锁扣，然后整个人扑到地上，眼镜差点掉下鼻梁。他不顾跌倒的疼痛，扶正眼镜，忙撑起上半身去推窗，一股凉风倏地钻入，外头的车烟味也跟着闯入，阿莲的头欣喜地怪叫一声，冲向窗外的夜空去。

阿南看不见她的去向，她的啾啾声也很快被城市的噪闹背景声所掩盖了。

阿莲的头飞不出去时，他很担心，飞出去了之后，他看不见又更加担心。他吃力地爬回床上，扶起阿莲的身体，但身体软绵绵的硬是坐不好，阿南只好让她躺下。

她的身体仍然是冷的，但皮肤已稍微恢复红润，阿南搂着她，希望她赶快暖和起来，口中呢喃道：“救苦救难观世音菩萨，您一定要让阿莲没事，不管她是人还是妖怪，您一定要帮她好好活着……”

床头的闹钟指针指着凌晨一点，外头又传来了烧肉粽的叫卖声，今天卖粽子的迟来了一点，或许今天在别处生意不错吧。

阿南抱着阿莲的身体，感觉到她的呼吸缓和些了，发蓝的指甲也开始显出粉红色了，他揉掐着阿莲的手指，希望指尖快点暖和，一如她平日为他的断肢清理伤口时那般暖和，阿莲温热的指尖滑过他的皮肤时，所有的不舒服都仿佛会在瞬间消失。

他心急如焚，不断地拿起闹钟来看，期望阿莲快些回来，千万不要有什么意外才好。

不到半个钟头，阿莲的头回来了。

她悄悄地飘进来，阿南看到了，忙将她身体扶正，让头可以准确地接回去。

阿莲的脸孔表情呆滞，两眼吊白，像是处于失神状态，但却能准确地找到断处接上。头接回脖子后，脖子里头发出一堆掐肉般的声音，断处自动缝合收起，只留下淡淡的一道红线。

不久，阿莲"呃"了一声，大大吐出一口气，才徐徐睁眼。

一看见阿南，她马上说："我去刷个牙。"

阿南抓住她的手："阿莲，你没事吗？"

阿莲摇摇头，眼神中带了片化不开的哀伤，似是沉积了很久很久，没有任何东西可以将它稀释冲淡。

她挣脱阿南的手跑出去，阿南只好呆坐在床上，望着窗户，听着阿莲的刷牙声。

阿莲回来了，他终于放心了，紧绷的神经一旦松懈，疲倦马上就涌上来了。待阿莲回房时，阿南已经沉沉入睡。

他当时不知道，更糟的事还在后头。

"阿南，真的有耶！电视新闻都在报道了！"一回到家，阿母马上拉着他说，"隔壁栋那家人装了闭路电视，拍到那女鬼了！"

阿南的心瞬间寒了半截。

"不信的话，等下新闻台回放时，你去看看？"

阿南不安地打开电视，守在电视机前，焦心地听着一段又一段新闻，懊恼地想着：闭路电视？怎么有人那么无聊？还上电视新闻？他看见新闻台屏幕下方列了一行字：“观众热线，欢迎提供消息！”口中忍不住咒骂起来。

“北县最近四处流传的女鬼传说，终于有民众拍到了照片……”一听到这段新闻，阿南马上呼唤：“阿莲！过来！阿莲！快过来！”

“什么事？”阿莲以为他需要帮助，赶忙擦干手快步走来。

阿南指向电视机。

电视屏幕上出现一张照片，黑暗的背景前方，有一道道模糊泛白的栏杆，上方还露出衣裤的一角，显示这是在晒衣的阳台拍的，衣角之下，一个腾空的人脸若隐若现，一半的脸被长发挡住，约略可以看出眉毛和眼睛，是一张清秀的女子面庞。

阿莲的脸迅速变得纸白。

只不过数秒时间，那张照片从电视上消失，换成另一则新闻，是便利商店抢劫案，也是有闭路电视拍到歹徒脸孔，那张脸就清楚多了。

“阿母我今晚也不睡觉，看看会不会遇上？”阿南的妈妈兴致勃勃地说道。

晚上就寝时，阿莲一言不发地整理床单，阿南沉不住气，说道：“阿莲，我是不是你老公？”

阿莲点点头，不敢望他。

“我很担心你，可是，你好像不想让我帮你。”

阿莲忧愁地摇首道：“你帮不到我。”

阿南抓住她的肩膀，直视她的眼睛："我是你老公，我想帮你。"

阿莲望着他的眼睛，良久，咬了咬下唇，再望了眼闹钟。

她坐在床缘，低声说："再过一个小时，我又要出去了。"

"你一定要出去吗？难道不能乖乖睡着吗？"

"不能，"阿莲说，"我控制不了，当我出去时，我不太能记得自己做过了什么事。"

"为什么你会这样？为什么你的头会飞走？"阿南苦着脸问。

"你……不喜欢我吗？"

"喜欢，所以我想帮你！"阿南抓抓头，"……虽然我很笨，中学之后就考不上学校了。"

阿莲甜津津地一笑，脸上潮红："谢谢你，阿南。"

阿南正色道："你说过，有人想切你的头。"

"不是用刀切，"阿莲说，"是用话来切。"

阿莲说，她小时候，家里忽然来了个很凶的女人，那女人还带来了另外两个壮硕的女子，凶神恶煞地跟在她后面，令她妈妈感到很害怕。

那女人穿了件很好的衣服，看上去是很舒服很光滑的料子，而且没有补丁。那女人年纪比她妈妈大，还化了浓妆，她用歧视的眼光盯着阿莲，说："就是这小杂种吗？"

"你想做什么？"阿莲她妈紧抱着她，似是要保护她免受那女人伤害。

"我想做什么就做什么，"那女人冷笑道，"你的靠山死了，昨天刚埋了，难道他还能阻止我对付他的杂种吗？"

几年后，阿莲才知道，她是一位大财主的私生女，那天来的可怕女人就是大财主的大老婆。

“求你放过她，她还小，什么也不知道。”阿莲的妈哀求道，“我不会要你们家一分一毛的。”

那女人嗤道：“谅你也不敢要。”随即冷笑道，“我不会要她的命，只是我看了真的很不爽，她要活着，就不能平安活着。”

说着，那女人一甩头，跟着她来的两个壮女人就抢上前来，一把抓住阿莲的头发硬扯，阿莲痛得哇哇大哭，不断叫妈，可她妈被另一位壮女人抓着，救不了她。

在壮女人的强硬拉扯下，阿莲硬生生被拉下一把头发，然后被壮女人甩去地面。她瑟缩在地上，抚着头发痛哭，她妈妈冲上前来搂住她，发狂地朝那女人大叫：“你们走！快走！”

“我们当然要走，”那贵气的女人道，“来过这种脏兮兮的狗窝，我的鞋也该扔掉了。”临走前，她还回头来说，“对了，那做鬼的，生前将每个孩子的生辰八字都保存得很好呢，这个我就不需要跟你讨了。”

阿莲的妈听了，发疯似的大喊大叫。

“她要作法！”阿南听到这里，惊叫道。

阿莲不懂什么叫“作法”，她学的中文还没学过这些。

“她就会这样……”阿莲翻白眼，两手在空中胡乱挥动，模仿起乩的样子，解释给阿南听。

“那就是作法，诅咒啦。”

自古以来很多民族都相信身上之物不可被人得到，尤其是头发、血、口水这类代表精气之物，甚至是名字、生辰这类无形之物，有时更能完整代表本人。

不管怎样，第三天晚上，阿莲在沉睡中，她的头就突然脱出来了。

阿莲的妈看见了，就去将屋角的便桶盖子打开。

说到这里，阿莲偷瞄了阿南一下。

阿南沉吟了半晌，恍然道："这就是为什么你要刷牙吗？"

"我很脏的。"阿莲垂头道。

"脏了，是可以洗干净的。"阿南不置可否，他另有心事，绷紧嘴，思考了一阵，"然后呢？为什么她要这样对你？即使你是私生女，也还有很多种方法可以对付你呀。"

"因为……"理由很复杂，也很简单。

飞头的传说十分古老，可以追溯到远自秦朝的传说，连阿莲都不知道有多古老。古人传说飞头民是一支种族，有人说是一种法术，众说纷纭，莫衷一是，但对印度支那半岛乃至于中国南海诸岛的人而言，飞头已经是生活中一种既存的事实。

据说，飞头民会去吃小孩粪便，又说会去吃新葬的尸体，又据说由于飞头民肆横过众，泰皇还曾下令铲除飞头民，只要见到颈上有红线的人，一律斩头不赦！

阿莲的颈上出现红线，无论阿莲她妈如何防范她飞出去，村中还是开始出现飞头的传说，迫使她们母女不得不遁离家园。在长大的日子中，母女俩四处迁居，她也总是要遮着脖子，一旦有人察觉，她们又得搬家，为的是泰皇的那则故事令她们惧怕不已。

"那么……"阿南还想要问，却发觉阿莲的眼皮已经愈发沉重了，眼看快要闭下来了。

“阿南……我很想睡了。”阿莲模糊地说道。

“等一等！”阿南拿出早已准备好的一盒水彩，“你快点躺下。”

“做什么？”

“我要画你的脸，好让别人看不清楚，”他取出水彩画笔、水杯，开始在阿莲的脸上作画，“你记住哦，不可以去常去的地方，人家已经准备好相机要拍你了，不要在空旷的地方飞，容易被人看到，贴住屋顶飞好了，小心看清楚有没有网，有没有勾……”阿莲已经按捺不住，重重合上了双眼，听不到他说的话了，即使听到了，到时无法控制自己，也未必记得。

阿南取来拐杖，赶紧走去关灯，免得阿莲的头飞出去时被人目击，然后才走去开窗。他老早在窗下摆了张椅子，让自己可以坐着看清楚阿莲飞走的方向，万一发生什么事，至少还有个去处去寻找。

阿莲脖子上的红线逐渐陷入，头慢慢脱离脖子，阿南再看一遍她被画花的脸，期望不会被人认出来。在阿莲飞出去之前，他还在窗口张望了一下，确定楼下和对面没人会看见，事实上在这种冷漠的城市，很少人会常常朝窗外望的。

他目送阿莲的头离开了，开始坐在椅子上等待。

他想起阿莲与他生活这短短两个月的经历，打从新婚初夜，每晚阿莲都挺主动地跟他做爱，令他受宠若惊，现在回想，每次做爱之后，他都会在极度兴奋后沉睡到天亮，要不是那天半夜他尿急，根本就不会发现阿莲的秘密。

阿莲是个可怜的女孩，她过去经历过如此多的苦难，现在是他老婆，他就不能再让她受这种苦了。

他开始盘算自己的储蓄还剩多少。

半小时后，阿莲平安回来了。

他一边帮阿莲擦拭脸孔，一边说："我们去越南好不好？我没去过。"

"不要，"阿莲说，"我不想去。"

"那边不是你的家吗？你妈妈不是也在那边吗？"

阿莲沉吟了一会儿，反问道："你想去越南做什么？"

"去帮你讨回公道，找那个对你下咒的女人，叫她把你变回原样！"

阿莲沉默了一阵子才问："你还有钱吗？"

"老实说，"阿南泄气道，"没有了。"

"那就睡吧。"阿莲一手抚着他的脸，深深吻上他的唇，阿南感到这两片唇无比温暖，比过去任何一次都来得香甜，虽然带有一点异味。

这一晚，他们花了很长的时间做爱，缓慢而缠绵，最后他们也没穿上衣服，相拥直到天亮。

次日一早，阿莲让阿南一个人看守槟榔摊，自个儿不知跑去哪里了，直到午饭之后才回来，还带了两盒便当。

"你去哪里了？"阿南担忧地问道，"阿母问起我不知怎样回答呢。"

"我去买机票。"阿莲说，"下个星期我们两个人一起去。"

阿南愣住了："去哪里？"

"我家，像你说的，去找那个女人。"

阿南没想到她的行动这么快："你哪儿来的钱买机票？"

阿莲正色说："我没告诉你，我妈妈已经死了？"

"没有。"

"所以我没有亲人了。"所以阿南付出的那一大笔嫁妆，其实都存进了阿莲的银行户头，阿南一时没有搞懂，他只是刚弄明白为什么当初不必回越南摆酒。

"那……那么，我要跟阿母讲。"说着，他作势要起来。

"不要讲。"阿莲按着他的手，用坚定的眼神盯住他，他从来没看过温驯的阿莲露出那么有力的神貌，"告诉阿母，我们去南部一趟，那边有个人可以医好你的腿。"

"我的腿？怎么可能？我的腿断了。"

"请你这样告诉阿母。"阿莲坚持。

阿南望着她的眼神，良久，才疑惑地点头。

阿莲收拾好简单的行李，轻便得即使是断了一条腿的阿南也可以随手提走。阿南也没问她要去多少天，一切全由她打点，包括当天如何乘车上桃园机场，阿莲都还比他清楚，说起来，这还是阿南第一次出国，甚至是此生第一次到机场去，因为他连松山国内机场也没涉足过。

直到在候机楼，他才知道是搭乘哪一家航空公司的飞机，才知道要去哪座城市——那座城市他没听说过，真的会是越南吗？

在三个多小时的飞行中，阿莲告诉他一件事……

阿莲的妈曾去算过八字，想知道阿莲是否命途多舛，如果这一生不如意，就不如死了算了，结果算命的说，阿莲命中注定，残缺人要嫁残缺人。

她是个连头都留不稳在脖子上的人，所以也是个残缺人。

“可是，我是在决定跟你相亲之后才弄断腿的。”阿南解释道。

当时阿南开货车，急着要去送一批货，不想半路抛锚，其时梅雨时分，天上下着淫雨，阿南冒雨检查货车，对车子不太了解的他，压根儿找不出货车的问题，他不敢向老板报告说货车坏了，又对步步迫近的送货时间心急跳脚。

他发现货车底下好像在滴着黑油，于是爬到车底去瞧。

天雨路滑，货车慢慢地在斜坡移动，当他发觉时，巨大的轮胎已经硬生生轧碎他的左大腿，他的右腿反射性地及时抽回，才保住了一根支持身体的肢干。

阿莲说：“没错，你要娶我，所以才会受伤的。”

“我不相信。”阿南拒绝这种说法，这种说法会令他伤心。

他们各怀心事，在飞机上并没多说话。

阿南怀疑自己的能力，他真的能帮到阿莲什么忙吗？

伤害阿莲的女人是个厉害的角色，他区区一个中学毕业（低空飞过）、身无长技，还断了一条腿的人，真能派上用途吗？

飞机要降落时，报告了英文还有他听不懂的语言之后，总算有中文报告，他听了之后，困惑地问道：“刚才说要在哪里降落？我听不懂……”

“Phnom Penh，中文叫金边。”

“金边？是在越南吗？”

“不是，我们在柬埔寨。”

“柬……”阿南张口结舌，迟疑了片刻，才说，“我记得你家在越南。”

“我家最后是在越南，小时候不是。”

“那你小时候是在……”

“我会带你去。”

他们下机后，又上了长途巴士，去一个阿南怎样也记不住名字的地方，然后转火车，再转巴士，辗转两天，阿南只能乖乖地跟着阿莲走，一晚住在小旅舍，一晚还在巴士站过夜。

直到下机后的第三天下午，他们才抵达一个森林边的小城镇。

这是一处边境小镇，穿过森林便会进入越南境内，往东直走便能循路抵达胡志明市。

那里湿气很重，空气充满泥土蒸出来的腐败味，不臭，反而带有一股清凉的草香。远离了台北污浊的空气这几天，阿南觉得肺脏都清新了许多，对扑鼻而来的草香感到鼻腔满满的沁凉。

懒洋洋的午后，镇上活动的人不多，有七十年代的金龟车徐徐开过去，也有更古老的牛车，在年久失修的石子路上轧出一道道泥沟，建筑物斑驳的墙下隐藏了过去细心堆砌的华美装饰，猜得出这里曾经有过一度的繁荣时光。

阿莲配合阿南的速度，率前慢步，令阿南不至于走得太辛苦。

走着走着，他们弯进一条街道，两侧坐落了平房，有的门口改装成商店，零散摆卖着稀少的货品。

从阿莲的态度看来，他们已经来到目的地了，阿莲不再紧绷地安排下一趟交通，而是对四周觉得很安闲，熟悉地轻步着，不时怀念地止步看望。街角有三两顽童在赤着脚踢罐子，不时转过头来注视他们这两个陌生人，阿南见了，忍不住低声喃出小时候学过的唐诗："少小离家老大回……"

他觉得提拐杖的手臂有点累了，便停下脚步歇息，向阿莲确认一下："这里就是你小时候住的地方吗？"

阿莲点点头，然后指向街道末端："那边，是她住的地方。"

阿莲突如其来的宣布，令阿南感到头皮麻了一下："谁？害你的人吗？"

"嗯。"

"这么多年了，她还住在那边吗？"

"我不知道，"阿莲说，"很久很久了，我不知道。"

阿南觉得自己还没有准备好，内心深处巴望那女人真的不在，又觉得若真不在又好可惜哦，因为依他们手上的钱，大概要好久以后才可能再来一趟。

他们走到那间房子时，斜阳已经将树影推得长长的，迤逦爬上街道、墙壁以及长了杂草的屋顶，为这老旧的屋身添上更浓的朽迈。阿莲站在门口，凭着夕阳昏黄的光线看进去，大开的木门内有好几个年久失修的木架子，摆着稀稀落落的肥皂、毛巾、笔墨之类的，完全看不出当年是间货色齐全、雄踞一方的店号。

店内一角的矮桌后方瑟缩着一位老女人，靠在修补了无数次的藤椅上，正半合着眼打盹儿，她一头黑白相杂的头发随便扎成一团，看上去有点邋遢。

"阿金姨。"阿莲呼唤了一声。

阿南虽然听不懂，但也知道是在叫那女人，平日憨头憨脑的他也不禁疑心，如果那女人正是害她的人，阿莲不是应该很久很久都没见过她了吗？怎么会看起来挺熟的呢？

老女人听到有人叫她，眼神迷糊地抬起头来，一看见眼前的阿莲，她浑浊的视线刹那间清澈起来，年轻时的怨恨、哀伤和狠辣倏然充满双瞳。她的视线转到阿南腿上时，嘴角不禁露出恶意的笑容。

“就是她吗？”阿南用臂肘轻轻顶了顶阿莲，悄声问道。

阿莲微微颔首，然后说：“你不要讲话。”

老女人吃力地站起来，指指阿南，问了一句话，只听阿莲回答后，老女人先是苦笑了一下，接着两人一来一往对话起来。她们说的话像两枚铃铛不断在响，听得阿南昏头昏脑，他很想问两人在说些什么，但丝毫没有他插话的空间。

不久，老女人的脸色愈见缓和，阿莲似乎也放松了不少，最后，老女人嘀咕了一句，转身进入一道小门，消失不见。

“她去哪里了？”阿南追问。

“她去收拾房间。”阿莲说，“我们今晚睡这里。”

“睡这里？”阿南搞迷糊了。

原来那老女人不是独居，偌大的家里还有另一位体形壮硕的老女人，以及一位来帮佣的老男人，老男人负责粗重工作，天黑之前就离去了。

他们果然打扫了一间小房间，阿南将行李拎进去时，发现这房子挺大的，他们穿过回廊，深入一重又一重，有三进，有点像台湾日治时期的老店，但房子没人打理，大多地方荒废了，嗅起来就有扑鼻的酸尘味。

安顿好行李后，阿南正思量着如何问阿莲刚刚的对话，那位壮硕的老女人就来叫他们去用晚饭了。阿南疑心这女人就是当年扯断阿莲头发的两人之一，虽然年纪老迈，依然透出一股凶戾之气，令阿南神经紧绷不已。

饭桌上摆了三盘简单的菜肴，菜量虽少，但酸酸辣辣的很下饭。阿南一直防范着那老女人，心里一直念着她就是害惨阿莲母女的人，所以迟迟不敢动筷，他听人家说东南亚的女人很会下蛊之类的，生怕菜里头有什么蹊跷，吃了出事。

阿莲似乎看出他的心事，悄声说："吃吧，放心。"说着便大口大口扒饭，要令阿南放心。

一桌四人用饭，没人再出一句声，两个老女人也是静静地用饭。阿南偷瞧她们老迈的食态，油然生起一股怜悯，无论她们干过多少坏事，而今也是风烛之年，再也做不出什么大事了吧？

用饭后，收拾干净，两个老女人熄了灯火，兀自去睡了，留下错愕不已的阿南："就这样子？"他们走了这么远路，难道就只是来吃顿饭吗？什么解除诅咒的事，阿莲竟只字未提？

这小镇虽有电流供应，大宅里也只用小功率的昏黄灯泡，熄了灯以后漆黑一片，阿莲也不敢擅自开灯，因为会加重老女人的电费，对她们这种低收入的人来说，电费是沉重的负担。于是，阿莲牵了阿南的手，带他到正门屋外去，并肩坐在黑暗的街道路肩上。

黑夜并不寂寞，树丛间满是各种虫类的叫声，还有半轮明月在团团云层后时隐时现。阿南从来没听过这种充斥了各种虫声的夜晚，在他家的寝室只会听见风扇声、空调声、机车声还有汽车声，他一时还不习惯这么自然的声音。

他肚子里纳闷着许许多多的话，想要问一问阿莲，又不知道这样问会不会伤她的心，抑或会令她生气，他不想冒这种险。

倒是阿莲先说话了："其实，在我去台湾之前，我有来找过她。"

阿南一时还弄不明白是什么意思。

"那时候我花了两个星期才找到她，所以这一次我可以这么快就带你找到她。"

在虫声月影下，阿莲娓娓道来。

确定要嫁给阿南后，她毅然做了个决定，一个她很久以前就决定要做的事，而今是时候执行了：她要去寻找当年向她施法的人，她亲生父亲的正室妻子。

当她摸错了许多路，碰了几次钉子后，终于找到那位老朽贫困的女人时，阿莲的同情多于愤怒。她那素未谋面的父亲不知曾留下多少财产，都被觊觎已久的亲戚和友人们狰狞地摸走，当年叱咤一方的家业分的分、散的散，只余下一抹残败的光华。那女人依然死守男人留下的空荡房子，似乎这样子就可以紧抓住她最后的一点尊严。

她并不知道老女人的名字，理论上应该称她大妈，但她并不想使用这个称谓。

"我是桂的女儿。"她开门见山地对老女人说道。

老女人惊惶地抬起头，对这个十多年未曾听过、几乎从记忆中消失的名字感到震撼不已，她怎会料到在一个昏沉的午后，会被唤起当年被丈夫背叛的记忆？

不堪回想的怨恨令她的双眼再度有神，上下打量这名女子："桂的女儿长这么大啦？”她搜索了一下记忆，“你叫莲，是吧？”

阿莲答了声是。

“桂呢？”

“死了三年了。”

老女人点点头：“想来也是。”然后就继续低垂着头打盹儿，等待偶尔上门的顾客。

阿莲忍不住：“你不问我为什么会来吗？”

老女人狞笑道：“我想，你自己会说。”

“告诉我，要怎么样变回正常人？”

“我不明白你在说什么呢？”

“你忘了你对我做过什么事吗？”

“有吗？说来听听？”老女人语带幸灾乐祸。

“你……你让我的头……”

老女人伸手阻止她说下去，大概她觉得够了，也大概不想阿莲大声嚷嚷令街上的人听见。

“经过了这么久，你为什么现在会想……回来呢？”

“我要嫁人了。”

“哦？谁会想娶你呢？”

“我要嫁去台湾，”阿莲说，“我不会再回来，所以，求求你。”

“嫁去台湾？”老女人颇感兴趣，“我听说过不少女孩嫁过去的，台湾人比较有钱吗？”她点燃一支土烟，道，“你一个要嫁人的人，人家怎么还让你跑来跑去的？”

“求求你，”阿莲放软了语气，“你有没有办法把我变回来？”

老女人觑她一眼，抽了几口烟，道："没有。"

"没有？"发出怪叫声的是阿南。

阿莲叙述的当儿，天气愈感寒凉了，热带地方的乡下，往往早晚温差很大，又干又热的白天，到了夜晚便会变得湿冷。阿南在这儿几天，已经挺了解这儿的天气模式，每到湿冷时候，他左腿截肢处便会隐然作痛，像是骨髓内部有把小锤子在敲打。

他弯下腰，抚抚左腿愈合了的伤口。

"痛吗？"阿莲关心地问道。

阿南摇头，然后问道："她真的没办法吗？"在月色下，他凝视阿莲的双眼，她眼中透出黑晶般的光芒，深不可测。

阿莲继续说故事……

老女人捣头如蒜，闷闷地说："这不是可以回头的事。"

"那你为什么要这样害我？"阿莲咬着牙，愤恨地说。

老女人凝视她的眼睛，好一会儿，才慢慢伸出手，将衣服的高领翻开。

高领之下，是一道红线，在起皱的皮肤下若隐若现。

阿莲屏息看着那道红线，她咬着下唇，害怕听到答案。

"你妈妈，桂，曾经是我家的女佣，"老女人用沉静的语气低头说，"她跟我家男人偷偷有了你，当她的肚子终于藏不住之后，我很生气，可是不久我就原谅了他们……"她将烟头丢掉，再度凝视阿莲，"女人是很认命的。"

阿莲抖着声音说道："我不记得住过这里。"

"因为她还没生下你，就被我赶走了。"老女人依旧冷冷地说，

“你想知道为什么吗？因为她太贪心了，她想坐上我的位子，她想拿家门和钱柜的钥匙，她想做这头家的女主人，所以她请了一个神婆把我弄成这样。”

阿莲感到双腿发软，胸口透出一股沁凉，不由得跪倒在店门口。

“如果，”老女人低垂着眼，“如果能够回复原样，难道我不想吗？”

两个女人面对面沉默良久，阿莲才说：“那个神婆，你知道是谁吗？”

“知道。”老女人说，“你找她也没用的。”

“她还在吗？”

“应该还在，不过很老很老，比我还穷，躲在后山的一间小屋，不知还能不能走路。”老女人顿了一顿，才道，“你真的要去找她吗？”

阿莲抿紧唇：“是。”

老女人叹了一口气。

说到这里，阿莲轻抚着阿南的手，久久没再说话，只是抬头望着闪烁的群星。

“你看。”突然，阿莲一指举向天空。

空中，有一样东西在缓缓飞过。

阿南见过，但还是忍不住惊奇：“是人头。”

“那边呢？”阿莲指向另一边。

街道两侧的平房屋顶后面冒出数个人头，在月色下徐徐升空，他们放出啾啾的叫声，吓得连夜鸟都沉默噤声。

人头们飞向他俩所处街畔的一棵苍老大树，在树顶上群集，啾啾啾叫个不停，像在谈天交换信息。

不久，更多的人头从远方飞来，如群集飞翔的候鸟，横扫过天空，降落在大树上，加入大树的人头阵容，整棵树顿时变得聒噪不已，恍若百鸟争鸣，令这条街道变得比白天还热闹。有的人头绕树而飞，不时擦过树叶，令树叶掉落，像是以此为乐。

阿南注意到，其中一个飞头看起来很像那老女人，也就是阿莲的大妈，阿南还记得她扎起来的头发和脸形的轮廓，她在飞翔时不再老态龙钟，显得比刚才更有活力。

大树上喧闹的人头活泼非常，白天生活困顿的他们，仿佛在夜晚获得了第二生命，可以尽情享受自在的时光。

不久，人头们渐渐安静下来，大树恢复平静，人头们抖抖头，抖落头发上的叶子和虫子，然后纷纷飞离大树，四散而去。

阿南目瞪口呆，半晌合不了口："……这是怎么回事？"他还没想过，这个林边小镇，或者正是飞头民们聚居之地。

阿莲一点都不慌张，她不断抚摸阿南的手背，不令他紧张。

"女人是很认命的。"阿莲幽幽地说，"那天相亲，我知道那个来的人不是我真正要嫁的人之后，我就在猜，算命的是不是说对了……"

阿南傻着眼遥望人头们飞远。

"我一直在想，你的腿是我害的，因为我命中要嫁一个残缺人，谁敢娶我，谁就有事。"阿莲握紧阿南的手，"阿南，对不起。"

阿南感到泪水渐渐涌了上来，他抚着阿莲的肩膀，说："我才要说对不起，你以前受了这么多苦，我却这么没用，没能让你过更好的生活……”

两人搂在一起，久久没有说一句话。

不久，阿莲拉过阿南的手，让他轻轻按在肚皮上，然后将嘴巴凑过去他耳边，轻声道：“我可能有孩子了……”

“孩子？”阿南一时回不过神来，当他终于明白时，顿时热泪盈眶，“我有孩子了？”

“我这次没来……去买了验孕棒，还没去看医生。”阿莲轻声道，“而且，我最近比较常晚上会飞出去，大概是因为有了。”

阿南哭得稀里哗啦，泪水控制不住猛流不停，此时此刻他觉得自己是天地间最幸福的人了。一直到今年新年以前，他还从来没想过自己可能会有这种幸福日子好过，这一瞬间，他由衷感激各路他常膜拜的神明对他眷顾有加。

“阿南……”阿莲在他耳边悄悄说，“你想不想自由自在地到处走，还比你有脚的时候走得更远？”

阿南擦拭双眼，点点头。

“你要不要变得跟我一样？”

阿南猛抬头，望着阿莲，忍不住去打量她脖子上的红线，红线被下巴投下的影子遮去了，看不分明。

“你……没有跟他们一起飞？”

“住在台湾之后，就比较迟了，大概因为台湾人都很迟才睡，这边的人要省灯油和电费，很早就睡啦。”顿了一顿，阿莲再次问道，“你要不要变得跟我一样？”

阿南想了很久，才问：“为什么？”

“因为即使没有了腿，你也可以在空中飞，飞得又高又远。”

“可是……”

他还来不及说完，阿莲的眼睛在毫无预警下突然翻白，脖子上的红线蓦地拉宽、陷入，她的时间到了。

阿南沉默不语，看着她的头渐渐脱离身体，听着她口中发出听起来毫无意义的啾啾声，他抱着她的身体，眺望她的头飞走，就如同过去两天在小旅舍、在长程巴士站旁的黑暗林荫中，等待她回来。

阿莲飞到半空，在月光下四处环视，最后决定了方向，缓缓飞到街道的另一端。

阿南把她搂得紧紧的，感受她的心跳自胸口传出来，感受她的呼吸声自脖子的断处呼啸着。

他愿意相信阿莲。

回到台湾后，阿南更努力地工作，他不仅卖槟榔，还学了一点手艺，在住家楼下开了个小档子，专卖水煎包，由阿莲和他家阿母帮忙做馅料，他自个儿负责面皮。由于他扶拐杖的手臂变得十分有力，擀出来的面团也特别有劲儿，水煎包做得皮薄有弹性、馅满有甜汁，渐渐地打出了名堂，每个月的收入也在稳定地增加。

这其中有个诀窍，就是内馅的原料，其实是阿莲的大妈所提供的，那是她年轻时拿手的秘方，总是能让她家男人胃口大开的，就是除了猪肉肥瘦比例之外，还加了鸡肉、虾米、洋葱、花生、高汤等，成了一道入口则交织有百种滋味的好味道。

收入增加后，依照计划，阿南租下了他住的公寓顶楼，加盖了一间房子，准备迎接新生儿的诞生。

每天晚上，他都很期待午夜的来临。

那时候，他和阿莲两人会将头脱离身体，在空中尽情嬉戏。

回想起那个在柬埔寨小镇的晚上，他所做下的重大决定，他一点也没后悔。

那时候，阿莲买了丰盛的食物，带他到小镇后山去，依大妈的指示找到神婆，她所住的小木屋被各种果树重重包围，屋外不远还种了各类蔬菜，那位神婆则躺在神坛旁的藤椅中，神坛上摆了好多坛子，一一全部用红纸黄符封了口。

阿南不安地望着那些坛子，觉得它们像一个个歇息中的小生物，蓄势待发。

阿莲向神婆道明来意，神婆先是惊奇，因为除了巫师之外，没有人会自愿成为飞头民的，然后神婆严肃地告诉她许多话，她听完了之后，翻译给阿南听：

“这是一个不能回头的决定，你会不会后悔？”

“每次飞回来之后不能马上洗澡，尤其是热水澡，也不能洗你的颈，你会不会后悔？”

“每次月圆，或前一天和后一天，都不能飞出去，你会不会后悔？”

“你不能抽烟，不能吃不新鲜的鱼、虾和螃蟹，也不能吃生牛肉和羊肉，你会不会后悔？”

“你的嘴巴，这一生都可能有臭味，你会不会后悔？”

就这样，阿莲林林总总说了十多条，阿南都不觉得有问题。

他相信阿莲不会害他，阿莲没有理由害他，因为他关心阿莲，疼爱阿莲，他不能让阿莲伤心，如果不相信阿莲，她会伤心的，何况阿莲还有了他的孩子。

那神婆见他答应了，告诉他需要准备一下，今晚月亮半圆，正是好时候，说着，神婆合眼在藤椅上假寐，也不见她有什么行动去准备些什么。

阿莲去厨房生火烧柴，煮了三人饭菜，等待夜色降临。当夜晚真的来到时，神坛真的已经准备好了，前方摆了一张小桌子，放了好几个碗，盛了白米、生鸡蛋、蒜头等物，又摆上黄纸、朱砂笔、白蜡烛等，而神婆依旧睡在藤椅上，不像曾经起来过的样子。

半轮明月升起时，神婆终于站起来了，她双目炯然有神，大概是因为休息了一整个下午吧。他被安置在房子正中央，用一块黑布蒙上眼睛，他什么也看不见，耳中只有不断传入的神婆的呢喃声，时而低吟，时而高唱，时而又像在抽泣，神婆脚下踏着有节奏的步伐，像要引导什么跟着她踱步。

一阵阵异香穿入他的鼻孔，有寺庙里熟悉的檀香味，也有干燥香草低温焚烧的熏人青草味，还有混合了肉桂、茴香和各种说不出名字的香料气味夹杂其间。忽然，一股蛋壳燃烧的恶臭扑鼻，阿南就开始觉得颈项痒痒的。

痒痒的感觉绕着脖子一圈，他感到脖子四周的皮肉慢慢陷入，压迫到气管和颈椎，在他觉得不舒服之前，气管忽然灌入一道凉风，他内心又惊惧又好奇，但丝毫不觉得疼痛。

即使是颈椎中的脊椎神经切断时，他也不觉得痛，只是觉得身体突然失去了联系，整个人顿时感到前所未有的轻松，连当兵之后一直困扰着他的颈痛也在刹那间消失得无影无踪。

脖子两侧的颈动脉截断了，但血液依然奔流，在他的脑子四周提供氧气和养分，在他紧张得吞下口水的当儿，食道也断开了，口水滑了下去，没有滴出体外。

这时候，挡在眼前的黑布被轻轻解开了。

黑夜，只有烛光摇晃的小木屋，在他眼前却变得明亮无比，黑暗的房间仿佛被正午的太阳照耀般光亮。他没戴眼镜，也看得见屋梁上的细密蛛丝闪着银光，看得见神婆脸上的每一道皱纹，看得见神坛上坛子里静伏的不明生物，甚至看得见碗中白米里头暗藏的虫卵。

他浮在半空，发现双耳正高速震动，拍打着空气发出超越人耳的音频，将他的头颅托在空气中。他很自然地试着控制双耳，然后，他在半空徐徐转头，此刻，他心中……是的，心中充满了惊喜。他的身体跟头建立了神秘的联系，气血凭着超空间的管道互通，虽然失去了身体的束缚，他依旧可以感觉到内心的激动……

他转过头，看见阿莲。

阿莲的头也已经飞起，但不像他平常看见的两眼翻白，在他超然的视线中，他看见阿莲的脸满布光芒，妖艳迷人，他知道阿莲口中正啾声叫着，但在耳中却是全然明白的话："我们出去飞一飞吧？"

然后，他也发出啾啾声："好啊。"

月光下的世界多么美丽，月夜在他的视野下有如正午，但四周的树林并不是满山翠绿，而是发出各色黄、紫间杂的瑰丽色彩。他们在月下盘旋嬉闹，阿南从未如此快乐，远比新婚之夜更加倍地兴奋，尤其是有阿莲在他身边，不，头边。

回到台北，阿莲教他如何避开大楼之间交织的有线电视线、电话线和电线，否则头会被缠住逃脱不了，后果可不堪设想。

然后，他们也从神婆那边得到了一个除了巫师之外，没有其他飞头民知悉的秘密：自由控制将头飞离的方法。

因此，从此，阿莲和阿南过着幸福快乐的生活。

……我猜是吧。

台北迷路[1]

我已经深入坟地

左顾右盼，视野所及全是墓碑

我站在坟地中央

呼吸着死者通过泥土散发出来的陈腐

迎着死灵轻拂过身边的微风

我知道，我正在做梦。

我在做梦时大多会知道我正在做梦，因为梦总是那么不真实。

梦中，我靠坐在老树下休息，享受树荫下片刻的凉爽，面前躺了条烂泥巴路，路被车轮碾轧得伤痕累累，还有无数零乱的牛蹄印。

泥巴路通往一片更荒凉的地方，那里的杂草被滋养得又高又肥，除了野狗和乌鸦，没人会对那片土地的丰富养分感兴趣。

因为那里是一大片坟地。

每个住在城里城外的人，将来都有机会来这里，无论是大家闺秀、千金小姐、贩夫走卒、读书人、大富商、小跑腿、推车的、拖车的、乘车的、正义浩然之士、卑鄙小人等类，统统免不了一死，两腿一伸，全往这里送，尘归尘，土归土，埋得浅的还会被野狗掘出饱食一顿，乌鸦如常待在枝上静候骨骸上的残肉。

在眼前这片坟地上，众生平等得很，世界大同。

我不知道我为什么会来到西门外这种鬼地方找棵半死不活的老树倚着纳凉，我不该会喜欢这种地方的不是吗？[2]

梦是该醒的时候了，因为牛头出现了。

“别拦在路上。”牛头说着，还用粗糙的大舌头舔了我一下。

其实说话的不是牛，牛的后头拖了一辆车，车上坐了个壮汉，叫我别拦路的是他。可是我不知道我拦了哪条路了，前方的路那么宽阔，何况他大老远就能望见我，早就能拐个小弯绕过去。

我缩起双腿，让他通过。

“别拦路，不然会辗断你的腿！”

我霍然惊醒，一股清冷混合了呛鼻车烟味的空气侵入鼻腔，一扫梦中的泥香和草香。

我忍不住咳嗽，企图驱走入侵的异味，我咳得泪水直流，泪眼迷蒙中，坟地自眼前消失，换成大片高楼大厦，灰沉沉的，在晨曦中矗立，其中一栋还在最高处闪烁着又大又红的数目字，很抢眼，我知道是数目字，也明白是什么意思，却一个也说不出来。[3]

“喂！”

差点忘了有人提醒我会辗断腿，我抬头望向那人，看见他脖子上是一张黑色的国字脸。他推着木车，上面堆着破铜烂铁，显然木车的轮子不易转弯，而我的腿又正好横卧在他面前，他要不得将木车推下人行道，冒险走一小段马路再登上人行道，要不就得直接辗过我的腿。[4]

不过举脚之劳，反正梦醒了，我也该起来了。

那人推动木车，又皱鼻子又挤眼的，口中还在念念有词。

我听不懂他在念什么，不过我默记下来了：“臭臭臭，霉气，一大早就碰到那么臭的东西。”

这是启示。

我东张西望，确认眼前不是坟地，而是黑油油的坚硬路面，路面躺了黑白相间的粗宽线条，一颗颗大泡泡在路面浮起又沉下。

要抵达对面的高楼，我首先必须跨过这些白线，白线中间有红色人，端正地站在框框之中，用看不见的眼睛（他的眼睛跟身体其他部分一样是红色发光的小点）直愣愣地盯住我。不，或许他正在监视我，喔，我知道，又是监视。[5]

我故意不直视他，看他打算采取什么行动。

忽然，红色人消失了，下方的另一个框框赫然出现绿色人疯狂地走路，绿色人不止一个，他们每隔一段路就站一个岗，在方形的牢笼中不停地行走，却老是走不出笼子。

这是启示。

四周那么广阔，黑色路面上没几辆车子，天空正在大片蓝色之上再披上脏兮兮的柠檬色，身处如此广大的空间，我却觉得十分狭小。

正如绿色走路人给我的启示，我逃不掉。我被硬硬的头壳封锁在内，逃不出去，除非破开我的头一个洞。

也正如牛头给我的启示，我的头里面有很多很重要的东西，却被禁止迸出来，只好慢慢腐败发臭。

我眺望对岸黑压压的大楼，一股欲望驱使我举步，要穿过一横列白线到对岸去，但这条路太长太远，虽说黑油路上没什么车子，谁知道随时会发生什么事？说不定一辆大车趁着清早行人稀少撞过来将我辗个稀烂呢？[6]

脑袋还在犹豫，脚底却已踏上路面。

绿色人在催促我快走快走。

我不安地望向斑马线，我有充分的理由不安，因为我知道这条斑马线不是普通的长，以正常速度通过少说也要一分钟以上，这表示我必须暴露在险境下更长的时间。

另一个更充分的理由是，斑马线上正浮出一个个大泡泡，我看清了它们的真面目，那些泡泡是一个个脑袋瓜，躲着一双双贼眼，虎视眈眈我的腿。有个人经过我身边，匆匆地过路，一脚踏上那些浮凸出路面的天灵盖，它们的贼眼眨也不眨一下，我目睹一只手从斑马线伸出，碰了一下那位过路人的小腿，他没停下脚步，似乎根本没留意到有只手碰过他了。

我知道，我见过，要是目标正确，它们会出其不意紧抓那人双腿，给他个措手不及，僵在马路上，活生生被大卡车撞成绞肉。

我不会让它们得逞，可它们难缠得很，一个才沉了下去，另一个又从不同的位置浮出来，永无休止。这样下去，我一辈子都会过不了这条路。

在我的后面，一栋高大建筑物英伟地矗立在路边，它的正面如同一片巨型神主牌，它上方的天空流动着汹涌的浩然之气。看来，那些斑马线上的怪东西是慑于这股气势，才不敢大大方方露脸。[7]

但我仍犹豫不决，不知如何才能平平安安通过，我担心我正是它们久候多时的目标，我担心那辆在两列绿色人之外的大卡车会撞上我。

绿色走路人的启示已经很明显，他示意我赶快走，可我踌躇不前。

毫无预警地，绿色人忽然消失，头上立刻又出现红色立正人。我想绿色人和红色人大概水火不容，他们永远不会一块儿出现，或许是因为绿色人害怕红色人？所以只要红色人一出现就躲起来。

我也不喜欢酷酷的直立的红色人，他像站岗的宪兵，在守着某个不为人知的秘密，不准探问，不准窥视，不准知道，不准想。

这是启示。

红色立正人的启示。

所以我找了个安全的墙角坐下，放松四肢，把脚伸在没有木车或单车会辗过的地方，然后在红色人的监视下，闭上眼睛。

这一合眼，眼前的景象就改变了。

高楼不见了，眼前的天空一片洁净，蔚蓝无比，冬日暖阳投照在我粗厚的衣服上。我伸长的两腿前端所指向的，依然是那片坟地，冢墓大多荒废，有人打理的，也只有在清明时分才能短暂地恢复干净面貌。

莫非我又入梦了？

无论如何，我知道这是个机会。

于是我站起来，走向坟地，踩过万千人最后经过的道路，草地因为送丧队伍一次又一次地踩踏而开出一条路径，被踏过的路径或许因为被死灵的气息沾过千百次，再也长不出寸许小草。

我走上这条道路，口中没来由地呢喃起来，我一时没想起自己在念些什么，后来才知道是阿弥陀佛，这是走在死灵路上自心底深层激起的恐惧，将我宿世以来念佛的善根带出来了。

路径深入坟地后就消失了，我在坟墓之间前进，看见破裂的或倒下的墓石，看见碑面被风沙磨损得看不分明的姓名，也看见新的墓石上，死者的名讳刻得又深又漂亮。也有没钱的人用木板立墓，新的还好，旧的早已朽坏得跟泥土分不清了。

我依稀对某些过眼的名字有印象，但不敢确定，另一方面也是匆匆要赶路穿越坟地的关系，我不想对碑文多瞧一眼。

事实上，我连我自己是什么名字都没搞清楚，我甚至不记得被牛车、捡破烂的木车弄醒之前去过哪里，做过什么事，等等。

我最清楚的感觉，是在左脑袋瓜颞叶处有一块糊团，朦胧地死赖在记忆中，甩不掉，也没企图去甩掉。

而今，我已经深入坟地，左顾右盼，视野所及全是墓碑，我站在坟地中央，呼吸着死者通过泥土散发出来的陈腐，迎着死灵轻拂过身边的微风。

霎时间，前方出现一条人影。

人影自腐朽的墓前升起，下半身是墓碑，上半身模糊难辨，像一团灰黑色的轻雾。

人影说话了："先生，买口香糖。"[8]

我赫然惊醒，才发觉在穿越坟地的梦境中，我已经越过了宽阔的马路，且没被那些怪头们逮住。

我看清说话的人影，才看见一个瘦瘦的老人站在我面前，由于他驼背，看起来在向我低声下气。他手中拿着一个盒子，装了白的黄的绿的蓝的紫的各色口香糖，在他微微颤抖的手中如同战战兢兢的雏鸟，老人的眼神告诉我他还没用早餐，期望今天的第一个顾客能给他一个好的开始。

我摸摸裤袋，里头有几样零碎的东西，我拿出来端详，有一张折起来皱巴巴的纸（不是钱）、一枚比一般纽扣要大的纽扣（也不是钱，而且上面有三个洞，跟一般的不一样，还刻了英文大写NW）、一张票根和两枚十元硬币。

我高兴地将硬币递给卖口香糖的老人，可是他已经蹒跚着脚步离开，可能他对我掏裤袋的动作感到失望，以为我想让他知难而退吧。

我环顾四周，发觉自己正站在一个黑沉沉的路口，直路两侧都是商店，铁门全都拉下了，整条街道像是沉睡未醒。

我自然而然走进去，经过两排布满灰尘的铁闸门，地下还有许多昨晚热闹过后遗下的垃圾，一位清洁工正缓慢地打扫。

路旁种了稀稀落落的树，树下设有凉凳，坐了一位眼神猥亵的老人，不是方才卖口香糖那位。这位虽然也是瘦瘦的，但眼神很凶，像要吃人，口中猛抽一根烟，还用两指紧抓住滤嘴部位，像要将每一片烟草的致癌物吸尽方休，他毫不留情地上下打量我，比刚才的红色立正人更为猖狂，他要我很清楚地知道他在盯我。

我打个哆嗦，忍不住加快脚步，但脚底下似有千斤重，怎么样也快不起来。

他开口，露出一枚金牙，被酒精烧干了的喉头发出摩擦声：“少年啊，要不要来点幼齿的？”[9]

这是启示。

不过这个启示给得太过明目张胆了。

我居然停下脚步，翻出裤袋里的东西给他看，他皱起眉头，不屑地啐了一口干痰，口中边嘟囔边回到凉凳去，连瞥都不再瞥我一眼。

难道这不是启示？

他点燃一根烟，刻意将头背着我，我引颈眺望他面对的方向，发现街尾的确飘浮着不少灰蒙蒙的东西，像雾一般。

我相信刚才的启示，是以我决定去找那团雾。

虽然只是清晨，空气中已经掺进了车屁味，就是那种汽油在轿车腹中燃烧后排放的废气。这种屁味不比人类的好多少，人屁是食物（尤其高蛋白质食物，尤其肉类，也就是动物的尸块）在人体燃烧后的气体，而车屁的原料也是亿万年前的动物尸体浓缩而成的。[10]

但街尾那团雾并非随处可见的车屁，那里是启示所指的方向，随着越来越近，雾中传出的低泣声也愈加清楚，那是悲凉的哭声，在渴求他们本来应得却被人硬生生夺走的身体。

街尾有好几家诊所，有的门口聚积了特别浓的雾，近看才知道是许许多多小孩的阴影，他们矮小的身影在门外徘徊，脚步轻盈，小孩只有体形，没有面目，整个人只像轻飘飘的灰色浆水。

这是小冤魂的街道。[11]

我已经抵达启示所指的地点了，应该有下一个启示出现的，怎么这么久还没来呢？

冷冰冰的街道，还没什么行人，有一个卖烧饼油条的摊位，像是生怕有人上门似的躲在角落，老板正灰溜溜地闪烁着小眼，枯候着不知何时才会光临的顾客，而充满四周哭泣不休的小冤魂们又没有要上前吃早餐的意思。

他们不想，我可想，我肚子饿极了，好想填些东西进去，但我抗拒用掉裤袋里的硬币，我觉得它们应该还有更重要的用处。

我将眼睛移开，不想看那些烧饼油条。

我站在人行道上，尽量靠在柱子后面，以免自己太惹人注目。

之前的启示来得如此明白，此刻我为何会陷入等待？

由于等不到启示，于是我开始回想这一切是怎么开始的。

无论我怎么思索，我的记忆总是只能回溯到坟地旁的树下为止，那明明是一个梦，可是再推前却一点也想不起来。说不定那不是梦，而是真实的一部分。

好吧，真实，这条街道如果曾是坟地，那地底下是否仍埋藏着无名的骨骸呢？

我又忽然惊觉，这些小冤魂们是被宰杀的，他们没有未来的人生，因为一切在尚未开始前就被强制画上休止符了，所以这里也是他们的葬身之地。他们被一把屠刀活生生切割，分解成一块块然后自母体移除，被装入厨余裹尸袋中，再由高唱《给爱丽丝》的巨车给载走去集体火葬或土葬。[12]

他们在诊所门外徘徊、踟蹰、犹豫，是感到困惑吗？困惑为何他们的计划旅行尚未启程就被取消了。

我也在困惑，困惑我在这里做什么？我是什么人？为何不断在渴望下一个启示？我是在寻找吗？寻找什么？为何寻找？

小冤魂们在我眼前不停走动，像一道道浑浊的溪流，占据了我大部分的视野，我看得头晕目眩，加上肚子饿得翻滚，胃囊不断在抽搐，脑袋瓜大概因为缺糖而意识模糊。

戛然，我陷入一片嘈杂，四周都是人声，空气也嗅起来清新无比，还带有水的气味。我睁眼一看，身旁的柱子消失了，小冤魂们也无影无踪了，取而代之的是一群打赤膊的汉子，汗水沿着他们肌肉的沟纹流窜，在晨光下挥洒、滴沥着。

我站在河滩上，浑身衣服被沁凉的河风鼓动，有数艘粮船扬着风帆，在河面上轻轻滑过，河岸也停泊有两三艘舢板，汉子们正将一个个装米粮的麻袋扛上船去，边扛边吆喝着粗犷的号子。

很显然，这片河滩是运粮的码头，坟地距此已有一段距离，我闻不到死灵的气息，也听不到任何代表文明世界的汽车声和空调声，耳朵像是刹那间被掏空般舒服干净。[13]

如果这又是一场梦，那么这场梦太过真实，因为这梦的细节过于繁多：河边有水鸟，水鸟捕食河鱼，微风轻拂，即使在河边，空气依旧干爽，此正系入冬寒流未到前的温度。

有两条汉子经过我身边，飘过来两句话："折腾了这几年，终于要建城墙了，听说人手不够。""工钱有没有比这边好？"

这不是启示，但我被这两句话吸引，于是尾随他们飘了过去。

"工钱好，也没你的份儿，人家要去广东招募工人。"

"要这么多人？不是已经修好大路了？"

"听说路要改道，要将整座城朝向那座山。"汉子指了指远方那座山，山前列了重重峦头，大有小国君王之势，那山是七星山，晴朗的夜晚会看见这座山正好横卧在北斗七星下方。

为什么我知道那是七星山呢？我也不知道，就这么从脑子里迸出来了，看来还有不少该迸出、能迸出、未迸出的呢。

我跟着那两条汉子走了一小段路，他们没搭理我，只当我是河滩上的芒草，他们径自走到粮车旁，各自扛了两袋米，回身走向河边。

阳光布满了天空，晨间的凉意消逝了。

"好歹这儿也是个府城啦。"汉子道。

“待会儿搬完米，我到龙山寺捻炷香去，你去不去？”[14]

我歇下脚步，不再跟随他们了。

我已经听了太多，分辨不出哪一个才是启示，还是根本就没有启示？

我遥望七星山，难道启示是七星山？我必须走到七星山那里去吗？

远方传来车声辘辘，是一辆从大路上驶来的牛车，车上坐了位戴帽的男人，帽子像斗笠，不过红红的，还插了根长长的翎毛，在后面一晃一晃的，帽子下的后脑勺还垂下一条长长的发辫，一种好像不该出现在男人身上的东西。

我当下想起那是清朝官员的穿着！他不是白日现形的鬼魂，而是活生生走动着有体温的人类，这下子我总算明白为何这里是码头，为何要建城，为何我可以望见从来不记得那个方向该有的七星山。

我不知不觉不疾不徐走向那位清官，有点担心会不会因为靠近他而冒犯他而被大喝一声“拿下”之类的，可他身边随员不多，不过兵卒十人，刀收入鞘，没见杀气。官员由一名兵卒扶下车，也跟我一样眺望山峦，手中平平拿了一片板子，我猜是罗盘，那官懂得看风水。

他身边还站了一位师爷模样的人，戴顶瓜皮帽，手中不停挥动折扇，一副很怕热的样子。官员手指罗盘，比手画脚，我渐渐走近，只听他说：“主山坐镇，前有朝官拱列，这不是君王之象是什么？瞧，这儿还有一条河，七拐八弯，龙气北来延绵不绝，所以城墙建在那里，主穴的气就不至于散失，整座府城朝西北面对那条山峦中线，就是天子上朝，前呼后拥……”

那师爷模样的人道：“刘公所言虽是，然府城方位不正，是为偏格，虽有天子上朝，然未正对北斗，是以天子难以稳坐宝座，令府城日后诸多纷扰呀。”

官员沉吟了一会儿，才说：“你说得也对，然而折中之法……”

“刘公您瞧，”那师爷模样的人收起折扇，将扇指向七星山，“这山……”[15]

我随着他的折扇猛一转头，却望不见七星山，眼前矗立着一栋栋高楼、一堆高挂的招牌，还有漫天垂挂的电线、电话线、有线电视线之类，视线所及全都抹上了一片灰色，还有酸酸的尘埃味。

我踮起脚尖，看不见，我气急败坏地跳跃身体，企图看见被丑陋高楼掩去的山，我耳边传来一阵讥笑声，才发现我的举动引来了一群人的指指点点。

那群人排列成长龙，苦候着一个小窗口的开启，好掏钱出来买今早的第一场电影，他们目光呆滞，除了等候没事可干，因此全部转过头来看我。[16]

我已经惹来侧目，此地不宜久留。

于是，我匆匆穿过这条街道，朝回头的方向走，但这并非我来时的同一条路，我来时是山名，去时是城名，而且是革命先烈推倒清政权的名城。

令我不安的是，整条街好几处都排了一条条长龙，一个个看似无助等候的人都不约而同地转头来看我，有的好奇地直视我，有的斜目觑我，有的瞟我一眼，有的睇我，有的一脸不爽地瞪我，有的不屑地蔑视我，我感到自己犹如全身赤裸，不，比这更加不安，好像五脏六腑都被看透似的，他们有人知道我是谁！唯独我自己不知道！但我不敢问他们我是谁！我不敢知道！[17]

不行！我不能走直路！容易被跟踪！我左弯右拐，转进小巷，钻出防火巷，但不忘维持我要去的方向。

店家一间间在开门，人行道慢慢被小摊位占领了，我不得不在变窄的店檐下行走，这样子也比较好，我比较不会那么引人注目。

终于，面前又是一条大马路了，正是我记忆开始时想从对面跨越过来的那条，挡在我和大马路之间的，是一个从地面裂开的大口，从口中伸出一排阶梯，我目睹有人走进去，站在自动下降的梯道上缓缓滑入通道，也有人从里头匆匆忙忙地出来，一脸惊惶地赶路。[18]

红色立正人坚守岗位，叫我先别忙着进去，我也正犹豫，这张嘴不是我要寻找的那张嘴，这张嘴不知会将我吞到哪个地方去，万一不是我要去的地方怎么办？

我无助地呆立时，身后的铁闸门忽然拉开，轰隆轰隆升起的巨响吓了我一大跳，我以为受到攻击，两拳不由自主地紧握，回头一望，看见铁门拉起后露出的东西时，差点惊叫出声！

是星星！

棕色的五芒星，拥挤地塞着泡在巨大的实验瓶中，被萃取出星光的精华，记忆中，这星光的味道是咸的，很咸，而且有五十年历史。[19]

我欣喜若狂，是了，这就是启示！

浸泡星星的实验瓶旁边，还泡了满满的一瓶太阳，太阳是圆的，中间像日本钱一样有个圆孔，有光芒自圆孔辐射状地放射。

我忽然想起裤袋中那张皱巴巴的纸。

我慌忙拿出纸张，打开一看，上面画了和写了这些：

不管这张纸是谁画的（当然有可能是我画的），不管它为什么会跑到我的裤袋里头去的（当然有可能是我放的），我相信，它一定是非常非常重要的。

我紧盯着纸上的五芒星和太阳，它们是并列的，我回头看那两樽实验瓶，五芒星和太阳没错，然后那道横列的梯子是什么？是斑马线，一定是，所以我必须过马路回到对面，去找……

对面会有什么跟这个♡有关系的吗？

肚子忽然抽了一下，我的身体又在提醒我饿了，我完全不记得上一餐是什么时候吃的，吃的是什么。总之我饿得很，裤袋里仅有两枚十元硬币，咸咸的五芒星一小杯就要十元，可是有半杯以上是冰块，我喝了应该会胃痛，所以那两枚十元不该用在这边。

我饿得有点头晕了，饿得有一股寒意打从体内渗透出来，脚步轻轻浮浮的，随时要跌倒。

马路中间的红色立正人霍然消失，绿色走路人迸出来，没命地疾走，我受到他催眠似的步上马路，心中昏沉地想着：“到了对面，就会有启示了……”

我的肚子太饿，脚下没有多少力气，走得很慢，斑马线上鬼头鬼脑在探头的怪物们睁着一双贼眼，双手蠢蠢欲动，看准了我低落的时运。

绿色走路人头顶上的数字渐次减少，开始急促闪烁，我心里焦急，但怎么也快不了，我连呼出来的浊气都带有虚弱的气味。

我经过绿色走路人旁边时，他忽然失踪了，换成红色立正人值星。

斑马线上的怪物们忽然行动了。

他紧抓我的左脚，我大吃一惊，抖脚想要甩开，另一个马上从地面冒出，抓住我另一只脚。完了！这下我完蛋了，我怎会如此失策！在时运低的时候跨过这条死灵之路呢？

说时迟，那时快，一辆轿车紧接着掠过我面前，然后一辆辆大卡车、小卡车、箱型车、出租车、小绵羊机车、重型机车、冷藏货柜车、公交车、运油车、电子花车、竞选车、四轮驱动车、救护车、拖吊车、殡仪车等等等等汹涌地冲过我面前。

斑马线上的怪物紧紧抓住我，已经增加到六七只手，我这才发觉，我刚才走到马路中央的安全岛旁，一脚已经跨出，再多走两步，我就当场横尸马路了！

他们的手又冷又湿，但此刻我的心恐怕比他们更寒冷，连冒出来的汗都被冰得凉凉的。

怪物们将我的脚往回拉，等待马路净空。

终于，绿色走路人再度出现，不过有点不一样，他不走动了，只是摆出正在走路的姿势僵在框框里，而且颜色也比较黯淡，不是由一粒粒绿色光点组成，而是一张黑色玻璃上的透明剪影。

我仰首一看，眼前矗立了一大片城墙！不，不是城墙！是一整列很长很长的高楼，朝左右延续到大路的两端。

它们经过多年火车黑烟和尘埃洗涤，显得灰黑拥挤，布满层层交错大小不一的招牌。

我咽了一口唾液。

我知道这是什么，但它们不该在这里出现的，难道我又做梦了吗？我怎么可以站在马路中央做梦呢？抑或其实我站在马路中央也是个梦？

这一排高楼，理应在好几年前就拆掉了，早已化成瓦砾运去倒掉了，怎么可能还会在呢？

这一排高楼，分成忠、孝、仁、爱、信、义、和、平八大栋，从大路开端排列到尾端，每栋三层，而横在我面前的，从前端算过来是第四栋，从末端算过来是第五栋。[20]

斑马线上的怪头松开了手，在柏油路面瞪着一对贼眼，对岸的绿色走路人也开始闪烁，表示他快要离开了。

我犹豫着，疑心这真是一场梦境，或许我其实是某个躺在床上辗转不安噩梦连连的人，又或许我是个僵在病床上昏迷不醒的人，唯有作如是想，才能解释我所经历的一切。

我之所以如是犹豫，如是疑心，因为我不知道能不能、该不该走到眼前的高楼之下，随即登梯而上，因为我不知道那高楼是否存在甚至楼梯存在与否；但我知道我应该这么做，因为纸条上的指示在此刻变得十分清晰，也就是说如果不在此刻，那张纸条根本产生不了意义。

在绿色人消失的前一刻，我戛然拔足狂奔，冲过马路，眼前是幻境也罢，是梦境也罢，我无可选择，只有冲到对面去。

我这一冲是出其不意的，在冲出去的当儿，听到后面传来惊讶的一声“啊”。

我没回头去看“啊”的来源，因为当时正在专心一意地冲过马路，而且老长官也说过，有人在后头叫唤，可别随便回头，因为那要不是存心想套出你底细的敌人，就是欲摄你魂魄修炼的妖物。

所以直到我抵达对面，骑楼下昏黄枯涩的气味迎面扑来之时，我才假意转身觑看谁人在“啊”。

在我方才站立的位置上，有一个灰黑的人影，身着中山装，头戴软呢帽，身形在川流的车阵中乍隐乍现，如同白日的鬼魅。我看不清楚他的脸，并不是因为他有一顶帽子，而是因为他的脸像蒙上了一层灰雾，其脸庞轻轻地在早晨酸浊的空气间载浮载沉。

如果我没看错，他的两脚正如芭蕾舞者般竖起，我甚至不确定他的脚尖有没有碰触到地面。

我不敢多想，因为眼前还有一件事要解决。

我仰视眼前疑幻似真的楼梯，它可以让我登上二楼，我伸出左脚试了试，正如阿姆斯特朗首次登月时那般，结果证实了楼梯是真的，是实的，虽然在我不牢靠的记忆中，这里应该已经是一片平坦宽阔的人行道。

我登梯而上，楼梯的墙边贴了大大小小的广告单，有的纸被人撕烂了，露出下方用红色油漆写的大字，有个字过于巨大有力，吸引了我的注意，那是个“匪”字。

我犹豫了一会儿，伸手将旁边的广告单掀开，令下方的红字逐一露出，我退后一步，观看全文：“小心匪谍！”四个字加一个感叹号，用红漆随手刷出，歪七扭八，充满了愤恨的能量，我甚至能感受到作者咬牙切齿写下时的姿态。

我不由得一个哆嗦，小腿居然酥软起来，忍不住心惊胆颤。

我继续登梯，脑中始终抹不去“小心匪谍”这行字，它们在我脑中产生无比压力，一笔一画都在推挤我柔软脆弱的脑叶。[21]

我抵达二楼，卖电子商品的店家正懒散地倚在收款机前抽着烟，他身边的新式晶体管双声道收音机正播放着歌颂宝岛的流行曲，指头在桌上随节奏敲着拍子，他见到我鬼祟的模样，也不惊奇，只漠然瞄我一眼。

我走到楼台边，小心不碰触楼台上摆放的盆栽，寻找一处没被遮阳帆布挡住视线的地方。

然后，我从裤袋拿出那枚纽扣，纽扣上有三个圆孔，正好连成一个正三角，我把它凑近眼睛，望去大楼对面，寻找启示。

这个启示，该是最后一个启示了。

大马路对面的招牌和广告字体在纽扣圆孔中逐一通过，如果我猜得没错，应该有三个字会落入圆孔中，组成一条有意义的名词。

我看到了好几个组合：

中-扁-袜，百-衣-茶，黄-大-小……

我看不出意义，于是转动纽扣，令三个圆孔排成正三角、倒三角，或底在左、底在右……这样子的话，进入圆孔的字就有超多种组合了！我怎知道哪一个才对呢？这完全没有方向可循。

我警觉地四下张望，看看有没有人注意我的怪举动，只有电子商行的老板正蹙眉看我，还故意瞟了瞟他身边的电话，暗示若有什么差池，他就马上报警。

我揉揉眼睛，继续观看。

忽然，一组数目字落入孔中，我赶忙稳住手指。

三
/　　\\
55 — ②

我用眼角瞄看，“三”是直的广告“八〇三药膏”的汉字数目字；大红的2是二号候选人陈XX巨幅广告上的编号，被一个红圆粗框包住；较小的55是一列电话号码中的字，正好一同挤入圆孔中，三个圆孔呈正三角，正好套入三个不同广告中的数目字。

我转动纽扣，发觉再也变不出第二种组合。

可是应该由何处读起呢？

我拿开纽扣，看看纽扣上有什么启示，果然，刻了NW两个大写英文字母，不知情的人会以为是厂牌名，或以为是西北方之类的，可我知道，这是启示！NW是读的顺序，N是北方，所以我应该从正三角顶端读起，然后是西边那个孔，如是答案即为：三 - 55 - ②。

我必须牢记这个号码！但我不能以任何形式写下，否则会被敌人拦截的！

我收好纽扣和纸张，回身下楼梯，才刚踏下梯级，我就愣住了。

楼梯转角站了一个人，他叼着一根烟，尚未点火，他那身中山装和软呢帽，令我顿时全身毛孔发寒！他并没上楼或下楼，只是低着头站在那儿，分明是在等我！

我赶忙回头，却被楼上的另一人挡了去路。

这个人身穿白长袖衬衫、墨黑长裤、平头短发，腕上戴的是军方制式计时器，一对精锐的鹰目从容不迫地直盯着我。

不知何时，在不觉之中，我已经被人盯上、跟踪，而且包围了。

我一言不发，等待下一个变化，敌不动，我不动，否则就会错失良机，失手被逮。

“你家长是谁？”楼梯下的人先出声了。

显然他问的对象不是我。

楼梯上的年轻人一脸刚毅的凶焰：“草头将军。阁下呢？”

“戴先生。”那人虽似轻描淡写，却像在念出一句灵验咒文似的有把握。

“那咱是一家人了。”[22]

楼梯下的人嘿然冷笑：“一家人是没错，可饭不是同一锅。”

“若要这么说，就没辙了，我家可是用过‘真言丹’，才有这趟收成的。”

“呵，我家也用过‘必吐实’了呢。”

楼梯上的年轻人咬着牙：“怪不得我们一直徒劳无功，原来有人捣局。”

“谁捣谁的局难说得很，”楼梯下的人冷冷道，“瞧你们整得他颠三倒四的，怎么向戴先生交代？”

他们谈的明明是我，却一点也不把站在他们之间的我放在眼里，只顾忙着一来一往放冷箭。

我轻咳一声，他们才停下争执，看我想干什么。

我说：“请问，今年是哪一年？”

这真的是我憋了好久的问题。

“你瞧！”楼梯上的年轻人朝楼梯下的人指向我，一副是那人的错的意思。

刚才听了他们的对话，我相信我应该是被他们下了药，下了要我吐露真话的药，只是我不知道究竟我有什么真话会那么重要，犯得着两个单位劳师动众来追踪我，还给我下了药。

“两位，”我要求他们平息怒火，“我还是得先弄清楚，今年是何年？”

“一九七二年。”[23]楼梯下的人沉声说道，还是不肯露出他的面貌，令我觉得他不像在说实话。

“真的吗？”我转头问楼上的年轻人。

年轻人点点头。

“那就不对劲了。”我摇首呢喃，然后再问，“这是什么地方？”我知道答案，但我需要第三者的证言。

“中华商场。”年轻人马上回答，盯着我看我葫芦里卖什么药。

“那更不对劲。”

“为什么？”年轻人问。

“中华商场拆掉啦。”

楼梯下的人扑哧冷笑，道：“没听说过。”

“你当然没听过，因为还要二十年才会拆掉。”

“那你又怎么知道？”年轻人扬首问我。

“如果我不知道，又怎么会告诉你。”

楼梯下的人又嘿嘿干笑了几声：“他神志不清，别跟他穷扯淡，此方非说话处。”言下之意，他们想带我走。

可是没人肯动手，没人肯迈前一步碰我一下。

“上去吧。”楼梯下的人对楼梯上的年轻人说。

“不，”年轻人说，“下去好了。”

“上去，三楼有戴先生的别墅。”

“下去，地下室有休息室。”

他们还是没一个敢前来碰我一碰。

或许我知道为什么，因为一旦碰了我，他们就会消失。

于是我闭上两只眼，只要闭眼，他们就会自眼前消失，然后我步下楼梯，然后开始消失。

我感到楼梯在我身后消失，每步下一级就消失一级。

我感到楼台间特殊的沁凉正逐渐消失，只有电子商品店家播放的电台音乐尚未消失，仍在空气中回荡着。

我经过楼梯下的人身边，感到他的畏缩，是的，他大概看到楼梯上的年轻人已经消失了吧？我不晓得他的表情，因为我仍在闭着眼，或许他也没有表情，因为印象中他的脸并不存在。

然后，在我掠过他身边时，他“啊”了一声，声息中带有少许无奈、不甘，还有对生命如梦幻泡影的叹息。

冬天城市的冰冷浊风吹袭上来了，我睁开眼，发觉楼梯消失了，整栋大楼消失了，整排八栋楼房也消失了。

我面前传来“叮当”一声，响亮的“欢迎光临”随之而来，面前是一间商店，其玻璃门上写了大大的阿拉伯数字“7”。[24]

我猛然抬头，看见偌大的“总统”两字！顿时，我胸口发热，眼眶发烫，禁不住一阵鼻酸，口中喃喃地说：“‘总统’放心，属下必不负使命，坚守到死，虽然岁月如梭，属下尔今未有吐露一丝一厘，为敌所乘。”

我不敢多待，低头就走。

我走过一栋板着脸的建筑物，大门有同样在板着脸的阿兵哥模仿塑像般一动也不动。[25]

接着，我走过一栋杀气腾腾的建筑，里头展示有很多杀人利器，敌我兼备，大多数还真的杀过人、饮过血，它们尝过的人肉滋味难以数计，如今被关在室内，不免饥渴难熬。前些年，那股杀念还迷惑过一位阿兵哥，对参观它们的一位女学生做出极恐怖的事儿，就在我经过门口的当儿，依然可窥见那股从门缝流泻出来的嗜血意念。[26]

我心虚地驼着身子经过这两栋建筑物，避开门口硬邦邦的阿兵哥的视线，呵，我实在是非常胆大，想起我刚才还令他们的同伴消失，希望他们不要看出端倪才好。

绕过他们之后，我就安全了。

我拐入一条平坦大道，迈开大步急促前行，这条路上走路的人少，如果有人跟踪，是很容易露馅的。

饿得头晕的我，头顶暖阳，骨吹寒风，单凭着一股毅力走向我脑海中一早预定要去的地方。

我知道，我已经越来越清醒，越来越明了我到底经历过什么事了，不管有什么“真言丹”还是“必吐实”，它们都已经渐渐控制不住我了……

但是它们的效力依旧在我脑中回响着，时而迷惑我、误导我、扰乱我，我必须时刻注意，紧捉着那一线随时会浮现的清明，那才是我真正的记忆，那才叫作启示。

早在他们找上我之前，我已经将所有线索埋进脑中深处，等闲“真言丹”、“必吐实”或“句句真”、“字字明”之类，并无法将线索自我深邃的记忆中揪出来，甚至连线头也觅不着。

只有我自己才知道线的开端何在，唯有我才能循线而行。

这是我对老长官承诺要誓死保卫的秘密，岂可轻易落入敌手？

有赖我多年锻炼的坚强毅力，我忘却身体饥饿虚弱的痛苦，忽视那颗被药物扰乱的心，勇气百倍地往前直行，因为我知道，在这条长路的末端，就是答案的归宿。

明明日正当中，台北城上空的阴霾却老是散不去，或许是近年含恨而死的人太多，怨气遮盖了阳光，驱逐了暖意。

在我模糊的视线中，路旁人渐渐多起来，但他们都不走动，只是倚在墙角、树荫下，或屋檐下之类阴晦之处，他们的身躯如同长满灰色霉菌的人形物体，黏滋滋地吸附在壁上和地面。[27]

来到十字路口，眼前豁然开朗，我的左边就是一座倒T字形的红色建筑，中间有根高耸入云的阳具，尖溜溜的龟头上还开了扇窗。[28]

是的，是它了，它就是答案。

黏稠的怨灵们将身体沾黏在墙上，缓缓蠕动着往上移，有的像壁虎般在红墙上四处游动，一点也不害怕它本应有的煞气，因为墙中透出的气，已经变成怨灵们喜爱的气味，令它们不忍离去。

它是答案，但我不会左转直朝它行去，我会继续前行，多走一倍的路途，走向答案的起点。

我经过一座干干净净的小公园，中央立着老长官的长官的老师的铜像，我甚至不敢像平日一般行礼，免得被无所不在的叛徒们发现我。[29]

终于，我转出一条大路，在此徘徊的不再是黏腻的人形，而是身着古服的浅薄人形，状如轻烟，在我右边的巨大建筑前方徘徊，有的还从高空的玻璃窗上冒出来，又依恋地回身钻入，呼吸里头古朴的书卷气。[30]

我屏住鼻息，遥远马路对面的宏伟广场，它有纯白花样的地砖，一路平铺到远处那栋蓝顶方正高大的庙堂去。我知道庙里端坐着一尊巨大铜像，我也知道铜像下方有什么，但我直到这篇文章末尾也绝不会透露给任何一个人，当然，包括你。[31]

绿色走路人在对岸跳着月球漫步，提醒我下一步该怎么办，我赶忙低下头，随一名骑脚踏车的妇人过马路，我沿围墙快步走到大门下，浑身细胞刹那间沸腾起来。

我转入旁边树荫遍布的砖道，全身自动进入警戒状态，皮肤表面变得极度敏感，可以感觉到周遭风速和气压的细微变化，好可以提早注意到任何意图靠近我的异常物体。

一个女人拖着小男孩走过，男孩手中的面包不慎落地，他伸手想去捡，却被那女人快速拉了一把："脏了，脏了。"然后迅速离去。

我凝视那个被咬了一口的面包，心知那是老总统英灵的恩赐，他知晓我任重道远，特地赏给我一口食物，填我胃囊，增我力气……此时，一个邋遢的流浪汉蹒跚走来，弯腰去捡那面包，我心中一紧，轻声道："那是我的。"

流浪汉不知是没听到还是假装没听到，继续他的动作。

这逼得我不得不出手。

我虽然饿，功底并不因此打折，我猛一沉腰，一个"单鞭下势"抢捞面包，流浪汉见状，竟使出"病虎攫羊"，我有五十年没见过这招，不由得大吃一惊。

但在吃惊之际，我也不忘一扬手，使出"白鹤亮翅"化解，他也不甘示弱，左右开弓来个"饿狗滚泥"，如此一来一往，两人过了十来招，谁也近不了面包。我边出招边说："阁下也是江湖中人？"

流浪汉不答话，只管抢面包。他一头蓬发、一身褴褛，却双睛内敛、面色红润，显是内家高手，我猜测他的来历："阁下莫非是京城穷家行七条龙门下？"

流浪汉这才定住，收了势，右手两指微微交叉，算是代替了揖手，此乃在不方便亮眼的大庭广众下的权宜之法。他露出一口参差黄牙，不屑地说："我是中正班穷家行，七条龙早回老祖宗家去也，倒是阁下，明明官门中人，奈何来跟叫花子抢粮？"

“说出来有辱先人，小弟放腥（出事）了，眼下穷途末路，四面楚歌，老哥可否赏口吃的则个？”

流浪汉也挺大方，他转过身去，招手叫我过去回廊：“落难就是江湖人，过来老弟这儿。”

我忙抄了地上的面包，整个塞入口中，尾随他去。

回廊边摆了个大布袋，看来是七十年代流行的花色，流浪汉从中拿了个罐子给我，是吃完八宝粥后留下的空铁罐。他说：“老弟还有两个，这个你拿去，方便你取水。”

我感动流涕，他怎么发现我早已嘴唇干裂？喉咙也早已干出锈腥味，因为我自清早以来除了醒来时沾在唇上的露水便滴水未进。我环顾四周，问他：“老弟住这儿？”

流浪汉摇摇头：“白天来这儿乘凉，晚上警卫不给留，要赶我出去，我就睡在《青年日报》楼下。”

“那些警卫真不通人情，”我附和道，“有回廊不怕风，却叫你风里去。”

“可不是？何况这庙里供奉的是我爹，”他指着那蓝顶大庙说道，“我是他六姨太生的，我为父亲守丧，他们竟来欺我，试问良心何在？”[32]

我的笑容立时僵在脸上。

我还以为我脑袋不清，想不到他比我更疯。

于是，我找了理由告别，眼下还有正事呢。

我拿着铁罐去饮水机盛水，灌了一罐又一罐，喝得肚子饱胀，才将铁罐收入裤袋。

我沿着回廊走到“壹号厕所”，公厕面朝云汉池，即使是夏天也很凉快。[33]

我垂头溜进公厕，混有清洁剂的冰凉空气袭上皮肤，我一个哆嗦，感觉到逐渐在缩小的包围。

是的，打从西门町就一路跟踪我的他们，终于认为现在是缩小包围、准备处理掉我的时机了，因为我正进入一个封闭的、无可遁逃的场所。

先前我一直在空旷的地方行动，他们还不敢太过张扬，而今我已经迫进目标，他们一定也沉不住气，心痒难熬，何况午餐时间结束在即，他们这些自小从未在挨饿中长大的新人类，一定更耐不住脑袋焦虑和胃囊抽搐的双重煎熬。

公厕内呈“回”字形结构，中间隔了一面墙，朝外是一列洗手盆，朝内是可以浩浩荡荡列队小便的七个自动冲水便斗。此刻尿客稀少，最后一位使用者也在我进入时正甩着他那因工作压力而软弱无力的阳具，当他离去后，外面准备动手的他们，也必定会阻止任何人进来，免得破坏好事。

进入“壹号厕所”，我马上转到隔墙后侧的洗手间，进入末端的空室，反锁上门，然后伸手拉着隔板的上缘，将身子轻轻一拉，翻过隔壁间去，再反锁上门，如此一间接一间，将整排洗手间全部反锁后，我再躲入其中一间。

果然，他们进来了。

沉默了一阵，他们才开始缓缓移动，尽量不令自己发出声音，但此刻我的五官已经进入最敏感的状态，即使他们脱了鞋，或者穿上厚垫棉底的布鞋，当脚板跟地面接触时，总会发出空气被挤压的细微声音，当他们柔软的衣服轻轻擦过空气时总会产生微细的气流旋涡，扰动公厕中近乎静止的空气。

出乎意料的是，他们之中竟有人完全暴露自己的位置，大声说话："出来吧，我们其实不想伤害你。"这句是屁话，跟他们主人每次对外发表的论调一样。他们灌注在我血管里的药物，已经不知损害了我多少脑细胞。

他站在公厕入口，大声嚷嚷："您过去劳苦功高，是国家亏待了您老，而今是您卸下任务，安享晚年的时候了，阁下何不接受国家的好意呢？"真是屁话连篇，这兔崽子根本就口不对心，他想用音量盖过那些喽啰们移动的声息，但我的耳膜依然能够从各种声音中分辨出他们，尤其是此刻的他们已然心浮气躁，想要早点结束掉这件差事好去用餐，于是，我听见他们快速移动到厕所后侧，他们手指关节发出不自然的声响，显然还戴了指扣，想要一举击碎我的头盖骨。

那个人继续在唠叨着屁话，我也凝神屏息静待他们迫近。我站在一个他们从门板下方空隙也望不到我的角落，连我的影子也不露出。

他们停下脚步了，虽然无法估计他们有多少人，但很可能每间洗手间前方都站了一人，打算同时发动攻势。

为何我会这么愚蠢，令他们有围攻我的机会呢？

我当然不蠢，这是我一早计划好，逼他们现身的方法，以他们现在这批软骨头的能耐，算准了是敌不过我一个人的。

站在公厕门口的人拉高嗓子，大大叹了一口气："冥顽不灵，唉——！"这是下达攻击指令，我知道他们的把戏。

所有洗手间的门同时被撞开，我的肌肉顿时绷紧，反射性地出手……噢，不要，不是这个时候……

眼前的景象倏地变化，门被撞开的刹那，厕所的冰凉和异味忽然消失……不要，不是这个时候……一阵恼人的热风卷面而来，带来阳光和草木的气味。

数名穿着黑色军装的男子站在我旁边，他们单眼皮的小眼充满蔑视，有人还微带笑意，其中一人手中握着长刀，人中挂着一小片滑稽的胡子，刀身染了一片血红，显然是刚杀了人；而我则跪在地上，身边倒卧着一具两手反绑的无头尸，鲜血喷得老远，在尸首前方溅上一大摊血水，还在咕噜咕噜地渗入草地里去。

握刀男子整了整黑色军帽，啐道："马鹿野郎，胆敢反抗皇军，就是反抗天皇，怎么可以留你？"他说的是日本语，但我字字句句都听得明白。

我听见自己在求饶，但我不明白我在说什么，我环顾四周，才知道我身处于一片平房瓦舍之间的杂草地，不远处立了根旗杆，飘扬着太阳旗。

不，不对，此刻我应该在公厕遭到攻击，我不该把时间耗在这边的！我要去对付那些人，我盘算了那么久，布了这么多局，就是要解决掉他们。

我挣扎，欲挣脱反绑在后的绳子。

那黑装军人见状大怒，斥道："你们这些支那人，天皇庇佑你们台湾，还不思感恩，处决你去喂狗！”

我集中精神，告诉自己：“这是幻象。”是“必吐实”和“真言丹”的残余效果。

军人熟练地举起长刀，熟练地挥下。

一阵冰凉划过我的脖子，连剧痛都还来不及传至神经中枢，我的视野就打滚翻转，最后停了下来，只看得见眼前杂草，还有草叶上爬着的一只瓢虫，其余的景象全被遮挡了。

身体的感觉消失了，血液自脖子切口奔流而去，我的面庞陷入一片冰冷，视觉、听觉和任何觉以及脑袋瓜的思维回路都因血液的流失而断讯，我感觉到我感觉不到任何感觉，如同堕入虚空，十方都无倚恃可以支撑我心绪的重量。

我不相信，于是我奋然站起。

在我站起的瞬间，一把枪抵住了我的眉心。

身体的感觉又回来了，浑身肌肉犹残余着兴奋，仿佛在死亡瞬间产生的一阵狂喜。

我凝视眉心上的枪口，用额头的皮肤感受测量一下枪口直径，然后才端详我眼前的男子。

他理了个大平头，小尖眼，微露的牙齿沾染了不少槟榔垢，笑容猥亵，我不认得他，应该是几年前新进的人员。我用眼角扫视周围，厕所地砖上躺了好几条人，一个个都两眼翻白呈失神状态。

我再转眼看我眼前这名男子，才注意到他正极力令自己维持微笑，企图令自己看起来很狰狞，但他遮掩不住恐慌的眼神，眼球渐渐控制不了翻去后头，他的眼白越露越多，眼珠子因为用力控制而剧烈颤抖，然后连握枪的手也开始抖动，一只在抖，两只在抖，整只手臂在抖，抖得枪只也掉落下来。

他终于抵抗不住，因为他的两侧太阳穴已经凹陷了下去，照常理他不该再用双腿站着，所以当他再也抵抗不住身体的自然呼唤时，他两眼倏地翻白，口中溢出白沫，双腿像布偶般软倒，跟其他人一样仆倒。

我猜是我干的。

我猜是我在刚才失神状态之下的下意识中干的。

这也是我当初预算中的结果。

我呼了一口气，弯腰取走那把枪，三两下将枪只分解，分别将零件放入上衣和裤子口袋。

我跨出公厕，边走边把枪只零件分头丢掉，有的扔入草丛，有的投入养心洞，有的抛入云汉池，有的放入铁瓶形的垃圾桶。

最后，我钻入音乐厅，走过九弯八拐的通道，接下来我不便透露过多细节，总之在穿过十分隐秘的暗门之后，我进入了一条通道。

我摸黑找到一个按钮，信道里随即亮起一排昏黄灯泡，有的还亮不起来，下次来的时候，是该买几个来更换了。

这条通道，是七十二条地道之一，是由日本人留下来的六十条通道扩建而成。

老长官说过，日本人在台北公会堂（中山堂）签约交还台湾之后，就有一位总督府近身侍卫之类的人物找他交接通道，那人是日本人，会讲一些北京话，他交给老长官一本记载了每一条信道位置和机关的小册子，全都用密密麻麻的日文片假名蝇头小字写成，老长官告诉他，日文他一字不识，可不可以带他亲身走一趟？

老长官告诉我，他很惊讶日本人在占领这五十年间居然建了这么多通道，而且每一条都通往重要地点，可以让他们的总督神出鬼没，在地表上无从窥见的情况下从这一地遁至另一地。

可是堂堂总督总不能在通道里用腿走，这也不利于紧急逃命，所以地底也有地底的交通系统。

沿着灯泡下方有一条铁轨，上面摆了辆无顶的小车厢，只容两人。我可以想象，届时会是日本总督坐一侧，另一侧是驾驶员，说不定就是那位交接的侍卫，而其他随行人员就只有跟着跑的份儿了。

小车厢是电动的，以避免通道内的空气污染，我上次检查过，电力还连接着，但我不能用，因为说不定会扰动某个被监视的电表，让他们发现我的踪迹。

我运口气，脚下飞跑起来，这是老长官打我幼小就训练我的“草上飞”，在这空气停滞、没有打开换气设备的通道里，草上飞最适合赶路。

我朝跟来时相反的方向飞跑，经过一扇门，门上标示着“2”，我知道那是通往日本时代军机场的通道，根据手册，这条二号通道还会接通其他几条通道，通往医院、博物馆和一个废弃了的俱乐部（出口已被封闭）。这一类通往不同地点的门有很多扇，在地底构成一片巨大的迷宫。

我知道我必须赶快，毕竟信道的灯泡也需耗电，如果真的有哪个电表的存在，他们也该发觉有人闯入了。

十分钟后，我抵达一个小房间，房内也铺了一条连出去的铁轨，上头也摆放了一辆小车厢。房间没有天花板，上方是空的，宛如烟囱一般直直朝上通去，又窄又暗。

我开始攀爬，抓着一个个沿墙凸出的把手，我不忘先用力拉一拉，试试把手有没有因为年久锈坏而断落。我一面爬，一面聆听细小的动静，这里连壁虎也不愿溜进来，因为连一只可吃的虫子也没有，这儿如墓穴般宁静，如果我当下死在此地，说不定会永远不被人发现。

随着我越爬越高，下方的昏暗灯光也渐渐离我远去，只余下一小撮光点，我在黑暗中小心摸索着把手，我知道再过不久，将会看见一丝细细的光线。

果然，那丝光线出现了，正如我以往好几趟来此所见。我爬到那丝光线所在的位置，脚一探，探到了一块踏板，循着踏板往上摸，就进入了一个大铁箱，那是一部紧急升降机，但已经好些年没人用过了，因为理论上该用它的人，现在压根儿不知道它的存在。

先生[34]过世前夕，老长官告诉我："当心来了个岳不群。"

"什么岳不群？"我道。

"呵，你没看金庸写的武侠。"

后来我去读了，原来是华山派掌门人，身为掌门，居然因为个人利欲熏心，陷害门徒，铲除门下精英，毁掉自己理应护持的师门。[35]

当时我还不明白老长官所指何人，他说日久见人心，总之我们此刻开始要守口如瓶，不能将通道的事对任何人透露一字。

当初日本总督侍卫只将所有信道数据交予老长官一人，老总统也让老长官全权负责，自己也不多加过问。即使后来有扩建、电路改装等工程，也是老长官亲自督工，并且不让同一批工人负责所有工程，每批工人只能看见真面目的一小块碎片，以达到绝对保密的目的。

时至今日，真正知道所有通道路线的，仅我一人。

我屏着息，以免呼吸声在大铁箱中回响，让墙壁另一面的人听见。墙壁是加厚实心的，以免另一头敲打墙壁时，会发现这一面有空间。

我等了一阵子，果然没动静，此时大约午后三点半，里头应该没人。我从透出那丝光线的缝隙窥看了一会儿，才轻轻翻开墙上的一扇门，露出一个古老的电子锁，那是八十年代国内先进科技的产物，但如今也有二十年以上的历史了。

我回忆那组在中华商场通过纽扣孔获得的密码，密码由五个数目字组成，我摸黑用指尖辨认按键，按下密码。

墙壁轻轻地打开一道细缝，送入更多光线，我一时睁不开眼，待了一会儿才推开它，一步跨入那铺了厚重红地毯的办公室。

而今我置身于红色阳具之中，这根曾是日本总督的阳具、蒋家父子的阳具，在经过一对同校学长学弟（不过学校在日据前后不同名，一位是被日本人训练的帝大生，一位是被“民国”培育的“台大”生[36]）蹂躏之后，已然阳痿，失去至高无上的威势，连游魂都胆敢自由进出。

在我面前的，是过去老“总统”和先生用过的办公桌，但室内摆设已屡遭更动，睹物思人，我不禁有点激动，可我不能，因为我还有更重要的事。

我走到办公桌，取了一张“总统”专用笺，在上面写着：“我知道谁射，射不准，因为阳痿。地鼠留。”[37]

这种事我已经干过好几次了，每次我都会留言，或加上几颗糖果，或故意在桌面留下沾满泥土的脚印。我这只“地鼠”弄得他们精神紧张，终日神经兮兮地在外面乱放话，谁会料到这根戒备森严的大阳具，竟有一条蛔虫道可以任地鼠自由出入。

这趟我本来想放一本旧的日本漫画《圣堂教父》，然后留言：“你有看过吗，还是你儿子教你的？”可是临时找不到这本漫画，只好作罢。[38]

我将专用笺摆正，准备离开。

“不许动。”

我惊讶地抬头，墙角站了一个中年人，正用一把上了膛的自动手枪指着我，他离我有十步之遥，还隔了一张办公桌和一把椅子。

他从刚才就没发出一点鼻息，看来是个惯于狙击的能手。

我保持数十年来的冷静，摊开两手给他看，表示手中空空如也：“没想到，当今戴先生门下尚有这号人物……”我们以前都私下说自己是戴先生的人，如今局里上上下下全换了班底，恐怕也鲜有人晓得谁是戴先生了吧？

“不许说话。”这位后辈没打算跟我闲扯，他的语气中不带一丝急躁，眼睛却一点也不放松地黏在我身上。

他在等待，等待他的同伴到来。

我听见了，他们的脚步声来了，不知经由什么方式，总之他通知他们来了。

“小兄弟……”我说。

“不许说话。”

“你看见……”

“不·许·说·话。”

“我有多……”

“我最后说一次，不许说话，否则……”

他说得太快，需要换气，在他心底刚刚涌起的心浮气躁，令他眨了一下眼睛。

没有人可以不眨眼睛的。

这一下已经够了。

我施展草上飞，飞身扑向他。

眨眼的时间大约需要零点一秒，这些时间已经足够让我抢到他面前，他的反应也很快，在我握拳的指节击上他的太阳穴之前一刹那，他手上的枪已经追着我转向，瞄上我的左肩，在我的指节击上他太阳穴的当下，他也不放弃机会，扣下了扳机。

枪声好响，震得我的左耳顿时失去听觉。

那一瞬间，我的脑袋翻腾，尘封的记忆生龙活虎地涌现，我看见青涩的我被老长官带着，在这个房间拜见老“总统”，他老人家还赞许道：“瞧你教了个好徒弟。”

往事尘影，一字一句，言犹在耳，一举一动，历历在目，怎堪追忆，徒纵老泪横流。

枪手倒在地上，失去意识，我不再多想，跑到暗门去，钻入升降机，马上闭上暗门，接着就听到房间大门打开，好些人的脚步声闯了进来。

我用完好的右手去按电子锁，设定新的密码，这密码每次只能用一次，下一次打开之后，必须再次重设，所以除了我，不会有人知道密码。

“妈的！”暗门后传来咒骂声，“还有气吗？”

“还有。”我的脑袋回答道。

或许我应该杀死他的，虽然他暂时不会说出暗门的位置，但只要他一苏醒，这秘密就永远藏不住了。

我这次伤得不轻，只能怪自己太大意。

枪手开枪的瞬间，我下意识移了移肩膀，子弹划过手臂，肌肉裂开了一道，疼痛得很，但至少没让手废掉。我的左手臂垂挂在肩膀上，稍一移动就很痛。

如果我按按钮令升降机下去，他们一定会听见马达声。

如果我回头用爬的方式下去，只剩下右手可以自由运用的我不可能办到。

“老狐狸真有本事，”暗门后方有人说，“早就该踏进棺材的人了，居然可以做倒我这么多弟兄！”

“队长，现在怎么办？”

“他一定还没走远。”那人说着，踱步起来，我想他正在企图寻找我逃脱的痕迹，我甚至可以嗅得出他的懊恼。

我咬咬牙，撕下一片衣角，揉成一团塞入口中，咬紧牙关，不令自己发出叫声。

我的身体已经疲倦至极，若我只用右手臂慢慢爬下去，最后连右手都会发软无力，再这样下去，我根本不可能爬完全程。于是，我咬紧牙关，用疼痛不已的左手握着把手，尽量不令左手使力，只求越快下去越好。

我运息调理因慌张而紊乱的气血，令心神稍稍安和了些，然后我让自己集中精神在梯级的把手上，让疼痛的感觉自我脑中消失。

疼痛是假的，不是真的，是假的，不会是真的，四大无我，一切本空，忘了它，忘了它，不，不必忘，因为根本不存在，不存在何曾有？即不曾有何需忘？

我这样反复告诉自己，直到通道的光芒再度涌上来包围着我。

他们还没追过来，是因为枪手还没醒，还是因为他们不敢擅自破坏暗门，因为那毕竟是“总统”办公室墙壁的一部分？

我已无力再使用多年习武学来的绝艺，眼下要紧的是保存体力。于是，我跨入铁轨上的小车厢，打开电源，小车厢马上发出电流通过的吱吱声，我轻推操控杆，车轮先是挣扎了一下，发出尖叫，就像初次下海半推半就的姑娘一般，然后才驯服地转动起来。

这整个地底的地图全烙印在我脑海中，没有第二份副本。

小车厢移动的声音响遍了整条地道，我开着它疾行了一小段路之后，必须换轨道，我下车调换轨道，然后将小车厢转入另一条通道，继续朝北奔去。

当年那位日本总督府侍卫带领老长官走这些通道时，可是一步一步用脚走的，他们一共走了十天，才走完所有的通道，想到这里我不禁羞愧得脸红，因为我不但没用脚走，还胆敢坐在老总统的驾座上。

不久，我经过一扇门，那扇门上被我用红漆画了个大叉，因为门后的通道在“九二一大地震”中崩塌了，像这样因为地震和年久失修而崩垮掉的通道，上一次我点算时就有十四条。[39]

小车厢行了十多分钟后，通道中传来阵阵呛鼻的霉味，前方堆了很多垃圾杂物，阻碍了轨道的通行，我只好停车，开始步行。

这些杂物是二○○一年那位圣婴酿的祸，“纳莉”台风猛刮台北，捷运系统大淹水，连台北车站捷运站也不能免，杂物不知通过哪里被冲下通道来，大概就是这个通风口，这也说明了这一段的空气为何如此浑浊，因为通风口可能也被堵满了。[40]

捷运站还说有人打理，还为了尽早恢复通车，半年之间累死了一位局长。而这里却只有我打理，我像墓穴的守墓人，随同墓穴凋零、腐败、分解。

提起捷运，当初杨金欉任市长时，还屡次托人将计划中的捷运路线请老长官过目，虽无明说，但目的是为了避开这些地底通道。老长官每次只在路线图这里打叉那里打圈，就送回市政府，下一次送来，老长官又是打叉打圈的，如此一直修改到没一个打叉的为止。

没想到，一夕改朝换代，那位新上任的大白脸正好遇上捷运完工通车，竟将这件忙了十多年的工程说成是自己的功绩，好厚脸皮，要是当时老长官在世，恐怕也会当场气死。

要是老长官知道那位大白脸日后竟坐上老“总统”的办公桌，恐怕他过世多年也要闹鬼。

我踏过整堆整堆的废物，有的地方还在积水，我掩鼻踏过，好不容易凭着记忆找到垃圾堆后方的一扇钢门。我用右手推开垃圾，过度用力扯得左手臂打从骨子里疼痛起来，我将那门硬拉开一点容我挤入的空间，将自己硬塞进去之后，立刻回身关门。

门一关，我又陷入一片黑暗，但我知道前方是一道阶梯，必须往上转两次弯才能抵达另一扇门。阶梯上也积了很多水，我残余的体力不再经得起一次跌倒，因此步步为营，蹒跚前进，凭着记忆摸索，好不容易看到上面那扇门后透出的温暖光线，告诉我旅程行将结束。

门边也有一个二十年前的高科技电子锁，我输入密码，推开那扇厚重的钢门，出去之后同样很快反身掩上，不留下一点痕迹。这里是出口，不是入口，是以门一合上，除了将它毁掉，再也没有另外打开的方法。

我咳了咳，这里的空气又闷又热，还有浓浓的金属味和机油味，我走过一台台巨大又喧闹的机器，找到出口，夺门而出。

外面也没好多少，这儿是地下停车场，虽然空间很大，但车烟味四处弥漫，如同一层呛鼻的厚棉布。我的身体渐感畏寒，平日还算健康的肺脏也觉得不太容易换气，我不能忍受这种污浊的空气，或许这是住在清净地方太久的坏处，我已经不是以往的城市动物，况且以前的城市也没那么臭。

停车场旁边有一个阔宽的入口，正发出晕晕的白光，吸引我过去。

那些黏黏的怪头又从地底冒出来了，他们像附在地面的灰黑巨蕈，摇摇荡荡，他们并没骚扰我，只是好奇地观看我。我拖着羸弱的脚步走向入口，感觉到自己每一步都在微微喘息，肩膀流出的血水在衣袖上干掉了，感觉凉凉的。

不，这可不行，我还有事没完呢！

进了入口，旁边有个厕所，我才刚走进入口不久，忽然就有个年轻人从厕所赶投胎似的迸出来，重重撞了我一把，我的左肩一阵刺心疼痛，痛得我泪水溢出，年轻人一句道歉也没，径自走掉，连头也没回头看一下。

我觉得无情的冰冷正慢慢披盖上手臂，好像还有意浸透到我的胸部，不，我可不能让它得逞，自从老长官收容我这孤儿以来，我从未向命运低过头，这一次它又岂能战胜我？

我知道前方有台售票机，只消投入硬币，就可以带我回家，但疼痛的力量过于可怕，我感到记忆正迅速流失，正如我今早坐在中华路路肩时一般，我赫然惊觉："莫非刚才那年轻人也是他们一伙，又注射了一针？"不，不可能这么凑巧，他们怎会算计到我在这儿出现呢？他们人手再多，也很难驻守在每一个通道出口，更何况他们还在苦恼不知通道在何处呢。

这片地下候车大厅空荡荡的，似乎整个大厅都为我一人清空了，投币式的寄物箱安静地倚靠在墙上，我头晕目眩，好不容易找到售票机，细看售票机上写着一列停靠的站名，却想不起家的名字。

我摸摸口袋，寻找零钱，是的，有两枚十元硬币，还有一张残破的票根，票是车票，上面印的字已经因为汗水和摩擦而褪色。这是我留给自己的启示，我已然了解两枚十元是我准备给自己回家的车资（幸亏没用来买口香糖或油条），但车票上的信息已被涂抹掉，如今我竟觅不着回家的路！

启示！我需要启示！

我四下张望，寻找启示。

启示之所以为启示，往往是不明显的，需要在微小的变动中去察觉，这是学《易经》者所谓“见微知机”也。我呢喃着，向头上三尺也许存在的超自然索求启示（虽然头上是日光灯管），告诉我下一步该举向何方。然后，一个匆匆忙忙的欧巴桑跌跌撞撞地走过我面前，她拎着沉重的手提箱，脚下一滑，九十公斤的巨躯轰然跌倒，头颅重重撞上地面，脖子清晰地“咔”了一声，就没了动作，九成是挂了。

她倒下的曲线颇为优雅，重要的是，她手中正抓着一张刚从售票机滑出来的票，墨迹的气味尚未散发，她的头扭去我看不见的方向，用右手前三指拿着票，朝我伸手，似乎要我别客气拿下那张票。

天意，此分此秒，四下无人，我敬畏地弯下身，将票捧在两手之间，票上的字眼忽然变得十分陌生，我似乎是看懂了，却一个也念不出，于是我四下找人，拐了几个弯，找到撕票口，将票递出：“请问哪里上车？”

站在撕票口的男人，我想不是人，他强壮的下颚说明他多么擅长咬食坚硬的食物，尤其是新鲜多浆汁仍富弹性的骨骸。

无论如何，他有了反应，右手坚定地指向一道通往下层的梯级，一字一字沉重地说：“左边。”

往下是地狱的方向，而且还是左道。

我想头上三尺不会给我错误的指示，即使是错误要我去死的指示，也是一种荣幸。

我想我完了。

我认命地步下漫长梯级，心里抱怨这梯级的设计者大概跟行动不便的人有过节。在我下楼梯到半途的时候，列车的声音来了，铁轨上汹涌的车轮声震动了梯级把手，我加快脚步，在失足跌倒之前抵达地面，快步走进洞开的车厢门。

平快车[41]的车厢内只有背靠窗的长椅，里头一个人影也没有，我挑了中间那排长椅坐下，用虚弱的眼睛盯住车门，看看有没有人进来，等了一会儿，车门合上，列车开动，我才松了一口气，登时瘫痪在长椅上。

我松懈的精神很快进入迷糊状态，在昏沉中，我将方才新设下的密码加上重重防护，埋入我脑回深处，不令它那么容易被找到，即使是我自己，等闲也不能轻易回想起那道密码。

即使他们对我严刑逼供，对我施打药物，甚或刨开我的脑袋瓜，也找不到答案所在，我自己也必须经过重重程序，才能找到它。

我正感觉安全时，忽然，我浑身汗毛竖立，神经倏地警觉，我马上睁眼，发觉身边不知何时坐了一个人。

他坐得很近，肩膀都几乎要碰上我了，他在大腿上摆了个小盒子，盒子掀开，他用戴了皮手套的两手取出盒中的针筒和药水，将药水抽入针筒。

他一点也不畏惧我，只管垂着头，头上戴的软呢帽投下了不少阴影，我一点也看不清楚他的脸，要说他有脸的话，倒是像打碎了的肉肠涂抹在一块平面上。

他用我看不见的嘴唇，嘟囔着模糊不清的字句：“别担心，我快送你上路了。”

“那是什么？”

他说："孟婆汤。"语中带有笑意。

我困惑地看着他，坐远了一点，才问："你怎么知道你会比我快？"

那人继续呢喃道："别担心，别担心。"我不懂他要我别担心什么。

好像有什么不对劲，火车的声音正轰隆轰隆响，那人的声音却能穿透重重噪音，在我耳道里回荡。

我眨眨眼，再转头看身边，那人不见了，我环顾四周，真的不见了，偌大一个车厢，只有我一个人。

我摸摸那人刚才坐过的位置，没，没有残余的体温，没有一滴他不慎滴出的药水。

我呼口气，将全身重量靠坐在座椅上。

过于疲累的我，很快进入了梦乡。

梦中，我在眷村村口的老树下，跟老长官坐在小凳上，促膝而谈。

我向他报告，我刚在台北完成了一趟任务，有若干条信道不能用了，然后遇上了什么惊险，又如何逃脱。

老长官点点头，苍老的微笑中带有对我的关爱："你年纪也不小了，该歇着点，七十多岁的人，一房老小也没，来日谁帮你送终？"

"老长官，个人事小，国家事大呀。"

"什么国家事大？改朝换代乃天底下常见的事，河东河西，非你我能左右，那些政客如谷仓老鼠，终日无事，只顾一边关门打闹，一边蚕食民脂民膏，他们如过江之鲫，去了一个，又来一群，你又能阻吓得了多少？”

我知道，也明白，但心里就是咽不下那口气。

老长官伸手拍拍我的肩膀，他温柔粗大的手掌充满了绵绵的力道，令我的泪腺忽然温热起来。

“老长官，”我泪眼迷蒙，说，“我害怕遗忘，我害怕我会遗忘掉这一切过去，也害怕这一切会被人遗忘。”

“如果你不愿忘，又有谁能教你忘掉？”

老长官的手的力道在我肩膀上消失了。

我抬头看，老长官也消失了。

远方天际，乌云密布，正闪着阵阵电光，然后传来隆隆雷声。我知道那不是雷声，是火车声。

我微启眼，看见车厢的窗外被夕阳染得血红，列车已经从地底跑出地表了，正在台北边缘层层的杂乱建筑间行进。

我再合上眼，眼前依旧是眷村村口那棵老树，很是阴凉，台北盆地送来闷闷的风，吹得我有些不舒服。

原来，合上眼的时候，才可以看见最怀念的故乡。

故乡的景物仿佛不朽，每一次合上眼所见到的，都会跟上一次以及无数个上一次那般相同。

所以，我紧闭上眼，不愿再睁开。

本文注解

[1] 在此次出版的简体版中，作者为《台北迷路》增添了注解，是希望给读过这篇小说的读者看的，没读过者，在此不负责你们的阅读乐趣受到损害。这些注解可能对今日住在台北的人而言十分多余，但对后人而言可能是有用的民俗数据。

如果要学西方人，在书的首页写上“献给某某人”，那么《台北迷路》是献给台北这座城市的。这是一篇十分个人化的“私小说”，目的不在引人注目，因为故事中的场景都是源自我旅居台北十一年的点滴回忆，非有与我共同经历者，难起共鸣。所以这篇小说不适合刊在杂志报章上，只应在《双城奇谭》以一系列概念完成的作品中占有一隅，而且是四篇之末，才能表达我对台北的致意。

曾经在1991年至2002年之间待过台北的人，很容易察觉小说中出现但目前已消失的地标，反之可能完全感受不到。这篇小说就如同一位离世多年的游魂，再度回到这座城市时，发觉什么都变样了，这城市太善变，游魂根本找不到路回家。

1991年到台湾念书时，手机还是难得的昂贵物品，连申请都要排队很久。我们经历了手机大革命、BB机的繁荣到消失、预付卡的出现，直到今日手机机型的更新加速度，这变化是多么地大。当时计算机还是窗口3.1，要学一堆指令输入，计算机屏幕是256色，上网要特地到计算机室去用慢速网络，直到1995年，才在大学宿舍有在线网。1992年，中华路上的中华商场消失，我还来不及逛完每一栋大楼，来不及留下回忆。于是，决定这个故事先从已消失的中华商场、平直的中华路东侧人行道路肩上开始。

[2] 这里提示地点在“西门外”，据说古时坟场多设在城外西边，一位参加大学民俗社团的同学告诉我，台北城西门外也不例外，当年日本人拆除城墙、建设西门町时还挖出不少人骨，因此西门町原为坟地（待考）。

[3] 从西门町对面遥望，可以见到西门町的大楼上有耀眼的数字钟，还会显示实时气温。

[4] 1991年，中华商场骑楼下停有木车，这幅画面一直在我的记忆中。

[5] 斑马线和交通灯，有绿色走路人的交通灯在2002年尚未普及，只有少数路口能见到，西门町则为其一。

[6] 他要穿过中华路，到对面的西门町去。

[7] 那是台北市警察局。

[8] 相信大家对卖口香糖的老人并不陌生，在西门町，印象中最深刻的是万年大楼骑楼下的老人。不过小说在这里还是清晨，老人还在西门町入口四处游走。

[9] 我独自一人在上午穿越西门町，赶去看便宜的早场电影时，的确遇过以上情景，我跟大学同学聊天中才知道许多人都遇过，不知是拉皮条的还是什么，很恐怖就是了。

[10] 汽车引擎燃烧石油，书上总是用图解说明石油是由恐龙等巨物被掩埋数百万年后变成的，石油是碳氢化合物，其实主要来源是植物而非动物，但主角并不很明白这些，所以还好。

[11] 西门町后方有许多诊所，据说有的会帮人堕胎，未成年少女多有循此径解决意外怀孕者。这也是台北同学告诉我的。

[12] 台北的垃圾收集车都在播放《给爱丽丝》，民众一听便会拎着垃圾出来了。不知贝多芬泉下有知会如何?

[13] 西门町以西的河道，在清朝台北建城之前，有码头上下货物，据说这就是该区古名“艋舺”之由来。

[14] 艋舺龙山寺，早在1738年（乾隆三年）便已建立。早年开台先民聚居淡水河边艋舺一带（今万华区，西门町在该区北部），瘟疫严重，于是从福建泉州府晋江龙山寺将观世音菩萨分灵至台湾，合资兴建龙山寺。

[15] 以上都是台北建城的典故，听说由于前后两任主事者的见解不同，造成府城的方位大移动，也决定了今日台北市中心公路网的形势。首先，1876年清廷在台北设府，第二任知府陈星聚开始筹备筑城，1879年（光绪五年）决定筑城地点。福建巡抚岑毓英为了加强台湾防务，于1881年亲自考察，规划府城基址的位置，并在广东招募工人。没想到，岑毓英被调任云贵总督后，改由台湾道刘璈（即文中“刘公”）主持筑城，后者完全改变了岑毓英的规划，要依照风水将台北城指向七星山，故将原本设计的城墙、道路更改，造成原本正正方方的台北城变成长短不一、形状歪斜的格局。

[16] 西门町早场电影大约在十点半，票价最便宜。大学时代，爱看电影的我，常在假日起早去排队。

[17] 来时山名指“峨眉街”，去时城名指“武昌街二段”，后者在西门町是一条有数家电影院的街道，有“电影街”之称。

[18] 这是捷运西门站六号出口的情景。

[19] 这是西门町入口、捷运西门站六号出口旁的老店“成都杨桃冰”，是清热圣品。用盐腌过切片的杨桃，如一片片褐色的五芒星浸泡在盐水中。下文的“太阳”乃店中另一产品菠萝冰，切片的菠萝形状一如文中所述。

[20] 指“中华商场”的“爱”栋楼。

[21] 以前两岸尚未开放来往时，大街小巷都有这类标语。中华商场为蒋介石沿着中华路（往昔台北府城西城墙）而建，以安顿随其退守台湾的军眷，当然有更多标语，那些标语写在楼梯间或墙角，对生于马来西亚的我而言十分新鲜，也不知不觉中感受到其中的历史。我赴台念书之后那几年，两岸才逐渐开通，那些标语才慢慢消失。

[22] 草头先生即“蒋”，戴先生乃著名民初特务头子戴笠，蒋介石部下。

[23] 其实是我的生年。

[24] 这是7-11便利商店，主角只看到7字，因为11是以英文eleven横跨在数字上，他看不懂英文。便利商店楼上有一家“总统”电影院，九十年代曾经客人不少，后不敌新式电影院，几经修改，仍逃不过关门的命运。由于电影院邻近台北宪兵队，所以楼下也有卖军人用品的店家。

[25] 他经过台北宪兵队门口，宪兵在门口站岗都如塑像般不动。

[26] 他经过“国军历史文物馆”，该处收藏许多军事文物，包括沾血的日本刀。该处于1999年端午节发生奸杀案，一位前往军史馆收

集资料的女学生张富贞，竟在馆内遭到驻守的卫兵郭庆和奸杀，震惊社会！

[27] 那是古书记载能见鬼之人所见的鬼的样貌。

[28] 那是“总统府”，亦即日据时代建造的总督府。有一个说法，高耸的建筑物形同阳具，是父权的象征，高压政治尤其喜爱。日本高压统治台湾五十年，其总督府有红白二色，中间有一根高塔长长突出，就是文中所指阳具。

[29] 那是在介寿公园内的林森（1868-1943）铜像。林森乃孙中山革命党员，后担任南京国民政府主席逾12年（1931-1943）。

[30] 那是“国家图书馆”，是我常去查资料的地方。原名“国立中央图书馆”，收藏原1940年于重庆设立的中央图书馆13万册珍本藏书，最古有宋版图书。它是全台湾各图书馆最高机构，也是“台湾国际标准书号（ISBN）”管理单位。1996年，易名“国家图书馆”至今。

[31] 那是“中正纪念堂”，蓝顶大堂仿北京天坛形式，内有蒋中正巨像，被本地人戏称“中正庙”。

[32] 这是我真的遇过的一位流浪汉，八宝粥是我给他的，那段他是蒋家私生子的话也是他跟我聊天时说的。我在冬夜从“台大”医院宿舍去中正纪念堂跑步，路经《青年日报》社，见流浪汉在骑楼下哆嗦，便在饮料机上买了一罐热的八宝粥给他，没想到他不懂该如何打开易拉环，被热粥烫到，我竟被骂……帮人还真的要有智慧呀！

[33] 壹号公厕、云汉池、养心洞、音乐厅等皆为中正纪念堂四周景物。

[34] 指蒋经国（1910-1988），他作风亲民，颇受尊重，人们常以“经国先生”称呼之。台湾在他手上结束戒严时代，开始开放其他政党参与政治，以及总统直选。

[35] 蒋经国过世后，作家张大春曾著《撒谎的信徒》（1996）揭露李登辉奉行蒋经国路线只是假象，果然在2000年大选前，李登辉蓄意令国民党内声势最大的接班人宋楚瑜与连战反目，宋楚瑜退党另外参选，分散了选票，国民党因此败选。国民党支持者上街游行，希望李登辉退下党主席之位以示负责。后来李登辉于2001年又替其他政党站台，岳不群之心完全披露，被开除党籍。

[36] “台湾大学（台大）”前身为日据时代的台北帝国大学（帝大）。“学长”是李登辉，他先就读日本京都帝国大学农林经济系，当过日本兵。日本战败，台湾光复后，他回台湾转入“台大”农经系，1949年毕业。“学弟”乃陈水扁，毕业于“台大”法律系。

[37] 指2004年，陈水扁争取继任“总统”那场大选，在投票前一天的宣传活动时被不明子弹所伤，仅皮肉伤。全案充满疑点，至今未解，但这个关键性的“三一九枪击案”发生得正是时候，选票因此一面倒，陈水扁成功继任，也在第二届任期上开始贪污行为。

[38] 后来有人发现，“三一九枪击案”与著名日本漫画《圣堂教父》（1990-1995，池上辽一作品）内容如出一辙，该漫画描述黑道与政治挂钩，有一段情节正是以假枪击博取民众同情，赢得选票。

[39] 1999年“九二一大地震”，全台湾震动，全台大停电。我当时住在台北，亲身体会其可怕。

[40] 2001年，另一场重创台湾的天灾。

[41] 平快车，乃所有车厢“平等”不分等级统一收费，并有某些站不停的“快车”，相对于所有小站皆停靠的“普快车”。

伦敦

LONDON

大雾弥漫的教堂、暗街、旅店、河岸上

埋藏多少记忆

在时间中静待腐朽

看不透的伦敦市

又有多少神秘

在另一个空间飘荡

四 日 大 雾
4-DAY FOG:
/

褐 色 篇 章
BROWN CHAPTER

古老的恶魔
Ancient Demon

血色的光芒在麻布下若隐若现

一道道红光穿出麻布

散发在空气中

“看来咱们明天必须暂停了。”泰勒将一盆骨头清理好之后，拿到博士跟前。

山姆·麦尔斯（Sam Miles）博士把眼镜架上鼻梁，疑惑地问：“雾更浓了吗？”

“我刚打电话去气象局询问，这场大雾至少三四天才会散去。”

麦尔斯博士即刻下决定说：“那么你们赶紧过去，把新掘的洞口盖好。”泰勒应了声好，博士又提醒道，“别忘了带雾灯去。”

今天才不过午后三点，天就已经黑了，冬季总是天黑得特别早，这场突来的大雾更是令他们的工作困难重重，要是天再冷下去，泥土结霜的话，就更伤害他们掘出来的东西了。

届时要是迫不得已，或许会将现场暂时关闭。麦尔斯博士这么想着。

助手泰勒跟两位研究生拿了防水塑料布和雾灯，乘上小吉普车，麦尔斯博士在农舍门口向他们嚷道：“快一点弄好，等你们回来再煮晚餐。”

吉普车慢吞吞地开走了。外面的能见度很糟，要不是为了那开掘不易的现场，他们可不想冒这种险。

待研究生离开后，只剩麦尔斯博士一人拼接骨头，他盯着这些骨头一整天，眼珠子早已布满血丝，整个眼珠子发烫，他揉揉两眼之间的鼻梁，放下手中工作，把整理骨头的盘子推往一旁，整个人靠着椅背往后仰，瞪着屋顶发呆。

屋顶上横跨着粗大的梁木，古老的梁木上蛛网累累。

麦尔斯博士猜想，这农舍大概是维多利亚时代早期的建筑，自从上一代主人过世后，已经荒废十年以上了，他是因为跟农舍继承人相识，才得以借用的。

他站起来，将盛骨头的盘子放回木架，木架上尚有许多相同的盘子，还有一个个列了编号的木箱，全是在一公里外的老教堂坟场挖出来的，骨头的年代可追溯到都铎时代，在亨利八世尚未大肆关闭修道院以前。

麦尔斯博士从热水壶倒了一杯热茶，热茶流进喉咙，温暖了肠胃，却驱不去空气中的湿冷。如果带了酒就好了……不，他不喝酒，自从两年前酗酒差点让他急性酒精中毒之后，他已经不碰酒精很久了，连麦酒也不碰。

一边喝茶，他的视线一边转到木架上，他留意到一个发黑的人头骨，分不清是男人抑或女人的，不过从它牙根严重露出、留存牙齿稀少的情况来看，死者生前的口腔卫生很糟糕。口腔卫生能反映社会阶层吗？依他看未必，那时候的贵族牙齿也不好。

他不知道这教堂坟场埋的是些什么人，有的留下了石碑，但石碑上模糊的字迹不足以透露死者身份，如果教堂留下了名册，他还能追查遗骨的名字，问题是教堂早已崩塌，只余残垣败壁，连神职人员和老仵工都不知流落何处。

教堂是古老村子的中心，村子在“二次大战”时灭亡了，因为原本人丁稀少的村子，年轻男子投入战场，当少数的幸存者回来时，村子的人一个也不剩，这是农舍主人告诉他的，农舍主人摩利士先生当年也参与了“二战”。

“我认识的年轻人都没回来，”摩利士先生回忆道，“唯一知道姓名的幸存者也去伦敦讨生活，失去联系了。”

麦尔斯博士没有当地的诞生和死亡名簿，没有任何书面线索，没有死者子孙的资料可供追查，这些遗骨在历史洪流中被人完全遗忘，在时间中静待腐朽。

“真不可思议，”他心想，“这儿距大伦敦地区不过三小时车程，怎么会有村子灭亡得如此彻底呢？”话说回来，如今外头正大雾，恐怕今天也甭想回他温暖的家了，他家在东南角的肯特郡，这种大雾天从道路废弛的乡间回家，可不是聪明的做法。

***　***　***

“今天不回伦敦了？”研究生威廉抱着一线希望问道。

“我看博士会叫我们待在农舍，等雾散去。”开吉普车的泰勒咬着一根烟，正努力盯住前方，在泥泞路段上蹒跚前进。

雾是越来越浓了，连雾灯都快穿不过去，光圈只在雾气上无助地打着转，他努力回想天气良好时的景象，希望能记得道路的方位，不要一个闪失陷入坑洞，或翻下小丘。

“该死！”坐在后座的研究生乔治抱怨道，“要是刚才就知道雾会忽然这么大，我们老早盖上塑料布，就不需要专程回来这趟了。”

吉普车发出一声闷声，忽然变得很安静。

泰勒回头愠道：“你们请安静好吗？”他刚才开车开得很慢，一时油冲不上来，竟熄火了。他扭一下钥匙，吉普车再度发出隆隆声。

避风玻璃前方白茫茫一片，泰勒诅咒了几声，好不容易看见路边的一棵树。“谢天谢地！”泰勒轻声说，“看见那棵大树了吗？”

两名研究生不敢大声回应，嘟囔着点点头。

“那棵树就在教堂后方！”

果然，一片破垣在前面出现，泰勒及时踩住刹车，差点没撞上破垣。

泰勒将车后退一些，让车头的雾灯照向现场，接着三人赶紧下车，从车后取下塑料布和绳子。这时起了一阵轻风，雾气受到骚动，露出被他们挖开的几个坑洞。

“小心，别掉下洞去了！”泰勒嚷道，随即进入教堂废墟，取了几块沉重的石块，打算用来压住塑料布。

泰勒有些不耐烦，心想为何老是要照顾这两个毛头小子，他是麦尔斯博士的助理，专门替他安排打点考古作业，在这之前，他已经帮好几位教授做过同类工作，在考古界算是小有名气。

还记得麦尔斯博士来找他时，他原本想一口回绝的。

麦尔斯博士明明长得像中东人，却有白人的姓名，他肤色很深，有高高的眉骨和明亮的大眼，说不定是土耳其人或印度人，他分不清楚。泰勒打从心里瞧不起深色皮肤的人，他以大英文明为豪，以白皮肤为荣，但麦尔斯博士最终还是说服了他："我的研究经费可能不足，但我需要你。"

"你可以去找别人，如果需要，我还可以介绍我的朋友给你。"

麦尔斯博士唯唯诺诺一番后，继续说："我们必须马上开挖，否则明年春天，那里就要被铲平了。"

那片教堂废墟、坟场和整个村子，将被建筑公司规划成中价位住宅区，附近也有超市准备动工，时机一失，历史研究的时机便不会再现。这里不过是个平凡的荒废村子，政府不会重视，但麦尔斯博士却热切地要研究它。

因为一个特殊的理由。

想到此，泰勒忍不住望向方才那棵大树。

在浓厚的雾气之下，古老的参天大树仿如伫立的巨人，一头乱发竖立，恍惚间，仿佛有东西吊在树上，随风摇晃。

他不再多想，忙拿着石块步出废墟，趁下一拨大雾来之前，将坑洞盖起来，这些古旧的遗骨可经不起雾水摧残。

天很黑了，他必须赶快。

***　***　***

麦尔斯博士肚子饿了，他看看手表，五点钟了，泰勒他们已经离开一个多小时，怎么还没回来呢？这一趟路平日开快车也不过十分钟左右，不会在路上发生了什么意外吧？

他百无聊赖，自个儿到农舍厨房去生火，幸好，他们扛来一小桶瓦斯。

他将玉米酱罐头打开，在小锅子上加热后，就回到放木架的大厅享用起来。大厅有壁炉，农舍主人帮他准备了不少木材，生起壁炉后，大厅变得十分暖和，他满足地坐在地上吃完后，助手和研究生还是没回来，他于是决定不浪费时间，继续清理骨头。

他巡视木架，斟酌该进行哪一部分工作，此时，一个箱子吸引了他的目光。

那箱子是木制的，尺寸不大，只有他的手提电脑大小，木料十分粗糙，将木板钉起来的钉子已经生锈。他左看右翻，没见着编号，也没任何文字或记号，看来是今天刚掘出来的，还来不及登记编号。他想查看今天的挖掘记录，却四下找不着，说不定方才他们匆匆忙忙忘了从车上拿下，待会儿泰勒回来应该会跟他解释的。

这木箱会是什么呢？既然是从坟场掘出来的，应该是骨骸吧？木箱还有泥土的味道，如果里头有尸体，该有腐臭味才是。他轻轻摇一摇木箱，里面有咔啦咔啦的声音，显然有许多碎片，会是什么？陪葬品吗？某个年代某位不知名人士掩埋的秘密吗？还是……婴儿的骨骸？木箱捧在手上没什么重量，里面的东西大概很容易碎裂。

他将木箱摆在桌上，拿来锤子，锤子后头有拔钉子用的分叉勾，他试了试，每一枚钉子都纹风不动，虽然锈了，却坚持将木板牢牢抓紧。他试了很久，钉子像与木板结为一体，一点动静也没。

“妈的。”他啐道，到放工具的大箱去找来一根铁条，铁条末端有粗刃，是他们撬开棺盖的工具。他将粗刃插入木板接缝，奋力地撬，“咔”的一声，铁条弹开，木箱翻落地面。他生怕摔碎了里面的东西，忙将它捡起来检查一番，发现木箱已被撬破了一角。

麦尔斯博士从破开的角落望进去，没看见什么，他拿了把手电筒，试图将光透入，但破洞太小了，手电筒反而挡住他的视线。他又将木箱翻过来倒一倒，也没东西掉出来。

他看看手表，原来已经花在这木箱上有整整半个小时啦！泰勒怎么还没回来呢？他走到窗边，忧心地凝视外头大雾，雾浓得迷迷蒙蒙的，仿佛严重近视者看见的情景，他顿时觉得晕酡酡的，有点想呕吐。

他回到桌前，望着木箱动脑筋，最后决定去找把锯子。

在他忙着翻找锯子的时候，他没注意到身后的木箱正从破洞中流出血色的光芒。

光芒在空气中好奇地探索、抚摸了一会儿，又悻悻然缩回洞里去。

它还没准备好。

***　***　***

泰勒一伙三人已经将每个墓坑用塑料布盖上，再用石块和绳索固定好了，赶紧上车离开现场。

一路上，泰勒专心开车，紧盯着前方，他仍旧开得很慢，雾灯的亮光几乎全被雾气反射回来了。

没过几分钟，坐在后座的研究生威廉忍不住说话了：“我们非得这么沉默吗？这段路可漫长呢。”

“没人阻止你发言。”泰勒沉声说，双手紧握方向盘，全身绷紧。

乔治坐在前座，也正不安地瞪着雾气，他故作轻松地说：“今天是月圆呢。”

“你怎么知道？”威廉神经兮兮地朝窗外望，什么也没看见。

“我的手表，你瞧，”他伸手去后座给威廉看，“可以显示月相，今天是饱满的月。”

“好吧，月圆又怎样？有狼人吗？”

乔治摇摇头：“月圆是歇斯底里的好时光，听说许多人，尤其是女人，很容易受它影响。”

威廉弹一下手指：“你说的是那些月光下跳舞的女人，我大三时在麦尔斯博士的课堂上讨论过。”

泰勒语气不善地说：“麦尔斯博士要说的大概是月经。”

“月圆时分，野兽们都会分外骚动，尤其是哺乳类，我们也是哺乳类，”乔治阴森森地说，“有的人比较控制不住情绪，所以听说月圆时特别多凶案。”

泰勒截道：“这也是博士给你的研究题目吗？”

“不，”乔治说，“我在研究都铎时代的猎巫事件。”

“英国也有猎巫吗？”泰勒语带轻蔑，似乎话里有话。

“有，只是个案不多，而且不像欧陆那边烧死女巫，而是绞刑。”

“你呢，威廉？”

“什么？”

“麦尔斯博士给你什么题目？”

“哦……”威廉舔舔唇缘说，“我在研究古波斯神话，呃，着重在善恶二元论。”

“呵，那你可要啃《阿维斯塔》(*Avesta*)这部书了。”

“咦，你知道这本书？”旁边的乔治有点惊讶。

泰勒不回答，继续说道：“我很好奇，麦尔斯博士的专长究竟是什么？”

“神话学，他专教欧亚神话。”威廉略带自豪地说，“要说到中东神话，他可是权威呢。”

“哦，是吗？”泰勒说着，一脚猛踩刹车，车胎尖锐地抗议了一声，随即停在泥路上，引擎的隆隆响声在大雾中回荡不已。

两名研究生面面相觑，不懂发生了什么事：“有什么不对吗？”

“当然有不对，”泰勒指向前方，“看见那棵树了吗？”

虽然雾很大，但月光也很亮，将树影投照在银幕似的雾气中，树影庞大狰狞，恍若凶猛的巨人。他们全认得那棵树，他们天天都看见它，它就是那荒废教堂后方的古树。

泰勒咬牙道：“这是我们第二次看见它了。”

“我不懂。”威廉不安地回望后车窗，尽量靠向前座。

“我开车，所以我最清楚，”泰勒说，“我们一直在这条路上打转，不过我记得我一直都只在笔直往前开。”

“哈利路亚。”乔治喃喃自语，禁不住紧握胸前的十字架，“圣母马利亚，求您赐免我的罪……”

泰勒的牙齿磨得咔咔作响：“麦尔斯博士有告诉你们这棵是什么树吗？”

“白杨树？”乔治试探道。

“该死！这是吊人树！”泰勒说，“猎巫事件中吊死女巫的树！”

*** *** ***

麦尔斯博士大喝一声，将卡在木板中的锯子拔出。

好不容易，木箱只被锯出一道痕，不过已足够让他继续试着去撬开了。

他把木箱摆到地上，铁条伸入锯痕，一脚踏住木箱，他已经不管木箱会不会坏掉，也不考虑里头是否有重要的古物，他一心一意只想把它弄开。

半块木板裂开了，露出了木箱内的真面目，他看见一张麻布，经历了四百年岁月，它却没有发霉，也没有腐烂，似乎在包裹着什么东西。

忽然间，他有点抗拒去掀开麻布。

当他费了九牛二虎之力终于弄开木箱时，却突然退缩了。

“泰勒，你们这几个家伙，快回来吧……”

他害怕，却不懂自己在害怕什么。

自从他开挖这块坟地，周遭就发生了许多不顺利的事，他的家遭小偷，他的研究室被人闯入乱翻，却没东西损失。小偷不为财物，而是针对他而来的，他想不出小偷到底想找的是什么。

他意识到有人在找他麻烦，但他想不到有什么人需要找他麻烦，他在此地没有亲人，朋友没几个，那坟场也是不受史学界重视的地方。

他很感激威廉和乔治要求他当他们的指导教授，毕竟他在大学不受同侪欢迎。他专心研究，我行我素，不愿加入大学的任何阵营，难道这令他得罪了所有的人吗？

不，他所冒犯的或许不是人类，人类太卑微了。

他将古老的坟场挖个精光，会害怕依恋尸体的鬼魂找他麻烦吗？会害怕亵渎尸体而遭天谴吗？会害怕这受诅咒的小村依然留存有古老的怨念吗？不，他不怕。

他害怕的不是失去，是的，尤其不害怕失去生命。

他怕的是即将面临的决定。

***　***　***

泰勒将吉普车换挡，猛地后退，加速踩油门离去，从后视镜可看见老树渐去渐远，消失在雾中。

“泰勒先生！别开这么快！”乔治两手抵住前方的置物柜，大声哀叫。

泰勒不理他们，他已熟记路线，他有冒险的把握，他要冲出这片迷雾，逃离那棵该死的吊人树！

“泰勒先生！”

泰勒用力一踏刹车，吉普车在草地上转了九十度弯，后车厢的工具被离心力拉扯得互相乱撞，堆成一团。

“天啊！”威廉发出尖声，那棵树和破垣又出现在他们面前了。

他们不知他们正面对的是什么，只知道有一股不明的力量在操纵着他们，玩弄着他们脆弱的神经。

他们吃力地呼吸着，空气中浓厚的水汽已经快要令肺部淹水了，他们的心脏正努力地跳动，意图将积水排出肺泡，将恐惧驱出体外。

然后，他们听见雾中传来狼嚎。

准确地说，是从空中传来的。

*** *** ***

正当麦尔斯博士犹豫不决时，木箱有了声息。

他听见呼吸声，柔软的麻布正规律地起伏着。

这个今天刚从泥中挖出来的木箱里，有个活的东西。

血色的光芒在麻布下若隐若现，一道道红光穿出麻布，散发在空气中。

麦尔斯博士感到迷惑，这东西会有危险吗？他应该马上掀开它吗？

他从工作台下拉出一个公文包，再从公文包里抽出一把自动手枪，插入弹匣，打开安全掣。

自从家里被人闯空门后，他就买了这把枪，他只在试枪时用过一次。

“乖乖，别动。”他左手是空的，正好让他拿根铁条，将铁条轻轻伸入麻布之下，挑起麻布一角，“乖乖……”枪口已经指向木箱，只要扣下扳机，子弹便会不断地射出来。

说不定只是只老鼠溜进去了呢，他自我安慰。

可是老鼠不会发光。

汗水从额头流到眉毛，将眉毛浸湿，再缓缓流到眼珠子上。汗水的咸味弄得他眼睛不舒服，他用力眨眨眼，左手铁条奋力一挑，麻布整片飞到半空中。

*** *** ***

“那是什么？”乔治将头靠上挡风玻璃，努力望向天空，寻找狼嚎的来源。

威廉在后座喘着气，不安地说：“这么大雾，你能看见什么？”

“空中。”乔治指向天空，泰勒也眯着眼用力眺望。

雾稍微变薄了，满月的柔光终于照透水气，照亮夜空。

“我看见了，”泰勒两手紧握方向盘，“有东西在空中转来转去。”

眼前破开一片天空，露出稀疏的星星。

“那东西飞向我们吗？”乔治正犹豫间，才发现雾纱是被那空中的东西撕裂的。

它冲向吉普车，两片巨大的膜翼震开雾气，在他们还来得及看清楚以前，吉普车顶被一股强大的力量撕开，金属拉裂的声音划破空气，整部车子瞬间离地了一下，接着四轮重重着地，在地面猛弹，冷空气急匆匆涌入车内。

在混乱之中，一声长长的尖叫从后座离去，穿过车顶，迈入空中，越来越远，最后消失在疾速拉起的雾幕中。

“老天！威廉呢？”乔治回头张望，果然，坐在后座的威廉不见了。

一片车顶被丢弃在车子旁，大雾侵入车内，两人马上吸入满肺的水汽，气管顿时感觉被塞满了。泰勒边咳嗽边拿起后座的雾灯，打开门跳出去，朝空中胡乱照射，希望能看见什么。

“泰勒！”乔治把身体伸出车顶，“刚才那怪物……你看见吗？是它捉走威廉的！”

“在那儿！”泰勒将雾灯照向天角，怪物逗留在半空中，威廉被它用脚爪捉住，四肢软绵绵地垂下。

“威廉！”乔治朝空中大喊，“你还活着吗？”

威廉没有反应，反倒是怪物尖叫了一声，拍动蝙蝠般的翅膀，它背着月光，所以他们只看见它的身影，却不见它真正的面貌。

怪物懒洋洋地拍动膜翼，绕着废教堂的尖塔飞翔，威廉在它爪下摇摇摆摆，两脚碰上尖塔顶端的十字架，尖塔上的铁十字架有避雷针的功能，在风吹雨打下早已锈烂，经不住威廉碰撞，竟整个歪掉了。

“喂！喂！”乔治两手围成圆圈，向怪物嘶喊，“你这杂种，快放他下来！”

“省口气吧，老兄。”泰勒说，“即使它听得见，也搞不懂你在说什么。”

不久，怪物似乎厌倦了，它飞低一些，飞向吊人树，将威廉挂在一根粗干上，它则停在一旁，用爪子理理头。

威廉和泰勒都看清楚了，吊人树上吊了好几个人。

那些人大概吊了很久很久了，他们破烂的衣服裂成一条条，垂挂在身上，在雾中轻轻摇晃着。

*** *** ***

麻布掉落地面，麦尔斯博士握紧自动手枪，他担心有东西会从木箱扑过来。

木箱毫无动静，他挨近去瞧，心里忽然很感失望，那不过是一箱兽骨，像是一副狗的骨骸。

可是，种种疑惑很快如浪花般泼上来，刚才的呼吸和红光是怎么回事？难道是他眼花吗？这副兽类的骨骸早已失去皮肉，干枯得像是随时会碎掉，但是，为何要将兽骨放在如此坚固的棺木中下葬？

“或许是今天太累了，或许是用过餐后血糖下降，昏沉了……”他试图自圆其说，心里却一万个不愿意承认那不是幻觉。

他看仔细了，这副骨骸仍然十分完整，骨与骨之间都还连接在一起没有散落，他放下铁条，去摸摸它的脊椎骨。

这一摸，他马上感到全身发麻，连忙将手缩回，因为他碰到肩胛骨上还附了另一种骨头，那是跟蝙蝠手臂和指骨一样的骨头，换句话说，这只“狗”，生前有翅膀。

“这是绝种生物吗？”他的理性令他如此发问，但他熟知民俗神话，他知道它“应该”是什么。

木箱里的骨骸抖动了一下，麦尔斯博士也随之被吓得弹了一下。

他的手心泌出冷汗，以至于手枪把手无法紧贴手心，在他手中滑溜溜地瞄不准目标。骨骸抬起了头，空洞的眼眶朝麦尔斯博士看了一下，慢慢站起身体，两只没有皮膜的翅膀轻轻拍动几下，然后舒展腰骨。

“你好吗？”骨骸说话了，声音嘶哑，如磨砂纸在摩擦木块的声音，但语气异常柔和，还带有浓厚的苏格兰口音。

麦尔斯博士除了惊骇还是惊骇，满脑子在思考它的声带附在何处。他结结巴巴地回道：“托……托你的福……”他舌头打结，像咽了一块吞不下去的东西，他忘了门就在背后，伸手就能逃跑，但他只是呆立着直视骨骸。

事实上，他有点期待。

*** *** ***

“我们承认吧，”泰勒盯着挂在吊人树上的威廉，喃喃说，“那就是所谓的恶魔。”

“我……一直不想说出这个词，我以为只是传说……”乔治愣愣地望着它，它优雅的四肢捉着树干，几枝粗枝吊了几个人，每个人的脖子上都吊了缰绳，手足在风中摆动，下巴轻轻垂着晃动，似在交头接耳。

“恶魔不是传说，”泰勒很有把握地说道，“只是传说与事实有些不同。”

乔治听不懂泰勒的意思，此刻他心底有个更大的疑惑：“为什么？泰勒……为什么你叫它吊人树？”

“据说亨利八世在位时，这里有几个女人被控行巫而遭处刑绞杀，”泰勒清楚地说，仿佛面前正摆着一本书，“你知道，这儿没法国那么狂热，他们不流行烧人，而是吊人。”

乔治点点头，这正是他的论文范围，问题是，他不记得在各种英格兰猎巫事件的记录中有提及这个小村：“她们埋在这里吗？”

“按理她们的尸体是不允许被埋葬此地的。”泰勒耸耸肩，“不过谁知道？”

“麦尔斯博士告诉你的吗？”

“是我自己查到的。”泰勒咬牙说，“博士什么也没说。”

“它飞起来了！”乔治小声嚷道。

恶魔大概休息够了，展翅飞起，用脚爪把威廉轻轻提起，乔治追上前去，他一脚踏入黏湿的泥地，鞋底被烂泥吸着，举步艰难，他奋力拔腿，意图追上恶魔，他不想失去恶魔的踪迹，否则不知该怎么向博士交代——博士会相信吗？

“乔治！小心！”泰勒的叫嚷已阻止不了乔治，他重重撞上古老的铁栏杆，铁栏杆早已锈蚀，一撞之下竟整个斜倒。

“哎呦！天杀的！”乔治边咒骂边抚摸他首当其冲的高鼻子。

“它飞下去了！”泰勒跨过铁栏杆，雾灯四照，企图找到它着陆的地点。

它的影子正在不远的前方，有着尖尖的狗头，修长的狗身，四肢着地，要不是它背上还有一对巨大的蝙蝠翅膀，还真以为它只不过是一只狗。晕过去的威廉被扔在泥地上，由他缓慢的胸部起伏可知他仍活着。

这里，正是他们三人刚才来盖塑料布的坟场。

荒废的教堂响起钟声，当当当的，在雾中回响，传送到遥远的彼方去，雾水被钟声震撼，化成滴滴水珠打到他们头上。

“见鬼了！”乔治感到一阵恐惧，双腿不由自主地乱抖起来。

因为他知道，教堂的大钟早就倒在废墟的地板上了。

恶魔的翅膀一划，雾纱被割破了一角，他们才发觉恶魔就在眼前。

出乎意料地，恶魔的声音显得出奇地宁静和慈祥：“好了，把你们的朋友带走吧。”

接着，恶魔的身影慢慢转淡，渐渐与雾融为一体，最后完全消失。

他们奔跑过去，将威廉扶起，抚抚他的胸口，还有心跳，只是他嘴唇冷得发白，手指甲也发绀了。

威廉躺在一个洞口边，洞口不大，原本盖上的塑料布已被掀开，两人将威廉移上车后，泰勒又走回来想盖好洞口，这时他想起，这里今早刚挖掘出一个小木箱，或许是个小棺材，他好像还没编号。

盖上塑料布时，他不经意看见洞中还有一样东西，便伸手进去拿起。

那是一本书，一本精装厚皮书，装订方式看来十分古老，为何今早没被发现呢？

他将书本拿到吉普车前方，在车灯照射下翻看书本，心里奇怪为何书本没受潮，为何一本陷在泥中的书会看起来如此新颖？他看清楚封面，上面用烫金歌德体文字写了“撒马耳”（Sammael）。

“该死！”泰勒禁不住低声叱道。

他早该料到的。

***　***　***

麦尔斯博士忽然觉得眼前的怪物有种亲切感，他望着骨骸的脸，虽然在头骨上找不到一点皮肉，但他觉得它有表情，而且还满和蔼的。

“你忘记我了吗？”怪物扭动脖子，神色有些哀伤。

“忘记？”麦尔斯博士不明白。

“难道你忘记那个可怕的夜晚了吗？”骨骸说话时，全身咯吱咯吱的，“那些罗马来的入侵者将我们赶尽杀绝的夜晚？”

麦尔斯博士完全不知道它在说什么，却似乎有点印象，在他的记忆深处，已经轻轻扬起一片涟漪。

眼前的怪物，似乎不再是怪物，他已经毫无害怕、好奇的感觉。

他需要的是一个答案。

***　***　***

“这是什么？”乔治翻开手上的古书，里面写的文字似曾相识，却一个也看不懂。

“那是拉丁文。”泰勒用力踩油门，吉普车在泥巴路上飞快冲回农舍。前方的大雾似在让路，一路上往两侧散开，露出清楚的路线。

威廉在后座熟睡，还发出打呼声，对周围发生的事毫无知觉。

乔治对车子的速度感到畏缩，他悄悄地说："不能慢一些吗？"

"你看看天空。"泰勒说。

乔治依言探了半个头出车窗外。

大雾在空中破开一个大洞口，明月皎洁，照亮夜空中的浮云，也照出了无数在夜空飞翔的生物。

"我的天……"乔治目瞪口呆，他看见一群群有巨大蝙蝠翼的生物，有的是头上长有山羊角的人体，有的有修长的狼身，也有鸟头人身的怪物，它们全在空中井然有序地飞着，飞向他们前往的农舍。

"乔治，你手上的书，是一把钥匙。"

"什么意思？"

"Sammael，是恶魔之名，Sam是毒药，Sammael是光明与毒之天使，是源自古老苏美文明的恶魔。"

"泰勒。"乔治欲言又止。

"什么？"

"你好像知道很多。"

泰勒抿紧嘴唇，瞟了他一眼："我专攻恶魔学。"

"你是……"

"我一生的任务是找出恶魔，消灭它们，维护世界和平。"

乔治皱皱眉头："你是什么秘密组织特工吗？"

"什么秘密组织？"泰勒拉开衣领，露出里面的白领黑衣，"我是教皇的忠诚追随者，是神的选民！"说着，更加快了车速。

乔治不放心地望望仪表板，眼看车速越来越快，他开始担心，泰勒或许比天上飞的那群生物更加危险。

泰勒继续吼道："你们的麦尔斯博士显然是恶魔的信徒，我从一开始就怀疑了！"他飞快地望了眼乔治，确认他正在听："他这么匆忙要挖掘这坟场，这埋葬魔鬼信徒之地！他一定是想要寻找什么！看吧！"

乔治不知道该不该相信泰勒才好。

现在他开始担心的是论文进度了。

***　***　***

"不，我什么都不知道。"麦尔斯博士抱头道，"我怎么可能认识你？"

"是吗？"怪物的骨骸在工作台上徘徊，"那对于过去，你记得什么？"

他记得什么？他记得他在孤儿院长大，整日过着三餐不继的生活，由于肤色的关系，他受到院方管理人的歧视，他在不快乐的环境下长大，但他很争气，他天资聪颖，在校成绩很好，于是靠着一步步的苦读和打工，在壮年时期就当上了教授。

他专攻民俗神话，也说不上任何理由，他硬是对这门学科特别有感情，尤其是中东一带的神话，比如现代的伊拉克，亦即古代美索不达米亚地区的苏美人神话。

他觉得他在寻根，因为他的样貌。

麦尔斯博士从沉思中拉回现实，他戛然发现，工作台上的怪物好像长了点肉，它不再那么骨瘦如柴，脸上有了一层油光，空洞的眼眶子也慢慢有颗白色的东西在滚动。

“啊啊啊，”怪物说，“伙伴来了。”它的声音渐渐圆润，不再沙哑。

雾夜的空中聒噪非常，夹杂着夜鸟的啼声、山狼的嗥叫以及蝙蝠的尖锐叫声，天空似乎充满了生物，连麦尔斯博士在农舍中也听得一清二楚。

他真的一点也不害怕，一点也不担忧了，相反，他非常安心，从小到大，他从未如此安心过。

*** *** ***

“该死！”泰勒用力打了一下方向盘。眼看农舍已在眼前，吉普车却静悄悄的一点声息也没，油针无力地垂挂在最底端，油缸没油的警示灯在黑暗中闪烁着红光。

他看了眼手表，晚上九点，没想到他们已经折腾了三个小时。

泰勒从乔治手上拿过墓中发现的古书，开门下车，大步走向农舍。

“泰勒先生！”乔治向他叫道，“威廉怎么办？”威廉仍在后座没醒来。

“你扶他下车！我先去见博士！”

乔治嘟囔了一阵，他猜想泰勒也不信任他，因为他是博士的学生，如果博士是恶魔的信徒，搞不好他也是，不是吗？

乔治打开后座车门，扶威廉下车：“威廉！威廉！”他轻拍威廉的脸，“走，到农舍就暖和了。”威廉梦呓般应答了模糊不清的字眼，乔治扶着他，慢慢地一步一步走向农舍。

农舍在薄雾中若隐若现，可窥见少许灯光透出窗户。

他估计，这趟路他们大约要耗上二十分钟，而泰勒只消五分钟就到了。

他希望泰勒不要对博士做出什么不利的事情，他知道博士并不是什么恶魔信徒。

因为对麦尔斯博士而言，所谓“恶魔”，是强势宗教压迫弱势宗教而产生的术语，是在古民族战争、统治、俘役下，对失败者的信仰的贬低。

历史上，随着罗马帝国四处扩张，依附在罗马政治体系下的强势宗教，便四下摧毁各地的原始信仰，于是，所谓恶魔，遍地横生。某些神祇们，则被民间化为精灵，偷偷信仰着。

乔治抬头望天，看见恶魔们围绕在农舍上空，转着圈子，似是在期待着什么。

他望不见泰勒，泰勒跑入雾中，恐怕已经快到农舍了。

泰勒手上抱着厚重的古书，口中喃喃自语，他扯开外衣，露出里头的黑色圣衣，心里头澎湃汹涌。他已掌握恶魔的名字，据说得悉其名字，便能征服驱逐恶魔，他不停复颂驱逐恶魔的话语：“滚吧！滚吧！滚到地狱去！”是的，当年反叛上帝的天使，已经被打入地狱，被永劫之火焚烧，岂能出来缭乱世间？

他曾搜索麦尔斯博士的住家和研究室，只找到一堆学术书籍，连一本小说也没有，要是说有什么他是恶魔信徒的证据的话，那就是他没有《圣经》了。

还有一个不像证据的证据，就是麦尔斯博士的名字。

他已走到农舍门口，眼下答案就要揭晓。

他推开大门，麦尔斯博士看见他，眼神惊喜：“啊，你终于回来了！我还以为你们出事了……那两个孩子呢？”

泰勒对他的回报是举起十字，口中大嚷：“恶魔！”

麦尔斯博士气定神闲地站在工作台前，充满怜悯地望着他：“怎么了，泰勒？”

泰勒愣了一下，注意到工作台上站了一只小狗，有蝙蝠翼的小狗，双眼正冒出血红色的光，在直视他。

“博士，你与恶魔勾结吗？”泰勒又迫近了一步，手中的银十字在壁炉的火光中流动着黄光。

“泰勒，为什么你会这么认为呢？”

“因为这个。”泰勒从背后取出厚重的古书，“你的名字，其实是反映了恶魔的古名吗？”

麦尔斯博士瞥了一眼，脸上表情有了变化，他看见封面上的烫金大字，一时乍喜乍忧，他走近泰勒，一把抢过古书：“原来如此，原来如此……我完全了解了。”他转给身旁的恶魔看，“这就是你说的记忆吗？”

泰勒一时无法了解。

麦尔斯博士的脸渐渐变化，他的额头慢慢凸出，眼镜架不住在鼻梁上，掉落下地，眼球转成血红色，耳朵慢慢拉长，工作台上的恶魔兴奋得跳脚，高声叫道："他回来了！他回来了！"

"我终于明白为什么，"麦尔斯博士的身体长高，两片肩胛骨高高隆起，在背后伸展出两片巨大肉片，梳得服服帖帖的头发瞬间爆长，声音也变得低沉震耳，"我终于明白，为什么当我离开孤儿院时，会一直想要以山姆·麦尔斯（Sam Miles）为名了。"

"因为，"泰勒恍然大悟，"你本人就是撒马耳（Sammael）。"

"是的，是的，我完完全全记起来了！"麦尔斯博士高兴地呐喊，高兴得泪水迸流，"我终于找回我的同伴、我的下属，啊，往事如烟哪！"

"你是恶魔！"

"无礼的小子，什么恶魔？苏美人崇拜我时，我可是正义之神呢！"

"你是毒之天使！"

"你们的教典首次提到我时，还说我是天堂警卫呢！"

"可是，你跟恶魔长得一模一样！"

"孩子，"麦尔斯博士已经不再像麦尔斯博士，他比泰勒高一倍，孔武有力，随意挥指便能撕碎泰勒，"孩子，我不怪你年幼无知，你们的神跟我并没什么不同，我们都不是这个世界的生物，但千年以来，我们受尽欺压，被你们的势力步步迫害，为我们挂上种种恶名，令我们无容身之地，所以今天这一切，够了！"

泰勒战栗地仰望他，口中不住念着驱逐的话语，话语却像撞上空气般，消失得无影无踪。

"不过，我还得谢谢你，"他对泰勒说，"我自我放逐多年，这本书和这位伙伴，”他望向工作台上的小狗，“是我当年埋下，重新唤醒自己的钥匙，而今在你的帮助下，我重新寻回自己，也为我族往后的重生之道找到了方向。泰勒，我当初果然没找错你。”

泰勒完全不觉得受到了恭维，他更卖力地念驱逐辞，还从怀中取出圣水，泼向博士。

“所以，再见了。”

工作台上的小狗飞起，博士也扬起巨大的翅膀，翅膀上有银白色的羽毛，映着月光，泛现银泽，他冲向泰勒，擦过他身边，穿门而出。

门外，乔治正好扶着威廉抵达，被冲出来的博士一撞，两人摔倒在地，乔治感到五脏六腑几乎被这重重一击撞散了。乔治一照面，认出博士变形后的脸，赶忙用尽全力吼出来：“博士！”

正要冲上天的博士回头望他一眼，翅膀一收，便轻轻落地，站在乔治面前。

看着前面庞大无比的博士，乔治一时语塞。

“什么事，乔治？”博士的声音令农舍也在微微震动。

“我……我们的论文怎么办？”

“噢，对不起，差点忘了，”博士沉思了一下，“我回学校安排一下好了，我会替你们找另一位指导教授的。”

泰勒又冲出大门，高举银十字，声嘶力竭地嚷着驱逐辞。

“泰勒，”博士向他说话了，“我不会忘记你的薪水的，现在我回校安排，你们则恐怕要等两天，大雾才会散完，所以我把学生交给你了。”

泰勒愣了半晌，眼睁睁看着博士再度展翅，飞上夜空。空中有一大群同伴在迎接他的归来，纷纷兴奋地喋噪起来，然后全部一起远飞，消失在夜空中。

泰勒傻着眼仰望夜空，毫无知觉的乔治已将威廉抬进农舍。

“泰勒先生！”乔治在门口叫他，“该吃晚餐了！”

“啊？”

“你要玉米浓汤还是鸡肉浓汤？”

想了一会儿，泰勒才回答：“玉米好了。”然后拖着无力的脚步走进农舍。

四 日 大 雾
4-DAY FOG:
/

红 色 篇 章
RED CHAPTER

吸血鬼疑案
A Case of Blood Sucker

引擎般的声音在雾中回响

渐渐越来越清楚了

“砰”的一声

一堆毛茸茸的东西闯入

巨大的眼睛在窗户间抖动

身体被卡在外面塞不进来

这里仍然保留了许多中古时代的黑暗。

开始是黑暗的阶层制度，人命如草，黑暗是古时空气的一部分，然后进入工业时代，工厂和居民大量焚烧煤块，将整个城市的砖块和屋瓦熏黑了。

史密斯踱步在古老的街道上，虽然石砖路面早已铺上了沥青和水泥，依然掩不去城市的阴森和潮湿，他走过每一扇门、每一道窗户时，都会感到整片空气沉浸在混沌的、令人透不过气的伤感中。

他了解开膛者杰克曾在这条街道上徘徊，在黑夜中寻找祭品，满足他嗜血的欲望，虽然斯人已逝百年，砖缝间的血腥仍隐约留存。

史密斯推开一道门，这里是他小小的办公室，负责一些小小的侦探事务，通常是外遇跟踪之类的，门口的铜制招牌上写着“约翰逊与史密斯”，严重褪色的铜字暗示他的生意年代悠久以及长期不振。他拨开办公桌上的文件，文件上扬起一阵尘埃，他从抽屉里拿出一小瓶酒，视线正好碰到桌上的一张照片，是他年轻意气风发时，与合伙人神采奕奕的合照。

他摇摇酒瓶，只剩几滴，便不满地踢了旁边的椅子一脚，将正用报纸蒙头大睡的合伙人弄醒，报纸滑到地上，他一手抓起，拍在合伙人头上："你是不是偷喝我的酒？"

跟他一样长了个啤酒肚的合伙人，正因惊醒而睡眼惺忪："原谅我，戴安，我没跟维多利亚鬼混……"说着，又倒回椅子上沉睡，鼻息中呼出浓浓酒精。

他感到无力，摸了一把口袋，还能到老莫那里来一杯。

他将手上的报纸摆回办公桌，觑上一眼标题："吸血鬼重现伦敦"。哦，是吗？那上一次是什么时候来着？大概是上个礼拜刚下线的电影吧？他还记得女主角被咬穿脖子时，叫得有多骚。他知道这不过是一份八卦报章，上次还报道过狼人从飞碟上下来呢。

史密斯推开大门，外头冷空气又呼呼地涌了进来，侵袭他那原本就没钱开暖气的斗室。

他再步入街道，忍受着又重又湿的冷空气，期待着与老情人欣蒂见面。她跟他认识多年，从当红交际花到过气舞娘，他们都未曾远离过对方，每个星期都会在对方身上互觅一丝温暖。

时而，他们会聊到未来，他们知道纯属幻想，但这种幻想能令他们有种短暂的满足感。

"还是先去老莫暖暖身子吧。"他想。

他经过欣蒂居住的廉价公寓门口，往里头瞄上一眼，嘿，守门的老头好像又不在了，他拉开玻璃门看看，果然柜台是空的。

那老头总是不知偷溜到哪儿去了，有时史密斯会看见老头在老莫酒吧流连，好像早已有人代替他守门似的毫不担心。他拿着一个早已喝干的杯子，不断地吸着、舔着，试图享尽哪怕是挥发在杯中的酒精也好。时而史密斯会上前搭讪，老头会涨着被酒精热红的脸，小声告解道："我不过出来散散步，你知道，在那里坐上一夜，屁股会生蛆的。"

史密斯合上公寓玻璃门，再透过玻璃看了一眼，空洞的柜台令人觉得怪怪的，原本应当有人在的位置，似乎回荡着一股幽魂……哦不，是一股尿骚味。

天色早就入黑了，街道上的车子挤成一团，车灯一盏挨一盏排列着，有如提灯的行列，高高的路灯昏沉沉的，只足够照亮灯柱。

史密斯脑中计算着，再下一条巷子便是老莫所在了，搞不好公寓守门老头也在那边呢。为了抵制寒冷，他用轻快的步伐跳动行走，皮鞋敲击着水泥地面。眼前有一批人聚集在人行道上，他们聚在电器行橱窗观看免费电视节目，现在该是新闻时间吧？

电器行要休息了，老板已在门口挂出"打烊"的牌子，在柜台忙着结账，还不时瞄看橱窗外的人群，一脸厌恶。史密斯边走边通过人群的空隙观看电视，不经意撞上一名瘦个子。

史密斯赔了个不是，那男子用痛苦又无力的眼神望着他，接着整个人倒在他身上，他措手不及，任那男子由他身上滑落，软绵绵地瘫在地面。

"嘿！怎么了？"史密斯蹲下身体，小心扶起那男子的上半身，他没酒味，他不是喝醉了。看电视的人们惊奇地围上来，史密斯喊叫着："谁去叫救护车？"有人响应说他去打电话，便钻进路旁的电话亭去。

男子无力地拉扯史密斯的衣领，嘴唇不断地颤抖开合，惨白的皮肤血色全无，史密斯这才发觉，男子颈部有一个不大不小的圆孔，圆孔周围还有一圈干硬的血块。

警方很快就抵达了，倒霉的史密斯被盘问了很久，还被请去警局一趟，他试图拒绝："对不起，我事先声明，我还没用晚餐，问题尽量短一点，而且在这里问，好吗？"

警察答应了，还是跟他问了半个小时，伤者是认识的人吗？从哪里走过来的？当时他外表看起来如何？史密斯被逼着去回想那短短数秒钟发生的状况，边回答边肚子咕噜咕噜叫。

在救护车来之前，他曾端详那男子，感觉他整个人虚脱得松垮垮的，像是枯掉了。

"他脖子上是不是有两个洞呀？"史密斯反问警察。

警察挥动原子笔，瞟他一眼："一个。"

"他看起来好像整个人没血了，是吗？"

"好了，多谢你，"警察在纸上签名说，"请不要四处宣扬。"

"什么？"

"免得引起市民恐慌，好吗？"警察也递给他签了口供，"我们会再联络你。"史密斯感觉到警察在威胁他。

史密斯如释重负，他已经饿得喉头发酸，饥饿的信号像槌子般击打他的胃囊。他改变主意了，或许他该回头去欣蒂家，欣蒂应该不在，晚上正是她的上班时间，不过他可以去煮点东西吃。

不知不觉中起雾了，昏黄的路灯令雾气更加模糊，稀落的人影令大雾鬼影幢幢的。现在大部分的人都回家了吧？正在暖气旁与家人共度夜晚吧？史密斯自觉没有那份福气，大概以后也不会有，他只想填填肚子，让自己有虚幻的短暂幸福，于是他踱回欣蒂的公寓。

当他再次看见公寓的玻璃门时，心里起了一股异样的感觉。

守门老头仍然不在柜台，但柜台上有个脏兮兮的瓷杯，盛了冒烟的黑咖啡，看来像是有急事离开了一般。

史密斯又饿又疲倦，他拖着身体步入老旧的电梯，靠在电梯内壁上，只等这部机器将他送上去。他忖度着欣蒂的冰箱会有些什么，包装鲜奶和柳橙汁是少不了的，但他期望有一些能填饱肚子的东西。

当他打开欣蒂的家门时，寒风从门后一涌而出，吹得他马上哆嗦起来，感到脸上结上一层硬块。他看见窗户没关，刚起的大雾阵阵涌入，房里又湿又冷，风声在窗外的空间探索，当一阵雾气扑面而来时，他打了个大大的哈啾。

史密斯冲去窗户，他听见风声，不，不是风声……他迟疑片刻……那有点像飞机引擎声，又像烦人的苍蝇声。他甩甩头，伸手出去将两扇窗户合上，窗户一合上，立刻“砰”的一声，玻璃震了一下，有重物撞上，他在惊惶之下看见一个全身长满刺毛的庞然大物。

不过惊鸿一瞥，那怪物早已掉落下去，他想探头张望，但不敢再开窗。

“那是什么？”他不断困惑地自问，“刚才那是什么？”

透过街灯，他看见窗户玻璃上有一摊黏黏的透明液体。

大概是错觉吧？恐怕是夜鸟或蝙蝠见到灯光，不小心闯上来了，雾那么厚，也难怪他看错的。

“我一定是饿昏头了，”他安慰自己，相信他强烈地需要食物。史密斯胃囊一阵抽搐，再次提醒他还没吃晚餐，他惊惶未定，两腿还有点发软，他扶着沙发走路，手掌一按下沙发，一片潮湿便沾上掌心，带给他颤抖的沁凉。

他打开冰箱，果然有柳橙汁和鲜奶，还有一条芹菜，就如同在犒赏他一般，冰箱里还躺了半个比萨，他欢呼一声，将比萨放进烤箱，又拿了个小锅煮热鲜奶。

欣蒂家里没电视，他扭开收音机，边吃边听新闻报道，气象局警告大雾引起能见度甚低，开车的人要小心。他想，今晚大概也有很多人风湿病发作吧，至少他自己的左脚膝关节就在隐隐作痛。

欣蒂家里的暖气令他渐觉暖和，他这才脱下外套，想起冰箱里好像有冰激凌，不如就当成饭后甜点吧。他去打开冰箱，冰激凌装在一个袋子里头，袋中还有店家置入保冷的干冰。

饱食一顿后，睡意便悄悄侵袭上来了，他感到意识变得朦胧，脑袋瓜有点旋转，心想反正来了，不如去洗个热水澡，欣蒂不会怪他花费那么一点水费吧？他洗干净碗碟，先去打开瓦斯烧开水，到欣蒂的寝室去翻出一条毛巾。

为了避免空气太闷，也避免瓦斯漏气，他将浴室窗口推开一道小缝，才开始放洗澡水。

他翻看欣蒂的药橱，看看有什么用起来很舒服的洗澡用品，但没找到什么，毕竟欣蒂也不富裕，肯捧她场的男人逐年减少了，收到的礼品自然也不会多。他估计欣蒂还没那么快回来，或许他该尽点心力，洗澡后整理一下房子，让她回来时有个惊喜吧？

水龙头的水流得不快，他百无聊赖地等待，想起刚才吃冰激凌还有剩下的干冰，戛然想起小时候做过的实验。于是他将袋子取来，摇摇袋子，里头的干冰互相争吵着，他记得小时候老师说过干冰是固态二氧化碳，只要碰到水就有好玩的事……他将它们一股脑儿抛入盛水的盆子中，一股白烟倏地喷出，像水一般流满盆子，史密斯不禁高兴得咯咯笑，感觉像回到儿时，无忧无虑地试试这个，试试那个，偶尔还闯闯祸。

“砰”的一声，打断了史密斯的思绪，是窗口传来的。

他心里一阵毛骨悚然，不敢挨近浴室窗户，有东西不断在撞击，将原本开了道缝隙的窗户撞得合了起来，那东西疯狂地撞着，不闯进来不罢休。浴室窗户是毛玻璃，看不清外头，外头街灯也只照出它模糊的轮廓，但除了狂乱的影子，压根儿看不出是什么。

史密斯恐惧万分，完全乱了步调。

忽然，撞击停止了，外头一片宁静，玻璃上有一道小裂缝，正缓缓透入雾水。

史密斯冷静了一点，他找到长水管，接上水龙头，脚步小心地移近窗户，轻轻推开一些，一阵雾气马上钻了进来。

来了！他听到那怪声了，引擎般的声音在雾中回响，渐渐越来越清楚了，“砰”的一声，一堆毛茸茸的东西闯入，巨大的眼睛在窗户间抖动，身体被卡在外面塞不进来。

史密斯打开水龙头，将水放到最大，拇指按在长水管开口，一道强劲的水柱射向窗口，那怪物似乎吃了一惊，史密斯听见激烈拍动翅膀的空气振动声，然后怪物消失在夜空中。

史密斯喘着气，警觉性令他一时精神抖擞，他放胆走到窗口，探头张望，什么也没看见，下方的街道行人稀少，但雾气中依稀留存一阵酸臭腥味，他认不出是什么气味。

“我看到它了。”他告诉自己，犹豫了一会儿，终于决定继续泡澡，洗去刚才泌出的一身冷汗。

洗完澡，他披上毛巾坐沙发上，等欣蒂回来，但欣蒂一直没回，听着午夜电台，便在沙发上沉沉入睡了。

朦胧中，他感到有人吻了他的脸一下，伴着香水和口腔的酸味。“欣蒂？”他问道，窗外白茫茫的阳光稍嫌刺目，他不禁抬起手臂遮眼。

“宝贝，你等了我一晚吗？”欣蒂已经回寝室卸妆了。

“你昨晚没事吧？”他摸摸沉重的脸，摸到两腮粗糙的须茬儿。

“没事，会有什么事？”欣蒂的语气听起来很欣悦，“查理请我去他家喝酒聊天，他煮的龙虾还真可口。”

“哦，”史密斯发现自己一点也不妒忌，“你真的没遇上什么怪事吗？”

“怎么了？”她已换上浴袍，准备要沐浴了，“你看起来脸色很差。”

“没事。”他一骨碌爬起来，沙发已被屋里的暖气弄干，但他披着的毛巾下方依然有些潮湿，“对了，你昨晚出门忘了关窗。”

“噢！”

“可别让房子长霉了。”他亲了欣蒂一下，向她道别。

趁欣蒂发现他吃光了冰箱里的食物之前，他得争取时间溜走。

搭电梯到楼下，守门的老头还是不在，但昨晚在柜台上的咖啡已经不在了，显然柜台还是有人，只是碰巧没遇上而已。

推开玻璃门要出去之际，他忽然觉得怪怪的。

他转身回柜台，看见柜台后方有一摊黑色液体的痕迹，杯子碎片四散。

再走进一些，他才看见一个像袋子的东西，是软成一摊的守门老头，全身如同泄气的气球，皮肤完全贴在骨架上，惨白得如同刚发好的面团。

当然，脖子侧边开了一个洞。

史密斯转身离开，他不想报警，不想再被纠缠着问口供。

他推开玻璃门，犹豫了一下，谨慎地透过玻璃观望外面，看见有不少行人。也是啦，现在大白天，虽然阳光不强，但吸血鬼总会怕阳光吧。

但现在是秋季，日照时间甚短，吸血鬼有充分时间活动，所以他必须快。

他冲出门外，快步走回两条街外的办公室，门锁了，他的合伙人还没来。他用钥匙打开门，翻找垃圾桶，找到昨天的报纸："吸血鬼重现伦敦"。这份报纸的报道向来是空穴来风，但这次看来有几分真实，史密斯细心嚼完了报道，基本上跟他看到的一样。

现在是大白天，吸血鬼应该还不会出现。

他关上大门，到最近的地铁站去，乘地铁去公共图书馆，翻查跟吸血鬼有关的专著。他借了几本书回办公室，泡杯咖啡，细细阅读。

"哇，你疯啦？"合伙人大惊小怪地说道，"我上一次这样看书，是二十年前呢。"

没错，自从中学以后，他很久没好好坐下来看完一本书了。

"有没有生意？"他头没抬起来问合伙人。

"离婚，我要出去查外遇证据。"合伙人拿起大衣，经过他身边。

“顺便买酒。”

“什么？”

“你昨天把我的喝光了。”

合伙人一言不发，甩门出去。

史密斯看了一个上午的书，觉得两眼昏花，他走到街上去买午餐，顺便听听街头耳语，那些耳语常带给他许多信息，上次他就是这样才弄清楚女人有多狡猾，才帮他的客户找到老婆外遇的证据，他觉得女人要偷腥可比男人高明多了，她们的迂回战术真的满不容易识破。

他倚靠在行道树上，吃着炸鱼和薯条，这附近连一小块有长椅的公园都没有，他只得在缓缓寒风下吃午餐。在他习惯性抖动的脚下，落叶聒噪不已，他特地选了这处视野广阔的行道树，好看清楚四方走动的人们，或者……空中出其不意的来袭。

吃完午餐，他决定回办公室打报告，顺便算一算账单，这样子就可以约好客户交差拿钱了。

那天他办完事，便趁天黑前早早回家。

他在家里草草烤了面包，煎几条香肠来吃，边吃边看借回来的书。

天色快暗下来的时候，他赶紧合上窗户，猛然想起应该打电话给欣蒂，叮咛她关窗。他打了电话，响了很久，欣蒂没接，她大概提早上班了，要不然就是那位什么查理请她吃晚餐去了。

这样也好，如果欣蒂因此找到个好归宿，也总比跟他这种人厮混来得强。

他放下话筒，又继续啃书。

读了一夜，他读明白了，吸血鬼是自古流传的异物，以前的人还相信死后多年不腐的尸体就是吸血鬼，而吸血鬼跟德古拉扯上关系，还要拜流行小说和电影所赐。

书上说以前每逢有吸血鬼传说，人们都会到坟场去寻找未腐烂的棺木和尸体，将它们斩碎烧成灰。

“可是……”史密斯心里蒙上巨大的疑团，他不知道他看见的是什么，但绝对不是复活的尸体。他忆起窗外的模糊轮廓，那不是巨大的蝙蝠，也没有德古拉的斗篷，那双大眼不是人的眼睛！或许是恶魔！是的，必然是恶魔，否则怎么会做出如此恐怖的事呢？

他揉揉疲倦的双眼，眼睛因看书太久而热腾腾的。天气很冷，暖气似乎起不了什么作用，但至少不会湿黏黏的，所以他没洗澡便上床去了。

“晚安伦敦。”他嘀咕着入睡，暂时忘却了夜空中的怪物。

秋叶横卧的伦敦陷入一种贫血性的紧张，虽然警方一直没透露任何消息，但吸血鬼传说早已经由耳语深入民心。人们互相告诫，天黑后千万别开窗，即使一丁点儿缝隙也不要，夜晚的活动减少了，酒吧生意大受影响，因为即使不相信吸血鬼存在的人，也怀疑是不是有什么变态杀人魔在活动，在邪恶眷爱的黑暗中寻找受害者。

入夜后的伦敦一片死寂，只有街灯淡淡的亮光映照街角。

到目前为止，仍没有一个对吸血鬼的详细描述，它仍是空中的一块谜团。

它饥渴地在空中飞翔，临着高空夜风，伦敦的地面不断升起一股股的二氧化碳，它感觉着那些热气，搜索合适的目标，一个甜美的目标。

它在夜空徘徊的声音，有人听见了，还以为是耳鸣的声音。在不远的彼方，它媚人的声音吸引了另一巨物，那巨物飞来紧捉它的脚，陶醉地互鸣。在短暂的相聚中，它们陷入一片热情，在空中缠绵起来，不久它们决定飞过市郊，飞越建筑物上方的避雷针，飞到在冬夜依旧臭气熏天的沼泽。

沼泽是腐尸群聚之地，会发出阵阵温暖的腐败气体，所以它们喜欢。

在它们眼中，沼泽的色彩瑰丽极了。

它们在这片温暖的湿地上舞着挑逗的步伐，由试探、轻触到剧烈，最后回归于宁静。

然后，它们连道别也没一声，便各自飞离对方，去寻找消耗大量体力后的补充品了。

一大早，报纸上的消息震撼了市民们。它没有被置于明显的头条，但已经令大家的猜疑纷纷有了结论。

“连续吸血事件侵袭伦敦”，报章上这么写。

警方终于觉得再也掩盖不下去，是提醒大家小心的时候了。

史密斯也看到了消息，报章上没提供什么线索，警方只有些模糊不清的描述，除了死者脖子开洞之外，几乎没再说什么。反倒是昨天的八卦报纸说得还比较清楚：十月底刚入冬，便发生第一宗，短短数日已有三十余宗。警方驳斥此说，认为是变态狂人干的……

怪物曾经是人们生活中的一部分，曾几何时，人们已经不愿承认怪物的存在。

“或许人们已经不需要怪物了。”史密斯嘀咕道，因为生活压力比怪物更可怕。

他整理好一份调查报告拿去给客户，期待今天口袋会有进账，但当他抵达客户办公室时，秘书小姐告诉他的是——她的老板——他的客户，已经在昨晚过世了，正在准备葬礼。

“可是，”史密斯气急败坏地说，“我还有一堆账单要跟他拿钱呢。”手中不断舞动厚厚的牛皮袋。

“对不起，先生，我们无能为力呢。”

史密斯争执了很久，秘书只一直说她老板去世了，请他说明他来的目的，他又不便明说，于是便问：“现在谁负责这家公司？”答案是老板的遗孀。

“这下可好了。”史密斯舔舔唇缘，不住咬牙。这遗孀正是他花了一个星期跟监的对象，他还拍到她外遇的证据，那老头子客户娶个这么年轻的美娇娘，果然迟早要出事的。

他留下名片，叮咛秘书一定得交给老板娘，然后逃也似的回到街上，希望无力的阳光能稍稍温暖他。

他想想口袋里仅剩的钱，想说正好补偿欣蒂的牛奶和比萨，于是他买了一个大比萨和几包鲜奶，回到欣蒂的公寓。现在正是午后，欣蒂尚未上班，现在报上刊登了这样的新闻，恐怕今晚也没客人了吧？

公寓楼下换了位守门员，也是一位老头，正趴在柜台上细心地填着乐透彩，瞄也不瞄史密斯一眼。史密斯望见地上仍遗留一摊黑迹，心想不知那天是谁发现尸体的呢？

史密斯直接乘电梯上去，要开门时，听见里头的电话一直响，在他进去时正好断掉了。“欣蒂不在家吗？”搞不好她是还没睡够，故意不接听呢，她以前就常常这样。

他一边将比萨摆到厨房桌上，将鲜奶摆进冰箱，一边喊道：“欣蒂，吃午餐啰！”

史密斯正想先享用一片比萨的当儿，电话响了。

他犹豫了一下才去接：“哈啰？”

“欣蒂呢？”对方很不客气，史密斯认得出，那是欣蒂工作的夜总会经理。

“她不在。”

“你是哪个家伙？”

“不关你的事，”史密斯也不跟他客气，“你又是哪根葱？”

“我是他老板！叫她今晚一定要来上班！”

史密斯知道欣蒂向来守时：“她没去上班吗？”

“从昨天就没来了！”

史密斯感到心里荡起不祥的旋涡，他搁下电话，轻步走到欣蒂的寝室，床上没人，枕头和被单都打理得整整齐齐的，还摆了件熨平的衣服，像是想要换上它外出的样子，史密斯找了床底，打开衣柜，没人。

他沉思了一下，床上的衣服怎么回事？欣蒂准备要出门吗？

于是他步向浴室。

浴缸的水装满了，已经冷了，冷得像寒冰，原本浮在水面上的肥皂泡也消失了。

欣蒂在里面，只剩一层皮附在骨架上，脖子上有个狰狞的大孔。

天气很冷，但欣蒂还是发出了些臭味。

史密斯掩着嘴巴，不敢置信地睁大眼，他奔回电话旁，冷静地说道：“我要报警，欣蒂……死了。”但电话那头早已挂断了。

他挂上电话片刻，再拿起来报警，详细交代后，他再回到浴室，悲哀地望着欣蒂，看见她半开的嘴巴，似在诉说她面对突来的惊慌，由于肌肉萎缩，她的眼珠子掉了一半进眼眶。

他不忍让欣蒂浸在冷水中，不忍欣蒂待会儿要赤身裸体面对一堆警察，但他不能移动任何东西，那会破坏现场。

死在秋冬是多么令人伤感的事，天气那么冷，他绝对不要死在这种阴冷的季节，打从很久以前他就决定了，要死，也得死在夏天，死在阳光灿烂、午后九点才日落的夏天。

他想哭，却哭不出来，回想过去与欣蒂的种种，发现居然没什么好回忆的，连一点特殊的记忆也没有，他们只不过是下层社会中互相扶持依赖、希望寻找自己存在感的可怜虫而已。

他擦擦眼，决定先下去找守门老头，他是管理员，或许正巧知道什么。

守门老头不在，柜台上空空的，大概是跑去买彩券了。

他站在公寓门口等候警察，站在初冬的阳光下，阳光不强，弥漫的雾气未散，加上城市恶臭的光化学烟雾，阳光的热量变得稀薄。他点上一根烟，享受阳光带给他的安宁，阳光是安全的，吸血鬼不敢在阳光下出现。

警察来到时，他正打算点第二根烟。他们问了他许多问题，他将知道的全告诉他们了，当他们问至欣蒂的家人时，他发现他只知道欣蒂有一位叫威廉的哥哥，他一次也没见过。

折腾了许久，他踱步回到办公室时，太阳已经偏斜了，他加快脚步，免得沦为吸血鬼的点心。办公桌上有一则留言，是合伙人留给他的，那位客户的遗孀打电话来，说对他手上的东西有兴趣，请他明天上午过去一趟。

说时迟，那时快，外头的太阳下落得很快，没两下子竟全暗了下来。看来他得在办公室过夜了，要不然就是冒死回家去。

他打开暖气和收音机，翻看今天的报纸。外头又大雾了，人声和车声穿过大雾，显得阴沉沉的，任谁都会疑神疑鬼的。这令他不禁又怀疑，吸血鬼是不是人们的集体幻想，实际上是一位连续杀人犯在肆虐？

不对，欣蒂不只是被吸血而已。

她是被整个吸干的，皮肤几乎全贴在骨骼上，印出整副骨架，她的内脏、肌肉似乎完全消失，只剩下一层皮囊。

这不会是人类的行为！

他盯着办公室大门的那片毛玻璃，外头已没人走动，只有风声穿入门隙带来的呼啸声，听得他起鸡皮疙瘩。戛然，他听见低沉的引擎声，他浑身收紧，细心聆听，是那声音，他熟悉的声音！他赶快将电灯关掉，街灯昏沉的灯光透入毛玻璃，让他可以猜测外面的动静。

引擎声经过一趟又一趟，远去了又回来，似乎十分焦虑，大概早报刊出新闻之后，今晚没人敢出门，待在家里也将门窗紧闭，它找不到食物，正忧心如焚。史密斯真想开门去瞧瞧，但他没这个胆子。

那引擎声忽然稳定了一下，随即加速离去，想是发现目标了。

史密斯松了口气，躺到椅子上去，摸摸抽屉，希望找到酒。果然有一瓶，满满重重的一瓶，尚未开封，他的合伙人果然守信。史密斯喝得一滴不剩，将今天的一切不如意忘个精光。

清早八时，太阳才刚升起，他便准备了牛皮纸袋，将客户遗孀的外遇资料全整理好，又将原版底片带去。乘地铁转了两次车，抵达客户的公司时，已经是上午八点半。

冬日的早晨，太阳爱晒不晒的，天空一脸阴霾，连眼前的办公大楼也一片死沉沉的淡灰色。

他来到客户的办公处，整整衣冠，推门进去，却一个人影也不见，整个接待厅安静得出奇。秘书小姐不在她的座位上，通往内部办公室的木门半掩着。

他感到一丝不祥，一种与昨天迥然不同的气氛立刻笼罩上来，令他不由得夹紧腋下的牛皮纸袋。

所有日光灯管都是亮着的，正发出吱吱声，没有暖气，一片冷清，似乎没人在上班。

他咽咽口水，步近办公室的门，皮鞋踏在地毯上，安静得没发出声音。他推开办公室的门，一名职员倒在自己的椅子上，张口朝天，整个头软倒在背后，颈上端正地开了个洞。另一名伏在地上，露在长袖外的手掌苍白瘦弱，薄薄的皮肤附贴在掌骨上。

顿时，他听见自己的心跳在加速，心脏强烈地撞击胸骨，连耳膜都被鼓动。

这一次，他感觉到怪物正慢慢地接近他。

办公室内的窗户是往上拉开的，外面清冷的空气正缓缓流入，但史密斯闻到的，是浓烈的死亡气息。

“今天是那一天吗？”他自问。

办公室里有好几张桌子，死尸只有两具，看来其他人不是还没上班，就是逃跑了。他感觉到，吸血鬼还没离开。

现在是大白天，吸血鬼不敢飞出去吧？

这些人是早晨被攻击的吗？吸血鬼是白天进来的吗？

史密斯可以想象，当有人开门，或是开窗，昨晚饥饿了一夜的吸血鬼迫不及待地闯入，吸食它遇上的第一个人。

对，昨晚大概全市都没人敢上街吧？抑或街上猎物太少，吸血鬼无法摄取足够食物？史密斯胡思乱想，推论这一切发生的理由。他应该逃跑吗？他该逃往哪一个方向呢？

吸血鬼在哪里？

微微振荡的引擎声回答了他的疑问，他猛然抬头，看见天花板上一只狰狞的巨物，正背对地面，肢足附在天花板上。

它浑身乌黑，长满刺毛，躯体上有黄色斑纹，由薄膜组成的翅膀也布有短毛，对空气的轻微抖动都异常敏感。它的肚皮因吸了两个人而饱胀，显得有些隆起，半透明的肚皮内隐约可见红色的液体，混合了黄白色的脓状物。

它有饱腹感了，平日这样就够了。

但今天不够！它还需要更多！

寻找了一整晚的猎物，疲累的它伏在墙上休息，即使太阳出来了，它依然不愿飞回沼泽，当它一察觉有股热气在身边涌现时，它毫不迟疑就飞了进去。在它眼中，热气是耀目的亮光，二氧化碳是甜美的味道。

当它攫住猎物时，猎物紧张的喘息，更加重了空气的甜味，令它兴奋莫名。

享用了两个人之后，它还需要更多！它知道又有一个猎物靠近了，但它希望等一会儿，待它先将腹中物消化掉一些，才再多补充一些吧。

史密斯先是惊奇，随后才察觉一切的合理性。是的！这一切多么完美！倒挂在天花板上的，是一只庞然大物，一只蚊子！而且它应该是母的，因为只有母蚊才嗜血！

蚊子时不时振一下透明的翅膀，似乎正在休息，对，家蚊白天都在天花板上，它发现他了吗？不，它或许正沉醉在饱食后的微醺感中，意识正模糊，没发觉他的出现吧？

不，巨蚊的翅膀正蠢蠢欲动，血腥的欲念已自它身上迸现，它需要血。

史密斯轻轻移动脚步，准备逃走，而巨蚊正在搜索他的方位，确认他的方向，准备一举扑上吸干他。

史密斯转身回头，冲向门外，但他动作太快，一时没注意而被椅子绊倒，他才刚倒地，头上便倏地掠过一阵冷风，巨蚊扑了个空，六足抓到办公室门上，它的重量将门推得关上。

“该死！”史密斯低咒一声，赶快推开尸体，钻到办公桌下。他拼命想办法，先是搜查大衣口袋，希望找到一些能用的东西，比如一把小刀片什么的也好。他紧张得呼吸愈加急促，二氧化碳不停从他鼻孔涌出，表皮的热量增高，红外线披满他的表皮，在蚊子眼中，他又夺目、又甜美。

蚊子站在门上，重新搜索，它看见二氧化碳和红外线了，它振翅冲过去，伸长尖刺，但它撞上了办公桌的边缘，它奋力压低身体，想将尖刺伸进去，眼前的猎物是多么接近，但它却插不到他！焦虑不已的它已分泌大量唾液，还喷了一些出来。

史密斯在地上捡到一本厚重的活页夹，他用力拍打蚊子的尖刺，蚊子忙回身飞上去，它可不能冒险伤了吃饭家伙。它两根巨大的触角在空气中挥动，确定猎物仍在挥动那可怕的重物。它明白为何不能有效地一举刺中猎物，因为这次对方有了预防。

它冷静地挂在天花板上，静待对方移动，它还可以等。

史密斯用力拉出抽屉，将几个抽屉拉到身边，缩在桌底寻找有用的物件，他找到削铅笔的小刀，还有一把精美的开信刀，看样子没什么杀伤力。

他从桌底下的狭窄视角环顾，赫然看见墙角的一罐灭蚊药！

他兴奋地加重吸气，脚下想冲过去，但蚊子可能比他还快，而且，那瓶灭蚊药搞不好是空的。

正在此时，门打开了。

史密斯听见一声尖叫，他抬眼一看，是他客户的遗孀。

他怎么没听见她的走路声呢？对了，地面铺了地毯，外面大门也是安静的弹簧门。

“危……”他一个字尚未出口，蚊子已飞扑过去，尖刺结实地插入她的锁骨之间，用长长的舌头顶住，固定好位置，马上将准备好许久的唾液灌入。

那女人一个字也发不出，她只感觉到一股灼热的液体灌入身体，还来不及感觉痛苦，神经已经被溶化，内脏也化成浆液，变成容易吸收的液态养分，蚊子的肚子正不停充血，将女子花了三十余年经营、保养、维持的肉体分解成能源，提供它一日所需。

史密斯冲出桌底，他算计巨蚊不会这么快享用完大餐，他抢到灭蚊药，抓在手中，好轻！摇它两下，只有微弱的水声，该死！真的是空的！他猛觑一眼蚊子，只见被它逮住的女子已经软软的像一片布袋，他慌张四顾，看见另一墙角还有一罐灭蚊药。

他抓起拆信刀和削铅笔刀，奔向另一墙角，巨蚊已扔下女子，振翅转身，在这狭小的空间扬起一阵旋风。

史密斯飞快扑向墙角，抢过灭蚊药，有重量！是满的！他回身朝蚊子喷射，正好射到它的舌刺，蚊子毫无反应，对准他脖子刺过去，脖子侧面是最佳刺入点，因为那里有粗大的动脉经过，动脉会发热，还会有节奏的、悦耳的鼓动。

史密斯不让它得逞，一把握住蚊子的舌刺，将灭蚊药对准猛喷，蚊子拼命振翅后退，力道之大，将史密斯整个人从地面拉起。他赶忙放手，蚊子飞上天花板，慌张地摇头。

灭蚊药对它产生作用了吗？不，他觉得有问题，蚊子只是因触须沾上灭蚊药而不舒服，它并没受到致命的攻击。

“老天！”史密斯感到脑袋被击了一拳似的，猛然想起，“它的呼吸孔在腹部！”小学时，爸爸送他的《科学小百科》……他思潮纷涌，蚊子有一个尖尖的口器，六只脚，躯体分三部分，只有雌的吸血……

史密斯拉出抽屉，将空的抽屉抛上天花板，天花板不高，抽屉击中蚊子腹部，它无声地哀鸣，那因饱食而胀满变薄的腹部一抖，它差点在天花板上站不稳。它需要新鲜空气，部分灭蚊药已流入它的食道，它感到十分十分不舒服，它需要血！需要血来冲淡那异味！

史密斯再接再厉，抽屉打中蚊子的脚，另一个击中它头部，它只在天花板上移了几步，已经靠向墙壁边缘了。

“你快不行了！”他嚷道，瞬间信心大增，“蚊子终会死在人的掌心的！”

他抬起身边的铝制办公椅，高举头上。

“去死吧！”他忖道，将椅子奋力抛向巨蚊。当被重重的铝制椅子击中腹部时，它痛苦地从墙上缓缓滑落。“你精疲力竭了吧？！”他忘了他自己也是。

蚊子不停用力呼吸，它想尽快恢复元气，方才的昏眩感已逐渐消失……

此时，它看见史密斯上前来，它抬头，意图反击，只见史密斯举起罐子，对着它的身体狂喷，带有杀伤力的气体直接注入气管，它分布全身的神经结剧烈抽搐，流入它体内的气体甜甜的，令它感到迷惑，它的脚真的站不稳了，它已无法反抗，足钩脱离墙壁，它重重坠地，六脚朝天，不时还在空中弹动一下。

史密斯继续喷灭蚊药，直到整罐喷完为止，他掩住鼻子，走到窗边去大口呼吸，眼角不忘注意巨蚊的动静。等了一会儿，确定它飞不起来了，才走上前去要补它一刀。“这是献给欣蒂的！”他将拆信刀刺下，蚊子的肚皮像皮革，刀锋轻轻回弹，史密斯愣了一下，再用小小的削铅笔刀刺、割、削，只在巨蚊身上弄出一点小痕。

他扔掉小刀，无力地走到电话旁，拨去报警：“哈啰，这里发生了命案。”

接电话的警员听见史密斯疲累不堪的声音，不安地问了地址，史密斯报上了，然后接着说：“死了三个人，是吸血鬼干的。”

“吸血鬼吗？”

“哼，你知道吸血鬼是什么吗？来了你就知道，我已经制伏它了。”他放下电话，听见地面传来沙沙声。

是那女人，那女人双腿还在动，她还没死，或许刚才巨蚊尚未将她吸干。女人两只深陷的眼珠正企图望向他，口中发出哑哑声，像钝了的锯子在锯木头的声音。史密斯知道她活不长了，他很庆幸，自己没成为地上的尸体之一：“要死，我也要死在夏天。”他自言自语。

上午九时，两辆噪闹的警车停在办公大楼下，接着救护车也来了，医务人员奔上案发地点，将四具尸体抬下来。

其中一具被发现时，手中仍紧握着一罐空的灭蚊药。

他胸部以下的身体整个空了，只剩皮囊和骨架，脸上的表情凝固在他死前那一刻，充满了惊慌、满脸意外和不解。

他们找不到任何疑似吸血鬼的东西。

吸血鬼无影无踪了。

没人注意到，在烟雾迷蒙的空中飞翔的不是鸟，它跌跌撞撞地飞着，用尽最后的意识飞向市郊的沼泽地。

当它着陆在沼泽旁，它已几乎用尽最后的力气，但它还有比它的生命更重要的事要做……

它知道，待严冬过去，温暖的春日将使沼泽再度活跃起来。

届时，那些美丽圆滑的卵将会孵化。

四 日 大 雾
4-DAY FOG:
/

黑 色 篇 章
BLACK CHAPTER

黑暗交易
Dark Bufineff

一个青绿色的人影穿过纷飞的叶片

破风而来

它的步伐看来慢吞吞、静悄悄

但每一步却快得惊人

“先生，你该找个高级点的地方。”出租车司机向反映在后视镜里的乘客说。

那男人拂去西装上的灰尘，推好鼻梁上的眼镜：“我不是老板，只是派员，生意没谈成还去住高级旅馆，我担心饭碗会保不住。”言毕，他觉得自己未免解释过多了。

“那你想住哪一等级的？”司机放慢车速，“我可以介绍介绍。”

“随便，我很累了，舒服就好。”

“有指定价位吗？”

“B and B也成。”

司机蹙了一下眉，他看见乘客戴有黄金色的劳力士，莫非是冒牌货？

“那好吧，转个弯就有这种地方。”司机吹了声口哨，眼前的街景被蒙上一层薄白色，浓雾铺上了夜色。

乘客不解地说：“怎么这里的雾那么大？”

“伦敦嘛，大雾是有名的，”车子转进一条铺砖小道，“这场大雾不知要几天才散掉。”

“真糟糕，会影响班机吗？”

“会的，我想。”

“真糟糕……”乘客抚抚他饱胀的公文包，嘟囔着，“明天下午我要离开呢……”

司机停在一家灯光明亮的旅社门口，付了车费后，乘客提着唯一的公文包推门进去。司机猜想他是美国人，因为他的口音很像美国电影里面那种，司机耸耸肩，反正萍水相逢，他不必想太多，该担心的是这种雾夜，还会有生意吗？

男人进了旅社，看见柜台后站了一个满脸横肉的瘦子，他的脸红通通的，似乎总是在生气，秃鹰般的眼睛扫描着手上的扑克牌。男人觉得这人跟他四周光亮白洁、装饰优雅的环境格格不入，像是珠宝盒里摆了一块水泥，说不定还是黑手党之类的人物。

既然来了，问问何妨：“房间。”

瘦子摊开台面上的一本簿子，递给来客一支钢笔：“写上你的大名，用正楷大写。”

“稍等，我想先了解，房间有分等级吗？”

“没有。”

“住一晚多少？几点退房？”

瘦子皱紧眉心，瞟了一眼扑克牌，似乎受到极大地打扰：“一晚七十英镑，早上十点退房，可延迟一小时，”他顿了一下，“如果你喜欢的话。”

男子很清楚，他就是老板，而非如他告诉出租车司机一般是位派员，他明白公司的困境，同时也是他自身的困境，这趟的谈判失败已使他的生意摇摇欲坠。

“我想，”他抱歉地笑笑，“这附近有更便宜的地方吗？”

瘦子不耐烦地眨眨眼，“砰”一声合上簿子，倒坐在椅子上，跷起二郎腿：“你到对面去看看，杰夫旅社。”

男子连声道歉，又回到寒冷的外面，雾更大了，他看见对面果然有家旅社，脏兮兮的玻璃门后照着微弱灯光。他拖着疲乏的步伐走到对面，挨近门旁的木招牌，隐约看见脱色的字迹写了“杰夫”，一如瘦子所言。

他推门进入这家不起眼的旅社，令他惊奇的是，坐在柜台后面的是位俊美的年轻男子。

“见鬼了，”他想，“这两个家伙该调换调换才是。”

男子站起来，对他亲切地笑笑：“租房间吗？”

“给我最普通的单人房，一晚就好。”

“好的，三十镑，中午十二点退房。”男子翻开一本泛黄的簿子，递给他一支铅笔，“请签个名。”

他签上“艾尔·霍金斯”，签得十分潦草，连他自己也看不出是什么字，他顺便望了一眼簿子，注意到上一位住客是两天前，而他是今天唯一的客人。

他将铅笔摆下，年轻男子随即将簿子转过来，看了一眼签名：“H……霍？”

“霍金斯。”

年轻男子满脸堆笑：“霍金斯先生，我们十点之前在早餐厅备有果酱和土司，需要叫您起床吗？”

“不了，谢谢。”艾尔·霍金斯拿起男子给他的钥匙，拎了公文包上楼，心里暗想：“便宜得过分。”吹着口哨，手中的公文包不知不觉轻了很多。

柜台后面的年轻男子目送住客上楼后，收回笑容，愁闷地坐回椅子上，眼睛不看哪里，只是玩弄着手里的木制钥匙牌，一面刻了他的名字“伊凡”(Ivan)，一面刻了姓氏“古德温”(Godwin)，口里哼着没调子的声音。

他一直发呆到时钟的两根指针叠在一起了，才一骨碌站起，打了个长长的呵欠，将玻璃门上挂着的牌子转过去，让红色的“休息”字眼朝外。

他打开柜台下的抽屉，拿出个破旧的牛皮袋，松开扎住开口的绳索，拿出里面的东西一一端详，确定没有漏失，再由另一个抽屉找出跟住客艾尔·霍金斯房间一样的钥匙。

伊凡看看时钟，他知道住客睡得最熟会在凌晨三四点，现在不是动手的好时机，他可以等，因为今夜意义重大。

他回想起那个狂风大作的日子，暴风雨史无前例地肆虐伦敦，厚厚的大雾忽然间消失了，街上垃圾到处乱飞，粗壮的老树在风中摆舞，叶子漫天纷飞，没人敢打开雨伞，因为这么做的人都失去了雨伞。

人们赶着回家，市中心公路挤得水泄不通，狂风在咆哮威胁，大雨不留情地乱泼。

那年伊凡才十五岁，他从学校赶回杰夫旅社，“杰夫”是外公的名字，那里离学校最近。外公给他一条毛巾，要他抹干身子。

事实上，伊凡的姓氏“古德温”是源自于外公的，他妈妈找不到令她怀孕的男人，于是他成了父不详的私生子，从母姓，外公很疼他，取代了他生命中重要的父亲地位。

“外公，你可以帮我打电话给妈妈，告诉她我在这儿吗？”伊凡边抹干头发边说。

“电话断线了，”外公走去店门，打算关紧它不营业了，“哪儿也通不了。”

伊凡拿了书包步入柜台，坐在外公常坐的木椅子上，他摇动身体，好让木椅子发出吱吱声。窗外是一片灰沉沉，沙土和叶片在空中共舞，没被轧扁的汽水罐在街上无目的地乱逛。

一名身穿大衣的男人急急走来，用衣领掩住头部以防雨水攻击，他用戴了皮手套的手猛打玻璃门，外公看见了，立刻开锁让他进来。

“不好了，古德温先生，”来人脸色苍白，两手不停颤抖，“昨天的货物逃出来了！”

外公脸色大变，伊凡从来没见过外公脸色这么难看，外公赶忙去紧锁玻璃门，回头问道：“怎么回事？”

“刚才突来的暴风雨，”穿大衣的男人喘着气说，“我的仓库一团糟，我还亲眼看见他走了。”

外公沉默了，他蹙眉屈指计算，口中喃喃自语，想使自己记起些什么：“是的，已经一百个了，那么快吗？我还一直以为没事呢……毕竟老杰克的话不会错。”

穿大衣的男人显然是买客，他吓得脚也软了，不由得跪了下来，哭丧着脸拉着外公的裤管：“那我怎么办？”

“这我可不知道，老杰克没说买主会如何。”外公一脸绝望，在一旁吓坏了的伊凡，没见过外公如此颓丧、无力，以及满脸的绝望。

“老天，”那人瞪大眼睛瞪着玻璃门外，“他来了！”

外头灰蒙蒙的暴风雨中，一个青绿色的人影穿过纷飞的叶片，破风而来，它的步伐看来慢吞吞、静悄悄，但每一步却快得惊人。它全身外围包了一层青绿色的光芒，有如鬼魂，是的，他正是鬼魂。

穿大衣的男人发出女人般的尖叫声，他狂奔上楼，却因脚软跌坐在梯级上，只能无助地不停尖叫。伊凡看呆了，他发现他自己一点也帮不上忙，因为他完全不了解发生了什么事。

青绿色的鬼魂穿过玻璃门，站在外公跟前，口中呼出酸臭的气体，连坐在柜台后方的伊凡都觉得刺鼻。

鬼魂的五官十分模糊，模糊得几乎看不分明。

他才刚一进来，旅社大厅马上变冷，伊凡望向身边的温度计，温度计的水银清晰地在直线下降。

“你好，”外公说，“你现在想怎样呢？”

“我想看看你的肚子，”鬼魂厉声叫嚷，周围的空气立刻冻结了，“我想看看你的肚子。”

外公依言翻起衣服，露出肚子，肚子上有很多弯月形的印痕，明显的是牙痕，每个都有清晰的齿印，每个都是烧灼般的焦黑色，零乱地在肚皮上散布、重叠。

伊凡看不清有多少个牙痕。

紧接而来是一片混乱，伊凡只记得血在飞溅，恐怖的两个尖叫声合奏着，然后外公就倒在地上了，每一个齿印都破了个洞，流出污浊的血水，染红了地面的仿波斯地毯。

至于那名穿大衣的男人，虽然没受到鬼魂攻击，却也拉长了下巴，全身僵硬，心脏已经停顿了。

外公下葬时，只有他与母亲送葬。

伊凡的母亲是外公的独生女，杰夫旅社自然由她继承，但她忙着与新丈夫建立良好关系，所以伊凡就在高中毕业那年接管旅社了。

伊凡曾问母亲，外公除了旅社，还在做什么生意？

“小生意。”她说，“不过挺危险的。”她的语气听起来非常害怕，不想多提。

伊凡接管杰夫旅社后的第一件事，就是搜索外公的抽屉。

外公有一个小房间，就从柜台旁的小门进去，里面没窗户，只有一张小床和一张小书桌，书桌有个抽屉，是锁不上的，伊凡知道这些，因为他常下课后在那小房间休息。

伊凡打开抽屉，好不容易在层层旧书信下方找到一个有补丁的牛皮小袋，松开扎口的细麻绳后，倒出来的有一个青蛙干尸、一面刻了怪符号的木牌、一段材料不明的细绳、三枚钢针，还有一片披满毫毛的兽皮，最重要的是，牛皮小袋跟一本小记事本扎在一起。

记事本记述了牛皮小袋内的东西的使用法，以及好几位买主的地址和电话。

伊凡第一次使用这些东西，是在附近的某场音乐会演出之后，那场音乐会会集各路精英，却只举办一场，所以一时各地来客八方云集，音乐会结束后，许多住远地的观众就近租房过夜，他对面的旅社客满了，连杰夫旅社也租了大半房间出去。

观众们都已十分疲累，他们进房不久就入睡了。

伊凡跃跃欲试，他选了个没预订房间的单身女子，先将青蛙干尸放在房门下方，把符牌用毛皮垫底，口中念念有词，这段咒语他不知已经背诵了多少遍，已经可以完全不经思考便能念出了。

他边念咒，边将耳朵贴近房门聆听动静，待女子沉重的呼吸声转微弱了，他才用备用钥匙开了房门，果然如记事本所言，床上的女子已脸色苍白，痛苦得仰首张着嘴巴。

记事本说，如果此刻要停手，他只须回身离开，取走青蛙干尸，一切就此结束，女子只不过以为自己做了场噩梦。

但伊凡不愿在第一次收手，他用细绳绕上她的左手腕，将三枚钢针各插入她的两边耳垂和鼻珠，然后将符牌隔着毛皮放上额头。

符牌立刻转成青绿色，将毛皮照得铁青，伊凡把毛皮和符牌一并拿起时，女子的脸已完全失去血色。他将符牌和毛皮按在一个空的果酱瓶口上，一团青绿色的光轻轻溜入瓶子，他马上扭紧瓶盖，冷汗早已布遍他的手心，差点令瓶子滑落。

他将工具收拾进牛皮小袋，也将女子的所有随身用品收进她带来的行李袋后，他将女子所睡的床头板放下，那里有个四方洞口，他直接将女子和行李推入，再将床头板合上，整理好房间，明早还要将地毯用强力吸尘器吸干净皮肤碎屑。

他走到地下室，女子的身体和行李已由客房通道滑来这里，他把女子的衣服全部脱除，心里制止自己对这具肉体产生任何欲望或惋惜，也不让自己想象这女子有家人和朋友，以及她在入睡前对明日做过什么计划。他将这具失去生命的身体放入一个装满特别配方药水的水槽内，明天早上就只剩一堆肉浆和骨髓汤了。

他不是杀人凶手，他是小偷，他偷的是生命。

他端详果酱瓶内的青绿色光团，心里有些不舒服，但只消想到利益收获是何其大时，他的心不由得马上欣悦起来。

伊凡找到买主，卖掉这女子的原灵，卖价等于杰夫旅社一个月的净收入。

他一次比一次熟练，当他把细绳绑上房客的左手腕时，虽然他仍然不知道细绳是由什么织成的，也不知道左手腕代表了什么，更不知道为何将钢针插入耳垂和鼻珠，但他感觉到这些并不只是仪式，而是避免原灵会从这些地方溜走。

他将偷来的原灵卖给各个买主，他很好奇这些东西有什么商业价值。

“它可以拿来做药。”一名买主曾告诉他。

“用来治什么病吗？”

那名买主冷笑几声：“那只是有钱人家的玩意儿，保持青春永驻，可以了解吗？”

伊凡不知道这些原灵在被人“服用”之前，是否还需经过加工，他无法想象它的市价，显然那买主一转手会卖出更高的价钱。管他呢！反正有钱就行了！何必管它有什么用途呢？

伊凡逐渐长大成年，他的旅社也一年年死人，但从来没人发觉，因为他很小心，他专挑单身住客，还必须是一个人进来，确定另一个房间没有相识的人的住客。他也学会何时收手，好几次因此化险为夷。

唯一令他不舒服的是，每偷一个人的原灵，他的肚子就会剧痛一次。

每一次他都会痛得全身发汗，冷汗流遍全身，体内的五脏六腑却是热滚滚地翻腾，在激痛过去后，肚皮上就会显现一个牙痕。

他很害怕，他想起外公的下场，犹记得外公提过一名叫“老杰克”的人，也提过什么不能超过一百人的，这种法术应该是不能无限制使用的。他向买主询问老杰克这号人物，没人回答他，或许是不愿回答。

于是他决定联络久未见面的母亲。

他母亲已经有个幸福美满的家庭，不太想见他，但还是在短暂的夏日午后跑来旅社了：“你找我有什么事？我还得赶去舞蹈班接女儿。”

当他拉起衣服露出肚皮时，他母亲马上嘴唇苍白：“你干了？”

“我想问你，外公是怎么开始的？”他轻轻拉好衣服。

“你最好即刻停止！”他母亲不敢望他的肚皮，不安地咬手指，在大厅踱来踱去。

“我想停止，但我想知道何时该停。”

“该死，该死！”他母亲疯疯癫癫地跌坐在沙发上哭了起来，“那人是恶魔，他教你外公这个，说是一笔大生意！”

“真的是大生意，”伊凡说，“再过不久，我就可以翻新装潢杰夫旅社，我们的门面和客房都会焕然一新。”他将每一笔买卖的收入存入银行定期存款，一便士也不动用，生活非常节俭。

他母亲哭够了，红着眼看他：“你外公也曾这么说。”

“你还记得那个人是谁吗？”

“我不记得，我也没再见过他，”他母亲说，“相信我，你不会想再见到他一次。”她边说边忍不住发抖，像看见什么可怕的事物一般。

母亲走后，伊凡又努力地查看记事本，希望发现一些蛛丝马迹，上面有外公手绘的图稿、窃取原灵的详细程序、咒文的精确发音，还有溶解尸体的药水配方，但没有半点老杰克的踪迹。

或许是该停止了，他想。

旅社的装潢可以一步一步来，先是门面，还有要在因特网上登广告，跟伦敦的旅游订房组织合作等等，当然，这么一来也不能再死人了。

讽刺的是，他的姓氏古德温（Godwin）拆开来还是“上帝赢了”（God Win）呢，他真不知外公的家族是怎么得到这个姓氏的。

“最后一个了。”他告诉自己。

今晚送上门来的艾尔·霍金斯先生，伊凡要对他说抱歉了。

伊凡脚步轻轻地上楼，手掌摸着裤袋里的青蛙干尸，他在房门旁等了一阵，里头没声息，再把耳朵贴到房门上，真的一点声音也没有。于是他把青蛙干尸放在门前地面上，在毛皮上摆好符牌，开始念咒文，然后把钥匙轻轻插进钥匙孔，转了转，门缓缓打开了。

他抹去冷汗，呼了口气，心中忖道：“万无一失。”

伊凡看见这名房客进来时满脸倦容，走路也一副有气无力的样子，通常这种人会睡得很熟……他推开门，只听见一声悲痛的喊声，艾尔·霍金斯坐在床上呜咽起来，伊凡吃惊不小，但房门已经推得很开了。

艾尔·霍金斯发现了伊凡，叱道："你想干什么？"他声音有些沙哑，显是刚哭过。

"呃……"他藏起手上的符牌，"我想问你的水壶要不要加热水？"

"你没敲门。"

伊凡马上撒了个谎："我敲了，我以为你叫我进来呢。"

"我没听见，"艾尔冷冷地说，"也请不要随便进来。"

"对不起，"伊凡急急退出去，"对不起。"他捡起青蛙干尸，心里很慌也不高兴，他还以为这次可以结束了呢，现在他又必须重新开始等待了。

伊凡正转身要走，艾尔忽然开门叫他："喂，请你过来一下。"

"什么事？"

"书桌灯坏了，我看不清楚公文。"

伊凡再度走进客房，艾尔指向角落书桌上的一盏灯，伊凡走过去，按了按开关，灯立刻亮了起来。

"怎么……"伊凡回头看艾尔，正好看见一片木牌拍过来，木牌是垫在一片毛皮上的，伊凡只觉一阵晕眩，整个人感到一股强大的吸力，所有的感觉和思绪瞬间集中到一个点上，滑进一条通道，穿过隧道，轻轻地掉入一个地方。

伊凡觉得意识模糊，晕得不得了，他想喊叫，却听见自己的声音像蚊子那么细微。

隐约中，他听见艾尔的声音，仿佛隔了道透明的墙传来："美国是越来越没有市场了，英国也不愿意合伙……不如去法国好了。"

艾尔·霍金斯把瓶子拿起，塞入行李袋的衣服中。

伊凡觉得他在晃动，接着四周陷入一片黑暗，他身上发出的青绿色光芒把周围照亮了。

泰晤士行进
Thamef March

他们全都静静地躺在河面上

双手有在胸前交叉的

也有在腹部相握的

他们仰望着星空

随着河水朝下游漂流而去

“女士和先生们，大家都以为那座桥是伦敦桥，其实很多杂志也刊错了。”

船上的游客们听了，纷纷议论起来，这是他一早就料到的情形。事实上，这种情景每天都要发生好几次，所以他一点也不会为这句台词的戏剧效果感到得意。

“其实那条美丽又宏伟的桥叫作‘塔桥’，是连去伦敦塔的桥，刚刚经过那条不起眼的灰色钢筋水泥桥，才是儿歌里的伦敦桥，在十八世纪以前，它是泰晤士河在伦敦唯一的渡桥。”

接着，一如所料，游客们纷纷朝他指去的方向举起相机。

老人暂时放下握着麦克风的手，等游客们按下快门了，才舔舔唇缘，继续说：“前方的伦敦塔，众所皆知，是许多血腥历史故事的舞台，传说是理查德三世谋杀两位小侄子的地方，也是亨利八世杀了他王后的地方……”此时，游船正渐渐驶向它的终点，再过一会儿，船停泊在伦敦塔旁边的码头，又将接另一批游客回头朝西敏寺的方向驶去。

老人是泰晤士河游船上的解说员，经过这么多年，他已经将每一座桥的典故、岸边每一栋建筑的来头摸得一清二楚，即使闭着眼睛，凭着船行的速度、河岸的声音和气味，也能说出船所在的位置，然后口若悬河地演说典故。

老实讲，他不喜欢今天的天气，今天太冷也太干，压根儿不像夏天，令他今晨刚剃过胡子的下巴感觉刺刺痒痒的，而且船是半露天的，他必须在寒风中一站就好几个小时，还要用足以盖过引擎声的音量对着麦克风嘶喊。他希望下午的天气会好一点，毕竟伦敦的天气一日三变，是气象员的噩梦，说不定下午会出个半小时的太阳，今天也算没白过了。

终于，游船的速度开始减缓，他望着远远码头岸边大树下那块“炸鱼和薯条”的招牌，想说待会儿上岸买个午餐和咖啡，然后躲到暖和的驾驶舱去吃一顿。他清清喉头，准备说出他这一趟游途的最后一段台词。

“希望刚才提供给各位女士和先生们的解说，还能令您满意，为了表示诸位的满意，期望诸位在下船前能给予我一些奖励。”说着，老人取下头上的鸭舌帽，反过来置于手心，伸向前面最接近的游客，他识趣地投了三枚十便士进去。

老人拿着鸭舌帽走向后排的游客，嘴角挂着微笑，挤出一些眼角的鱼尾纹，用一双世故的眼神浏览游客的脸孔，令原本没意思掏钱的人也尴尬地将皮夹掏出来，翻出几枚硬币给他。

这些打赏是他重要的收入来源，待会儿还得跟驾驶员分账，他又怎能不咄咄逼人呢？

转完一圈后，他漫步回船边的栅门去，期待他们下船时，还有刚才坚持不打赏，或手忙脚乱不能及时拿出钱的游客，会在经过他身边时将钱置入鸭舌帽。船渐渐入港停泊时，他抬头看看这片几乎每天都是阴沉沉的天，伦敦的天空看起来老是灰蒙蒙的，怪不得他总是高兴不起来。

游客一个个下船了，待目送完最后一个游客下船后，他还得去巡视有没有人遗漏了什么财物或垃圾的。

这时候，他发觉一位红发少女站在身边，直瞪瞪地看住他，压根儿没有要下船的意思。

“小姐，”他拿起烟斗，开始添烟草，“你该下船了。”

“我是来找你的。”少女说。

他停下了点烟斗的动作，端详了一下少女，少女穿了件脏兮兮的红色夹克，但面貌秀丽，像是好人家的女孩。他问：“为什么找我？”

“我是你的孙女。”

“我？”他干笑了几声，“是吗？我叫什么名字？”

“汤玛士·乔治·格雷（Thomas George Grey）。”她连中间名都说了出来。

老人不置可否地挤挤鼻子，继续问道：“你又叫什么名字？”

“珍·布朗（Jane Brown）。”

“你的颜色跟祖父不同，你真的是孙女吗？”老人问道。

老人说的是两人姓氏不同，两人的姓氏都跟颜色相关，此外，少女闪烁着一对绿色的眼睛，而老人的眼睛是棕色的。

一名消瘦的中年男人从驾驶舱探头出来，看见老人还站在出口，问道：“怎么了？你不是要去买炸鱼和薯条吗？”

老人想了一想之后，回道："汤姆，我想我遇上麻烦了。"

"什么事？"汤姆站到舱外，手上玩着一根烟，还没打算放入嘴中。

"这位小姐，她说她是我孙女。"

"哦，是你一百年前不小心的结果吗？"汤姆讪笑着，然后在裤袋中找火柴盒。

"你帮我照顾她一下，我去买午餐。"说着，老人就要离开。

"我跟你去！"少女不放过他，紧追上去。

离码头不远处有棵大树，树荫下有座卖炸鱼的小亭，四周还摆了些露天桌椅，几名游客正大啖着炸鱼和薯条这种英国传统快餐，然后悠闲地慢慢享用纸杯里的咖啡。

老人情知甩不掉少女，于是索性边走边与她搭讪："你从哪里来？"

"你知道的，祖母一生都没离开过那个地方。"

老人不耐烦地推了推下唇，说："我还是不相信你是我孙女。"

"临海南端（Southend-on-Sea）。"

"什么？"

"临海南端，就是那个地方。"

老人沉默了，他的脑筋飞快地运转，打从十二岁成为孤儿开始，为了生存下来，他的脑袋瓜就从来没有停止思考过。现在他在拼命地回想"临海南端"会是什么意思？会是个字谜吗？还是少女带来的暗号？总而言之，那不像是一个地方的名字。

他在考虑是不是应该要装懂，还是要掀开底牌？不，底牌总是要等到最佳时机才好出手，眼下还不是时候。

他忽然撇开话头，问少女道："你有钱吧？"

少女追住他的步伐，不让他有机会开溜。

他紧接着又问："你肚子还不饿吧？"

少女低着头没响应，不明白他肚里在卖什么膏药。

"老实说，"他摊牌了，"我身上没多少钱，所以不打算买你的午餐。"

他说真的，即使今日白发苍苍、满面岁月刻痕，他在银行依然没有户头，皮夹里的钱就是他所有的钱，所以他依旧得每日活得战战兢兢，为了多挣一个子儿而努力工作。

少女紧闭着唇，说："我不饿。"其实老人听到了，她肚子的咕噜咕噜声正透过河风传送过来。

在老人的记忆中，自从父母在伦敦遭德国空袭中过世之后，他就明白了人间的残酷，他被疏散到乡下去，被当成可憎的二手货，三年之内换了五位监护人。也难怪，那个时代政府还在限制粮食，大家在战后的生活也挺困苦的，所以从那时候开始，他就不太记得仁慈这回事了。

因此，他决定不理会这位少女，还是填饱自己的肚子要紧多了。

他一边走回游船，一边大啖炸鱼，连给少女一根薯条的意思也没有，少女默默地跟在他后面，紧缩着嘴唇，似乎有很多话想要说出口，却打算等他先发问，她才回答。

经过码头入口时，老人扬了扬项上的工作证，就被放行通过，少女紧跟着来，码头人员竟没拦下她，老人怔了一下，随即摇摇头，现在的码头人员也未免太散漫了，又或许是因为他刚才有见到少女随老人出去呢?

“嘿，女孩，你打算就这样一直跟住我吗?”老人回头问她。

少女不见了。

老人转头四顾，一点也没见到少女的痕迹，从码头入口到这里，只有一道搭桥，而桥上只有老人一个人。少女如果没有掉下水，就是根本就没跟上来?老人望望守住入口的码头人员，那人也望了望他，一脸事不关己的样子。

“汤姆。”老人朝在船头抽烟的驾驶员呼唤，“你有见到一位少女吗?”

“你孙女?”

老人心里还高兴了一下:“你见到了?”

“没有。”

“刚才跟我下船那位?”

“刚才我也没见到什么少女呀。”

“可是刚才……”

“我听你说了，可是我什么人也没见到。”汤姆抽完了烟，随手将烟头扔到河中，令它成为泰晤士河床千年沉积物的一部分。

老人困惑地四下张望，试图找到哪怕是一点少女的痕迹也好，汤姆走上前来拍拍他的肩，小声说:“其实呀，你昨天也这么说了，大前天也说了，有位孙女来找你，而我什么也没看见。”言下之意，他是老糊涂了。

可是，老人压根儿也不记得昨天或大前天有说过这番话。

汤姆挨近些说:“别在大亨利面前做这种事，”大亨利是船公司的老板，对于解雇服务多年的员工毫不留情，“否则你就要在街头而不是在河上流浪了。”

老人一整个下午都心不在焉的，但还是极力令他的游河导游解说顺利进行。

已经进入夏天了，夜晚也越来越迟来临了，午后七时，天空依然灰灰白白的，一轮黄澄澄的太阳缓慢地滑向地平线，还不愿下去。

无论如何，游船的工作是告一段落了，汤姆将船拴好后，问老人要不要跟他去找乐子。老人知道，汤姆的乐子不过是去酒吧喝麦酒，跟人聊东聊西，跟捧酒的半老徐娘调一调无伤大雅的情，然后醉醺醺地回船，呕吐到泰晤士河去。

“不要。”老人今晚没兴致。

“那么你守船啰。”汤姆下船前还点起一根烟，然后打诨道，“别把船开走哦。”他摆摆手之后，将手插入裤袋取暖，缩住两肩离开码头。

老人站在船头，眺望着国会大厦，他会这样一直望着，直到国会大厦转成橘红色，然后紫红色，最后陷入黑暗、点满华灯为止。回想起来，他的一生就这么过去了，在每天讨生活、抽烟、喝酒喝得烂醉中日复一日，其余的空闲时间，他也只能这么愣愣地盯住河岸而已。

“或许……”他想，“我的生命快到尽头了。”年轻的时候，觉得这一天应该在很遥远的地方，殊不知时间已经倒数得所剩无几了。

原本是慢慢昏沉下来的天空，黑暗忽然加速降临，最后一道阳光隐入大本钟后方，然后黑暗就包围了他。

老人想走回驾驶舱，将他昨天买来的面包夹上奶酪当作晚餐。

正当他从倚靠的栏杆上抬起身来，他感到背脊一阵莫名的酥麻，一股巨大的不安感从后方传来，他鬼鬼祟祟地回头一瞧，在灰暗的暮色下，船尾的板凳上坐着一个人，长发披肩，是位少女，而且是刚才那位少女，船尾的灯光将她的脸孔照得很清楚，身上的陈旧红夹克在黄色灯光下看起来像橘色。

“你什么时候上船的？”

“我一直都坐在这儿啊。”少女一脸无辜地说。

老人用一只粗糙的手掌抹了抹自己的脸，期待当手离开脸时，发觉少女已经消失了。

他宁可相信少女是幻觉，是他老年痴呆，是他精神分裂的幻象。

可是少女仍在。

“你究竟是谁？”

“我说过了，珍·布朗。”少女困惑地说，“你的孙女。”

“不，你，”老人摇摇头，“你是什么？”

“我？”少女不明白老人的问题，她站起来，走向老人，当她穿过船侧的一片阴影时，就溶化在黑暗中，久久没走出来。

老人害怕地盯住那片阴影，不敢走过去。他现在想要下船了，他开始后悔没跟汤姆一起去找乐子，即使那是他的幻觉，这幻觉也令人害怕得很。

“你看。”少女清脆的声音从他背后响起，吓得他差点老命不保。不知何时，少女已经站在船首，正指着下游的方向，只见她手所指处，反映着河岸灯光的水面，正漂浮着一具具人体。

“是浮尸吗？”老人忖着，心底涌起一阵寒意，他凑近船边，观看河面上的人体，他们全都静静地躺在河面上，双手有在胸前交叉的，也有在腹部相握的，他们仰望着星空，随着河水朝下游漂流而去。

他们看起来不像尸体，不像玩偶，更像是活生生的人！

他们的服装不一，有穿西装打领带的，有穿着古盔甲的，有麻布粗衣的，也有衣不蔽体的小孩，有修女，也有贵妇人，有头顶削去一片毛发的传教士，也有古罗马军团装束的战士，还有更古老分辨不出时代的兽衣男女，他们一个个流过老人的船边，放眼望去，整个河面都浮满了人体！

“我快死了吗？”老人问少女。

“为什么这样说？”少女惊愕地问道。

“因为我看到了不该看到的，我一定是因为太接近那个世界了，才会看到的。”

少女沉默了一会儿，说：“有些东西不该看见的却看见了，有些东西该看见的却看不见，或许该不该看见并不那么重要，而是在于你究竟有没有看见。”

“那，我看见了什么？”老人盯着少女，生怕她又突然不见了。

少女没回答，因为她在老人一眨眼之间，就在船首栏杆旁消失了。

少女像闪烁不定的荧光，时隐时现，令老人捉摸不定。老人走向她刚刚所站的位置，俯首望下去，果然看见少女安逸地浮在河面，两手交叉在胸前，面带微笑，任由河流将她带走。

老人目送她渐漂渐远，然后看见她混入一大群漂浮者之中，老人就找不着她了。

午夜零时，汤姆回来的时候，老人什么也没说。

他倚坐在船侧，观看了一夜川流不息的人体，他们浩浩荡荡地从上游漂下来，安静地经过船边。

喝得满脸通红的汤姆没说话，他径自走进可以避风的贵宾舱房，倒在给乘客坐的长椅上呼呼大睡。

老人走进驾驶舱，看看挂在墙上的钟，心知如果再不睡，明天就很难起床工作了。他也钻入贵宾舱房，觅了一张空椅披上毛毯，和衣而睡。

他知道外头的河面，各色各样的人体依然在漂流，他们沉默不语，却似乎目标一致，不知道他们所前往的，会是什么地方呢？

老人昏沉入睡，一直睡到清晨六点，阳光照满了贵宾舱房，他一骨碌爬起来，睡眼惺忪地坐在长椅上等待清醒，觉得脑子混沌得紧，昨晚好像做了很多梦，却一时想不起来。

他在舱房外找到正在喝咖啡的汤姆，然后自己也去泡了一杯。距离第一班开船还有三个小时，他们必须先将整艘船打扫干净，然后大亨利派来的人会上船检查询问一番，有时还会顺便告诉他们今天的天气。

今天天气不坏，老人觉得挺暖和的，在凉风飕飕的河面上晒太阳，的确是乐事一桩，他为游客们解说时也觉得特别起劲。

中午那趟班次抵达伦敦塔码头，他目送了最后一位船客走上码头之后，将鸭舌帽中的赏钱倒进手掌，正打算计算时，发觉身边站了一个人，是一位穿着破旧红夹克的少女。

少女的一头红发在河风下轻轻飘动，一对绿色的眼睛散发出迷人的少女气息，令老人不禁目眩了一下。

老人推开船侧的铁门，将手一扬："小姐，下船吧。"

"我是来找你的。"少女说，语气中带有一丝哀伤。

他怔了一下，将掌中的零钱暂且放进夹克外套的衣袋中："有什么事吗？"

"我是你的孙女。"

"呵？"他用轻浮的语气说，"那我叫什么名字？"

"汤玛士·乔治·格雷。"少女斩钉截铁地说。

"呵呵呵，"他笑道，"小姐……"

"嘿，你在干什么？"老人的说话被汤姆截断了。

"汤姆，"他指向少女，"这位小妞说她是我孙女。"

汤姆倚在驾驶舱门外，口中刚刚衔上一根烟。听了老人说的话，他一脸忧虑地望着老人，然后将口中的烟拿走，收入上衣口袋，慢慢从舱门走向老人，挡在少女面前，面对老人。

"嘿，汤姆，你挡住她了！"

"醒醒吧，伙计，这里只有我一个人。"

"你挡住她了！"老人推开汤姆，少女已经不在了。

老人不敢相信地呆望着空气，接着他绕船走了一圈，还打开贵宾舱门、驾驶舱门寻找，在长椅下搜寻，到船侧去察看河面，试图找回少女。

"我不得不说，"汤姆走过来，惋惜地说，"你很不对劲，一连三天，不，今天第四天，你都说看到一位女子，说她是你孙女。"

“三天？汤姆，我刚刚才遇到……”

“你昨天不是也看到了吗？”

“有吗？什么时候？”老人有些恼火了，他不喜欢被汤姆这样质疑，尤其是被怀疑有记忆力衰退的问题时。

“好，没问题，”汤姆举手投降，“你要去买炸鱼薯条吗？还是我去？”

结果是汤姆去了。

老人独自坐在长椅上，百思不解那位少女去了哪里？

他有遇过那位女孩？

他隐然有种感觉，汤姆讲的话，说不定是真的。

说不定，他真的在前几天见过那位少女。

他试图回想一下，却在记忆中找不到少女的痕迹，但昨天和前天的记忆明明是如此鲜明，比如昨天，他也去买了炸鱼和薯条，前天他还在投注站买了个积宝。如果少女曾经出现，他怎么可能忘得如此彻底？

他想起了一些事情，于是翻了翻裤袋，摸出一枚圆形的金属，那不是一枚钱币，只是一个边缘不规则的青铜片，上面深深地刻了一条线，沿着一侧边缘画出的一道弧线。

这东西是他偷来的。

年轻时，他曾经参与挖掘泰晤士河床的工作，挖掘地点在“西堤区”（The City），也就是最原始的那个伦敦、罗马人的那个伦敦尼姆（Londinium）、一六六六年大火烧毁的那个伦敦。主持挖掘的是政府工程师，目的在清理河床淤泥，方便船只通行、防止水灾等等，但有一位考古学家每天都会出现，检视从河床挖掘出来的东西，河泥经过清洗之后，往往会暴露出许多过去的历史，这些河床积泥，一如时间囊般封存了过去的时间。

那位考古学家姓麦罗伊（McLoy），据说是剑桥大学的教授之类的，他很喜欢向人说明那些古物，如果你露出凝神聆听的样子，他更是高兴得不得了。

根据麦罗伊教授的说法，他们找到的一团金属线和玻璃，大有可能是维多利亚时代的眼镜架，想必是当年达官贵人的遗物，因为只有他们买得起，只是不知为何会沉到河底？是哪位拥有者丢掉的？被情人扯落的？抑或他本人沉尸河底？

他们找到大量罗马时代的陶瓶，麦罗伊教授说是沉船上的货品，因为泰晤士河过去曾是货运的要道，后来他们果然在同一地点找到船锚、船桅的木块等等，还有一个漂亮的小铜像。

当年老人负责清洗古物，不知为何，一时贪念，他私下藏起了一样小小的文物，他还清洗出好几枚同一式样的青铜制品，所以他想应该不会被人发现。

他摸摸手上的这枚青铜圆盘，想起当年如何想办法将附在上面的锈斑去除，最后发现这不是一枚古币时，心里有多失望。

青铜圆盘上只刻了一道曲线。

有一天，他壮起胆子去请教教授："那天在河床挖出来的东西……"

"怎么了吗？"正忙着鉴定分类的教授没有不悦，反倒停下手中的工作，等待他问下去。

"这样……"他拿起一块石头，在河岸边的水泥地面刻画起来，他画了一个圆圈，再在圆圈内的半侧画上一道弧线，“这是什么？”

“你在哪里见到的？”

他有些心虚地说：“在那天挖出来的东西上，我见到了。”

麦罗伊教授没再追问下去，指着地面的图画：“可能是月亮，可能是塞尔特人（Celtic）的符号，当然也可能是罗马人的信仰。”

“信仰？月亮是信仰？”他没听说过。

“呵，这可复杂啦，月亮是夜晚的天空中最亮的天体，古人看见一定会敬畏的，更令他们百思不解的是，月亮为何会每天减少一点，每天减少一点，最后完全消失，然后又每天出现一点，每天出现一点，直到整个浑圆，如此周而复始。如果你是古人，难道不会觉得很神奇吗？”

“呃，是吧……”

“所以他们觉得月亮会逐点逐点死去，然后复活，然后死去，”教授绕着地面的月亮图形，弯腰走了几步，“你瞧，从这个角度看，这是即将死去的月亮，”此时看起来是一轮弯月靠向右边，“如果转个一百八十度，就是新生的月亮；如果月亮躺在地平线，这样两头向上弯，当然真正的月亮不会这样……”

“躺着的月亮？”

“就是代表月亮，不管是新月、满月或任何时间的月亮。”

“可是，这跟信仰月亮有什么关系呢？”

教授说：“你还搞不懂吗？月亮代表了重生，代表复活，象征生命。”

人们崇拜信仰的，是生命。

老人坐在游船的椅子上，手中玩弄着这枚藏了几十年的青铜月，遥望着岸上的伦敦塔，他记得那附近有个地方展示从河床挖出来的古物，他曾去参观过，却未见到展出他手上的这枚青铜月。

他听见脚步声走近，是汤姆踏着不锈钢的搭桥，发出当当当的声音走来了。汤姆递给他一个纸袋的炸鱼和薯条，就钻进驾驶舱去准备下一班船程了。

老人将炸鱼从纸袋中露出一角，正准备咬一口时，看见正前方的长椅上，那位红发少女正两手放在膝盖上，半垂着头，不知在盯着船板上的什么。少女坐在有遮蔽帆布挡住的长椅上，阳光穿过黄色的帆布披在她身上，令她整个人像被倒了一桶油漆。

老人放下纸袋："你是我的幻觉吗？"

少女没有响应。

"你叫什么名字？"

一阵风将帆布垂挂下来的边缘吹开，送进了一道阳光，扫过少女的脸，接着，少女的脖子便像被平平地切割了一道，头逐渐往下滑，像熔化的蜡烛般流下身体。

老人猜想这果然是幻觉，他慢条斯理地咬嚼炸鱼，等待幻觉过去。

少女的头已经滑到她两手之间了，一头的红发摊在腿上，如瀑布般轻溅下来，老人还注意到，少女拉开的夹克之间，胸口上烙了个圆圆的黑洞。少女合起的双腿间盛满了熔化液，她的头浮在腿间的液体中，头颅滑动旋转，直到一双绿目面对着老人。

"你的名字，"老人又问她，"你昨天告诉我了吗？"

少女开口了："你每天忘记一点，每天忘记一点，然后就死去。"

她的声音像风吹过芦笛，柔软而凄凉。

“可是……”

少女没等他说完，忽然加速熔化，整颗头像热铁上的冰块般溶解，最后变成一摊干净的水，随着船身的晃动，渐渐流到船边，流进河里去。

汤姆打开驾驶舱的门出来，望了一眼老人，看他呆滞地盯住前方椅子，汤姆摇摇头，刚才他在舱内隔着玻璃望见老人在自言自语，说不定他又看见什么孙女了。

他想，是该告诉大亨利了，这老头的问题越来越大了，不能再当解说员了，今天下班之后就打个电话给大亨利好了，看看他手上有什么备用的人手。

汤姆一点也不担心老人将来要怎么办，反正自己也不会知道。

老人一整个下午心事重重，他解说得支离破碎，船客们也不甚在意，反正他们大多数人也没在听，汤姆倒是听得惨不忍睹，更令他下定决心要打电话给老板。

一天的工作结束后，汤姆邀老人去喝一杯，心里当成是为他饯行。

但老人坚持不去。

“我回想起一点了，”老人说，“昨晚那位女孩好像有出现过，说不定今晚也会出现。”

汤姆摇头叹息，上岸找酒吧去了。

夜幕渐渐低垂，老人打开船上的灯，泡了一杯热可可，静静坐在船首的长椅上等待。

随着阳光转弱，河面反映着天空的色彩，由橘红转为紫蓝，渐渐地，泰晤士河面上开始浮现一具具的人体。

老人站立起来，凝视河面上的漂流者，一大票的人体顺着水流漂向下游，这壮观的一幕他似曾相识，好像最近才看过，所以他并不惊慌。各种记忆在他脑中混成一团，他心中早就有了一些决定，一些连他自己也不知道早已做下的决定，他有一股强烈的冲动要去完成这个决定，对于自己会有这种冲动，他也感到微微不安，因为这种同样的感觉，他只在年轻的时候有过。

他走进驾驶舱，先查看仪表板上的油量显示计，再查看舱房内的储备油桶，然后，根据他平日观察汤姆开船的程序，他转动了钥匙。只要他们有一人留在船上，汤姆就会留下钥匙以防万一需要。

老人将船开离码头，追随着漂流人体的方向，那是下游方向，他曾经跟过一班航行至格林尼治（Greenwich）的船，航程要一个小时，即使从那边开回来，由于逆水行舟的关系，航程也必须加倍。何况，他现在根本不知道目的地何在。

他没开过船，现在是夜晚，他的视力又不佳，必须紧盯着前方有没有危险。所幸，夜晚很少有人开船。

当他经过泰晤士河一道道的支流时，看见有更多的漂流人体从支流中冒出来，加入泰晤士河上的漂流行列，连经过伦敦塔时，也看见过去运送犯人的水门“叛徒门”中，正漂出一具具人体，有的身穿破烂的囚衣，也有不少身着华服的，甚至有几位男女贵族将自己被斩下的头颅捧在胸口，脸孔朝向下游，凝视前方。

随着他越来越往下游行去，老人逐点逐点回想起过去的经历，包括昨天的、前天的以及大前天的。

现在问题不在于他忘记了什么，而是他为什么会忘记？

昨天，少女告诉他，她的祖父名叫汤玛士·乔治·格雷，她的祖母一生都没离开过“那个地方”，少女来自“临海南端”。

“你的祖母叫什么名字？”或许不该问的，因为问了会露出马脚，但前天他问了。

前天，少女回答：“玛莉·安·格雷（Mary Ann Grey）。”

老天！他根本不认得这名字。

事实上，他的中间名不是乔治，他不叫汤玛士，他甚至根本不姓格雷。

他不是少女的祖父。

他宁可自己是。

从有意识至今，他都是如此地寂寞，孑然一身，苦苦营生，他多么希望有一个家庭，有个温暖的火炉，有妻有女，但他的生命在不知不觉中已经迫近尽头，恐怕他永远不会有完成奢望的一日。

离开伦敦市中心，河岸的灯光忽然大量减少，都市的喧嚣也完全消失，终于在航行了一个小时之后，他经过了格林尼治，在那之后再过去的地方，对他而言就是未知了。

格林尼治是英国皇家天文台的所在地，这里画了一道子午线，也就是世界日期交换线，在前人的设计下，每当这里进入午夜零时，就是下一个日期的到来了。不知不觉中，老人的船穿过那条虚拟的子午线，但他仍未进入明天，因为现在才晚上十点，汤姆在酒吧的聊天才刚开始暖场，没有人发觉他把船开走了。

不久，他经过了泰晤士河闸门（Thames Barrier），那是横跨河面的防洪大闸，预防涨潮时的大浪令海水倒灌淹没上游的都市，这种天灾最近在一九二八年和一九五三年发生过，然后在八十年代建成闸门，巨大的闸门长得像蟹爪，平日都高高升起，一年才降下两次当作预演。

如今，汹涌的漂流人体分成几道穿过十个水门，穿过这最后一片被文明强烈干扰的河面，进入人烟较少的区域。河岸的居民人数越少，这水就受到越少人类思维的骚扰，连水的气味都变得清新了起来。

越接近下游，河面上漂流的人体越多，在游船两侧的灯光照耀下，只见他们浩浩荡荡地挤满了河面，当尖尖的船头向前推进时，漂流者们如同浮萍般，被浪头推往两侧，再顺着河流流动。

一阵轻雾在河岸边扬起，悄悄涌过来了，挡住了原本就不清楚的视线，老人心里慌了，不由得握紧舵机，睁大双眼紧盯前方。他没有近视，但有些老花和白内障，这样子瞪久了前方，眼睛就会不停地冒出泪水，止也止不了，令视线更加模糊不清。

“关掉引擎吧。”一把沉重的男低音告诉他。

老人吓了一跳，一回头，才发现窄小的驾驶舱内还有另一个人，他满面深陷的皱纹，留了满腮松软的白胡子，戴着水手帽，穿着水手衣，口中还衔着烟斗，只是没点上火。

“你是谁？”

“先把引擎关掉吧，放心，你不会撞上任何东西的。”

“你是谁？”老人感到恐惧，对于不知道眼前这人的来历他尤其感到恐惧。

“我有许多名字，都是别人赋予我的，任何一个名字都不足以代表我的全貌，总之我是船夫，”水手模样的老者说，“每一条河流我都清楚得很，无论是地面或是地下的，所以请相信我，你大可以放心关掉引擎，否则会干扰到他们的。”

地面或地下的河流？老人完全不能理解，但他感觉到这人语气的诚恳，因此他又犹豫了一下，就伸手转动钥匙令引擎熄火。

引擎一停止转动，部分灯光也跟着熄灭了，老人陷入一片静谧，此刻他觉得分外安详，刚才的不安感莫名地消失了大部分。

他聆听河面，水声像初滚的沸水，在塞满泰晤士河的人体之间相互推挤、激荡着，漂流的人体们又徐徐推动着游船，令它能顺着水流前进。

老人走出驾驶舱，踱到船首，望着眼前渐浓的迷雾，从驾驶舱透出的微弱灯光将他的影子打在雾纱上，看起来像一个可怕的巨人。

水手模样的老者也走过来，站在他身旁，口中的烟斗依旧没点着。老人再问他：“你是谁？为什么会在我的船上？”

“我是来修正一些错误的，”老水手说，“你不应该来的，但你来了。”

老人想了想，说：“有人要我来的。”

“她弄错了，”老水手说，“她要找的人早就不存在了，但她的记忆是如此坚固，以至于我三番五次地修正，试图抹除你的记忆，都不能成功。”

老人又想了想他的话，才问道：“是你令我忘掉的？”

老水手点点头：“但你身上有一股强烈的力量，令记忆一点又一点地回溯，恍若不死的月神，在一次又一次的死去之后又再复生，是的，你身上有个古老的月轮，是古代居住在这方的塞尔特巫师们的法器，是那个月轮令你的记忆在消失的边缘又再重生。”

老人沉默了。

虚幻的孙女、不存在的妻子，原来不过是鬼魂的一场误会，但是……老人还有疑问：“为什么她会找上我？这总有个理由吧？”

“是的，是的，”老水手不停点头，“因为女孩要找的人就在这船上。”

老水手伸出手指，遥遥指向船尾，船尾露天的长椅上，有一名穿着厚重毛衣的老头卧倒，身体奇特地扭曲着，横跨在长椅上，头部像关节松软的傀儡般扭去一旁。

老人依稀记得这一幕。

他在船上看过人生百态，有人租船请亲友在船上举行婚礼的，有人在船上争风吃醋打架的，也有电视剧来取景的，当然，有人就像这名老头一样，要不是心脏病就是抵受不住寒冷，在船上倒下的。

老人不太记得了，应该是好几年前发生的事了，他也没特地去记住，总之那老头是死了，在游船停泊好之后，事先用无线电通知的医护人员上了船，只不过一道手续就确定老头死了，他们询问船上的人有谁目睹经过，写下死亡时间后，大伙儿便将他用担架抬下船。

“他就是那位格雷（Grey）？”

老水手点点头。

“他没下船？”

老水手嘟着嘴，摇摇头：“他一直都在船上，有些人就会这样子，一直逗留在他死去的地方，记忆是如此坚固，以至于他一直也脱离不了这艘船。”

“或者，是因为他还没到达他要去的地方？”

老水手笑了，他耸耸肩，说：“搞不好你说对了。”

夜雾越来越深浓了，前方的水道完全无法以视线衡量，游船沿河道转了个大弯，老人听见两侧忽然更加安静了，原来是河道宽阔了，眼前霍然陷入更大的一片雾海中，河岸也距离更远了。

老水手指着前方：“我们已经快到海口了。”

海？老人怔了一怔，才注意到游船已经漂流了很久很久，他这时候才想起该看看表了，这一看就吓出了一身冷汗，现在已经是凌晨一点，他航行了四个小时！这是他始料未及的，汤姆应该早就发现船失踪了，现在要不是报警，就是拨电话给老板大亨利了。

“这里，”老水手又说，“罗马人就是从这里入侵的，诺曼人又是从这里进来成为新主人的，异界的神灵也从这里渗透进来，这里是许多段历史章节的起点。”

“听起来好可怕。”老人心不在焉地附和道。

“不，说可怕是不周全的，”老水手说，“水擅于记忆，它不分善恶，全都会记录下来。”

这是一条充满记忆的河流，千百年来，人们在此取水、排泄、捕捉、抛弃、行船、入侵，所有发生过的一切事件，都被记录在潺潺水流中。

“你看到的这些人，”老水手指指水面的人体，“与其说是鬼魂，不如说是残存的记忆，他们日复一日重复着在记忆之河的旅程，直到记忆变弱，消失为止。”

老人打了个寒噤：“这听起来更可怕。”

“我正是希望你不害怕，那些只是记忆，真正的他们并不在这里。”

空气越来越冷了，风也越刮越强了，老人禁不住拉起夹克的领子，可是夹克内的毛衣闷着汗水，令他感到内热外冷，不舒服得很。

“该到了。”老水手忽然说道。

“到哪里？”

“海。”

真的，风的味道变咸了，变得黏腻了，游船已经被漂流的人体推出河口，推往海峡的方向，水面风浪渐大，船身开始摇晃，老人感觉到海的力量正在前方施威。

老水手的手掌轻轻一拨，雾纱上划开了一道裂口，展开成一个大洞，露出远方的河岸。

出海口的左侧，灯火通明，横立着一个牌子，在强灯下照出Southend-on-Sea几个大字。

老人倚近栏杆看个清楚，口中喃喃念出那一行字，他恍然大悟，原来“临海南端”真的是一个地名。

远远望去，一条形码头从陆地伸出，长长地伸入海中，码头上有许多灯光照明，照出许多停泊的船只。老人不知道的是，这像一根手指指向大海的超长码头，是世界最长的码头。

船尾发出木头长椅的吱吱响，老人回头一看，那位猝死的老头从长椅上爬起来了，他懵懵懂懂地望向岸边，当他看见强灯照出岸边的那行字时，他无法自制地一脸狂喜，用力挥手。

老人望去他挥手的方向，看见岸边站了好几个人，有一名老妇人、几个中年男女，还有一位红发少女，全都在朝着游船挥手。

那位猝死的老头像褪色的图画一般，身影逐渐淡去，化成粉尘，散发在空气中。

不久，老人看见他又在对岸凝聚出现，与岸边挥手的人们一一相拥，那位红发少女比他矮一截，也将头贴在他的肚子上，跟老妇人三人一块儿紧紧拥抱着。

“汤玛士到家了，呃？”老人问老水手。

老水手没马上回答。

岸边的时间仿佛凝结了，相拥的人们像冰雕塑像一般苍白，却看起来非常地温暖。

“汤玛士离开了他们之后，一直不敢回去，”老水手说，“虽然他们老早就原谅了他，但他并不知道。”

“他做了什么？”老人问。

“他在猎鸭的时候，不小心开枪打死了孙女。”

老人惊愕不已，他望去岸边，看见汤玛士低头紧抱着少女。老人可以想象汤玛士当时在河岸抱着孙女的尸体，无法自拔地痛哭哀号，但如今所有的当事人都已化成记忆，所有的哀痛和喜乐也早就消散无踪。

只见岸上相拥的人们，慢慢在雾气中变得模糊，像被雾水溶化了一般，化成雾中水滴，沾在草叶上，或滴落河川中，成为亿万道记忆的一部分。

老水手苍老的眼神遥望着徐徐漂往海面的人体，漂流者们宁静地浮在海面，双手交叉在胸前，盖在心脏上方，传说中记忆存在的部位。随着阵阵大雾拂过海面，将他们遮去，漂流者们隐没在重重波浪中。

半晌，老水手才说："你也该回去了。"

老人顿了一下，说："我还会再见到你吧？就在不久的将来，嗯？"

老水手没回答。

"我的生命快结束了吗？这就是为什么我现在能看见这一切吧？"老人说，"你刚才向我解释这么多，不正是希望我不惧怕死亡吗？"

"或许吧。"老水手说，"难道你现在不着急，要怎么样才能尽速回去吗？回去是逆流而上，需要更长时间呢。"

"或许，我不回去了。"老人说着，将青铜月轮在手指之间反转，"或许，我可以逗留在这个'临海南端'？"

老水手笑道："你往后的人生，由你自己决定。"

老人回到驾驶舱，启动引擎，在宽大的河口将船缓缓回转，把船首调向泰晤士河的方向。

成千上万的漂流人体朝着他拥过来，徐徐滑过船侧，流到后方去。

老人不知道把船开回去之后会如何，但他今晚很高兴，不是痛饮麦酒之后那种虚假的高兴，而是自内心根处涌现，他一生中从未体验过的一种高兴。

"祝你幸运。"他回头向岸边刚才红发少女消失的地方，说道。

后记

/

双城记

读者们不难发现，本书的故事都围绕着两个城市发生：东方的四则以台北为中心，西方四则以伦敦为中心。这些故事中的场景，是我魂系梦牵之地，所以我借着写作之机，将它们重游一遍。

我的台北经验

我生长于沙巴，在台湾完成大学教育，撇开政客对“爱台湾”的各自鸭霸定义，我自认是爱台北的，因为它丰富的样貌，也因为它滋养了我的心灵，对我而言，台北是我人生的两个故乡之一。在台北，我有吸收不完的信息，取之不尽的材料，正因为如此，我试图以庶民的角度落笔，又将台北的历史纳入故事，将我心中的台北印象剖现在读者面前。

一九九一年，我到台湾念书，中华商场还没拆掉。

第一年，我先在林口山上的“侨大”先修班就读，周末乘客运下台北，会在北门旁的车站下车，再走路到中华路，在中华商场的公车站乘车去“台大”，找同样来自沙巴的学长。

侨大毕业后，“台大”牙医系尚未开学，中华商场要拆了，我很怀念那个杂乱的地方，只恨没将八栋大楼全部逛过，于是在中华商场的最后一天，我去沿着它走了一遍。其时人山人海，店家大甩卖，但显然跟我一样来缅怀的人比买东西的人多，我们用眼睛捕捉中华商场的最后时光，有位老人还用摄录机边走边拍，当时真希望也有一台！

后来知道，原来中华商场所在地以前是台北古城的城墙，被日本人拆了，而我每次来回侨大必经的北门，是古城至今唯一保留完整的城门，而今陷于公路高架桥之间。

庄永明的《台北老街》等台北历史书的出版，令我更深地接触到这座城市的历史，了解到我脚下正踏着历史，我周遭发生的种种事情如中华商场的消失、国际版权实施令书市大抛售、台北首度变天、新公园改名二二八公园、全台湾大停电、九二一大地震、重整西门町、台北捷运双十路线通车、“纳莉”台风水淹捷运、光华商场的拆除等等等等，都是日后的历史，当时我正身值历史之中。

大学时代，一位刘姓同学带我去逛西门町，他说他参加的社团专门研究民俗，他们特地去看八家将、烧王船等民俗活动，记录研究，他告诉我西门町的一些典故如戏院大火、卖美国货的店铺、红楼的变迁等，听得我饶有兴味，也种下了我写这篇《台北迷路》的因子。

住在“台大”医院校区时，常走徐州路，那儿有台北市长官邸（被陈水扁改为活动会馆），每当经过，都对徐州路那排日式老屋高墙后的生活空间很感兴趣，后来在李安的电影《饮食男女》看见门后的世界，又由于一年一度的“倪匡科幻奖”在市长官邸颁奖，令我对那片空间有了最完整的概念，才会将这类房子写进《甲子之约》中。

我曾住在济南路的雅房、中坜市的公寓式套房、板桥市的间隔式套房及三房公寓，对于各类居住空间还算有认识，这也成了我创作的素材。总而言之，在台北生活的这些年，无一事、无一物不可下笔，这四则中篇是我对台北的回忆，也是我对台北的致意。

毕业后，我曾在板桥市文化路二段（邻近台北市）当了三年多的私人诊所牙医，接触到跟以往大医院不同的民众。来看诊的闽南人老是迫我讲闽南话，然后一直认为我是香港人；而港澳来的朋友发现这里有位会广东话的牙医，又纷纷找我看诊；有的人家中有印度尼西亚用人的，也来找我这位会马来话的牙医；遇上客家人时，我更可以聊上几句客家话，这就是在沙巴长大的好处。

不过最令我印象深刻的是，一些残障人士的外籍配偶，例如一位矮小的小儿麻痹症患者，娶了位越南美人，还生了个儿子；一位智障病人，娶了位泰国女子，她们总是面无表情，令我看了心生同情。有一次那位越妻还告诉我，她先生总是带一批酒友回家，想到这位越妻是位大美人，就觉得她的处境不安全。

我深望这些女子不要被当成生孩子的工具，不要被当成买来的奴隶，可是这类新闻又时有所闻。我是自小学习中文的侨生，身在台湾尚且遭到某些人的异样对待，更何况这些异文化女子？因此才在《阿莲断头记》中为她们找个好归宿。

台湾的大男人沙文主义正随着时代减弱，但这现象只在教育水平较高的人群中明显可见，一般庶民中的女性地位仍有矮化现象，在新闻中常见妇女遭虐多年，仍然离不开那位蹂躏她的男人，实在费解。为此，我写《超级玛莉》就是以这类妇女为主角。

我在台北的各种经验，常常发挥在过去的“极短篇”之中，这本书中的四则故事，才是我首次痛快淋漓地大写特写。

我的伦敦蜜月

沙巴曾是英国殖民地，沙巴人大致上对英国是颇有好感的，往常更以留学英国为最光荣之事。我也一直向往伦敦的众多博物馆，很想去详细地走一走，千禧年结婚就计划蜜月旅行去伦敦，走遍大英博物馆、自然科学馆、科学馆、美术馆、蜡像馆等等，看音乐剧、游泰晤士河、游古迹、游海德公园，甚至还到自幼神往的巨石阵（Stonehenge）一游，这短短十天，至今仍是我封存在脑袋中最好的记忆之一，也成为写出《泰晤士行进》的契机。

这四则故事中，有三则（除了《泰晤士行进》）是高中时代的作品增修而成，故事改动不大，连题名都未变，甚至总题名《四日大雾》都是当时拟定的。小时候对伦敦的印象都是从电影、电视和画报中获得的，那次去伦敦，我特地去福尔摩斯的贝克街（Baker St.）以及开膛手杰克的白教堂（Whitechapel）区一游，才能增补高中时代在《吸血鬼疑案》以及《黑暗交易》中无法言尽的部分。

事实上，在这四篇西方的故事中，我试图回溯西方在被基督教统一之前的精神样貌，所以故事中不会出现基督教的善恶绝对二分法（事实上这也是基督教习自于古波斯宗教），更注重欧洲先民们的原始信仰，这些信仰在基督教世界中被称为巫术、魔鬼、妖精、精灵、仙子之类，往往负面的意义大于正面。我们对西方历史越了解，就越珍惜过去那个文化基因多样化的西方世界，这点反映在《古老的恶魔》之中，希望能令人对这个概念有所启发。

技法方面，我试图将它写得像翻译小说，时时都会用英文来想对白。

小说实验

华人社会大量吸收现代西方文化，对于他们的文化象征如十字架、撒旦、亚当与夏娃、世界末日、善恶交战等的认识，还远多于对中国文化本身的道、气、阴阳消长、神魔鬼怪、积善修德等的认识，更有视己文化为糟粕，奉西方文化为奇宝者，使得今日华人奇幻小说多数是西方人的精灵、矮人、魔法、公主与王子之类的，全套模仿西方奇幻元素。

使用东方奇幻素材的，许多又写不出东方文化自身的丰富内容，依然是善恶交战，故事脱不出西方奇幻窠臼，或如电玩故事，或如香港黑社会片，或沦为纯为吓人而写的作品（如俗称“鬼故事”）。反观日本人，早就擅用他们的妖怪学、阴阳道、日本密教、日本史、日本神话、忍术等典故，在小说、漫画、电影中大肆发挥。

有关东方，我酷爱神奇的故事，尤其记载在中国古典中的魑魅魍魉，我在高中时代就疯狂爱上，还告诉同学那些神奇的魏晋传奇，结果换来的反应是“骗人”“哪有这回事”“唬烂”，我大为惊讶。当然，后来才了解在台湾嗜读古书的年轻人也不多，更何况在崇尚英文远多于华文的社会？会有这种反应不足为奇，也难怪华人写奇幻会少写自身的文化题材了。

为此，我产生了将中国奇幻素材现代小说化的企图，在高中时代就开始写两宋道士传奇《云空行》，心里对我的高中同学们有一种想法："如果你不看古书，那就看小说吧！"从小说中认识古书。就这样，我以古籍为数据，创作了十多年，依然觉得有无尽的可能，本书的东方四篇，就是将古典注入现代的尝试。

蒲松龄、司马中原曾令一般人认为低俗的鬼故事登上文学境界，金庸也令武侠成为堂堂文学，过去西方人轻视的科幻、奇幻，如今也是他们显著的文学类型。以此为鉴，华人奇幻不可能找不到出路，我们看见许多摸索者在努力，我希望自己也是这批努力的作者之一，希望往后华人能开创出连西方人也不得不读的东方奇幻。

"每一部作品都是一场实验"，我仍在实验中，因为实验好好玩。

张草

200708030040于阿皮亚老家南侧小室

图书在版编目（CIP）数据

双城奇谭 / 张草著. — 北京 : 九州出版社,
2015.6
ISBN 978-7-5108-3788-3

Ⅰ. ①双… Ⅱ. ①张… Ⅲ. ①中篇小说－小说集－中国－当代②短篇小说－小说集－中国－当代 Ⅳ. ①I247.7

中国版本图书馆CIP数据核字（2015）第147344号

双城奇谭

作　　者	张草 著
出版发行	九州出版社
出 版 人	黄宪华
地　　址	北京市西城区阜外大街甲35号（100037）
发行电话	（010）68992190/3/5/6
网　　址	www.jiuzhoupress.com
电子邮箱	jiuzhou@jiuzhoupress.com
印　　刷	北京京都六环印刷厂
开　　本	880毫米×1230毫米　32开
印　　张	9
字　　数	192千字
版　　次	2015年8月第1版
印　　次	2015年8月第1次印刷
书　　号	ISBN 978-7-5108-3788-3
定　　价	35.00元